CLAUDIA ROSSBACHER

Steirerrausch

Sandra Mohrs neunter Fall

GMEINER SPANNUNG

Bisherige Veröffentlichungen im Gmeiner-Verlag:
Steirerquell (2018), Steirerpakt (2017), Steirernacht (2016), Steirerland (2015), Steirerkreuz (2014), Steirerkind (2013), Steirerherz (2012), Steirerblut (2011), Enter ermittelt in Wien (Band 2) (2016), Enter ermittelt (2013), SOKO Graz – Steiermark (2017), Wer mordet schon in der Steiermark? (2015), Steiermark – 66 Lieblingsplätze und 11 Erlebnisstraßen (2013), Hillarys Blut (E-Book Only, 2016)
Steirermorde (E-Book Only, 2015)

Im Ehnried 5, 88605 Meßkirch
Telefon 07575/2095-0
info@gmeiner-verlag.de

2. Auflage 2019

Lektorat: Claudia Senghaas
Herstellung: Julia Franze
Umschlaggestaltung: U.O.R.G. Lutz Eberle, Stuttgart
unter Verwendung eines Fotos von: © Hannes Rossbacher
Druck: GGP Media GmbH, Pößneck
Printed in Germany
ISBN 978-3-8392-2414-4

Für Sabine, Maria und all meine lieben Freundinnen und Freunde. Schön, dass es euch gibt.

Handlung und Personen der Kriminalgeschichte sind frei erfunden. Ähnlichkeiten mit lebenden oder toten Personen sind rein zufällig und nicht beabsichtigt.

Der »Spuk von Trebian« und das Leben und Wirken von Maria Silbert (»Die Seherin von Waltendorf«) basieren auf dem Buch »Mutter Silbert. Ein Opfergang. Tatsachen, Berichte, Urkunden« (1959) von Rudolf Sekanek mit freundlicher Genehmigung des Reichl Verlages sowie auf persönlichen Erinnerungen der Enkeltochter von Maria Silbert, Gertraud Just, die Autorin Claudia Rossbacher im Jänner 2018 aufgezeichnet hat.

Des Weiteren diente die Geschichte »Das Medium Maria Silbert und dessen Hausgeist Nell« im Buch »Spuk in der Steiermark« von Gabriele Hasmann (2014) und deren Protagonisten (Medium Aniko und Jägerstochter Anna) als Vorlage – mit freundlicher Genehmigung des Ueberreuter Sachbuch-Verlages.

Ein Literaturverzeichnis und ein Glossar der steirischen beziehungsweise österreichischen Ausdrücke und Abkürzungen befinden sich am Ende des Buches.

PROLOG

Pfingstsonntag, 1. Juni 1873

Elfen und Feen,
ich hab sie geseh'n
und Zwerglein so klein …

Das kann doch nicht sein.
Schweig still, mein Kind!
Ins Bett nun geschwind.

Ich lüg aber nicht.
Da war dieser Wicht
und die Hand im Bett …

Mariele, sei nett!
Lass das Lügen sein,
und schlaf endlich ein!

KAPITEL 1

Sonntag, 29. Oktober 2017, Graz

1.

Der Klingelton holte Sandra Mohr unsanft in die Realität zurück. »Bitte nicht«, murmelte sie, zur einzigen Lichtquelle in ihrem Schlafzimmer blinzelnd. Im selben Augenblick kam der Abteilungsinspektorin des LKA Steiermark ihr Bereitschaftsdienst in den Sinn. Schlaftrunken griff sie nach ihrem Diensthandy und knipste die Nachttischlampe an. Auf dem Weg ins Wohnzimmer lauschte Sandra, was ihr Lubensky von der Landesleitzentrale zu berichten hatte.

Mordalarm im Bezirk Leibnitz. Ein männlicher Toter auf einem Weingut in Kitzeck im Sausal. Der Notruf war um 22.52 Uhr eingegangen. Bei der Anruferin handelte es sich mutmaßlich um die Mutter des Opfers. Die ältere Dame hatte verwirrt geklungen, immer wieder von ihrem toten Sohn gesprochen. Und von einer Jägerstochter. Einem bösen Weib, das die Seelen ihrer Opfer gefangen hält, teilte ihr Lubensky mit.

Sandra ließ sich auf die Couch fallen. »Jägerstochter? Seelen ihrer Opfer?«, wiederholte sie müde. »Was soll das denn bitteschön heißen? Hat die Anruferin die Täterin gesehen? Oder sie erkannt?«

»Kann sein. Oder auch nicht. Die Frau hat hauptsächlich wirres Zeug von sich gegeben. Der Kollege vom Notruf hat den Verdacht geäußert, dass sie alkoholisiert sein könnte. Oder auch dement …«

»Einen Toten gibt es aber schon«, vergewisserte sich Sandra und rieb sich mit dem Daumen und dem Zeigefinger ihrer freien Hand den Schlaf aus den Augen.

»Ja, den gibt es. Die Kollegen aus Heimschuh haben uns einen Leichenfund an der angegebenen Adresse in Kitzeck bestätigt. Es soll sich um den dort wohnhaften Weinbauer handeln, der augenscheinlich in seinem Weingartenhaus erschossen wurde«, berichtete Lubensky weiter.

Sandra aktivierte die Lautsprecherfunktion an ihrem Smartphone und notierte sich die Namen des Opfers und der Zeugin sowie die Adresse des Weinguts in Kitzeck im Sausal.

Ob die Frau nun alkoholisiert, dement oder auch nichts von alledem war, ganz bestimmt war sie traumatisiert. Ein Kind zu verlieren, war zweifelsohne der schlimmste Schicksalsschlag, der einem widerfahren konnte. Kein Wunder, dass man in einer solchen Situation verwirrt klang, überlegte Sandra.

Nur allzu gut erinnerte sie sich noch an die eigene Trauer, die sie vor fünf Jahren empfunden hatte. Nach ihrer Fehlgeburt in der elften Schwangerschaftswoche. Ihr Sohn hatte niemals das Licht der Welt erblicken dürfen,

Sandra ihn nicht ein einziges Mal im Arm gehalten. Die Erinnerung an ihr Sternenkind, wie man diese Totgeburten auch nannte, schmerzte sie heute noch. Und dennoch konnte sie als Kinderlose das volle Ausmaß der nächtlichen Tragödie im südsteirischen Sausal höchstens ansatzweise nachvollziehen.

Bei aller beruflichen Routine ließ Sandra der Schmerz der Angehörigen noch immer nicht kalt. Ganz egal, wie oft sie das Leid der Betroffenen noch miterleben würde. Immerhin hatte sie gelernt, ihr Mitleid auf ein erträgliches Maß an Mitgefühl zu beschränken, um sich selbst zu schützen. Andernfalls hätte sie ihren Job bei der Mordgruppe wohl längst an den Nagel hängen müssen. »Ist das KIT schon verständigt?«, erkundigte sie sich und gähnte.

»Das Kriseninterventionsteam ist angefordert«, bestätigte Lubensky. »Der Notarzt ist bereits am Tatort. Die Tatortgruppe ist unterwegs, ebenso die Gerichtsmedizinerin. Chefinspektor Bergmann erwartet dich um Mitternacht vor seinem Wohnhaus.«

Sandra griff nach ihrer Armbanduhr, die sie erst vor einer halben Stunde auf dem Couchtisch abgelegt hatte. 23.25 Uhr zeigte diese an, als sie sie wieder um ihr Handgelenk band.

Just an diesem Vormittag hatte sie alle Uhren auf Winterzeit zurückgestellt, nachdem sie die gewonnene Stunde genüsslich verschlafen hatte. Das Joggen hatte sie an diesem stürmischen Herbstsonntag lieber bleiben lassen, stattdessen zu Hause auf dem Crosstrainer trainiert und sich danach endlich wieder einmal mit ihrer Freundin im Kaffeehaus getroffen. Seit Andrea verheiratet war, sahen sie einander nicht mehr so häufig wie früher. Höchstens noch einmal im Monat. Wenngleich Sandra vielbeschäftigt war, vermisste sie ihre beste Freundin gelegentlich. Aber so war das Leben nun einmal. Ein ständiges Kommen und Gehen. Sie seufzte unwillkürlich. Hauptsache, Andrea war glücklich mit ihrem Robert, dem Cobra-Polizisten, der sie im allerletzten Moment aus einem brennenden Haus geschafft und ihr damit das Leben gerettet hatte. Gute drei Jahre war das nun schon wieder her. Die Narben der Hauttransplantationen auf Andreas Rücken und auf ihren Oberschenkeln erinnerten immer noch an das Flammeninferno, das auch Sandra das Leben hätte kosten können. Wenngleich sie selbst mit einer Platzwunde und einer leichten Rauchgasvergiftung damals um einiges glimpflicher als die Freundin davongekommen war.

»Der Tatort liegt östlich, etwas unterhalb vom Ortszentrum von Kitzeck«, fuhr Lubensky fort. »Eine Funkstreife sollte direkt an der Straße bei der Zufahrt postiert sein.«

»Alles klar. Pfiat di, Lubensky!« Sandra trennte die Verbindung, um sich so rasch wie möglich anzuziehen und aufzubrechen.

2.

In Graz war leichter Nebel aufgezogen, als Sandra kurz vor Mitternacht den schwarzen Audi A6 vor dem Wohnhaus des Chefinspektors abbremste. Außer ihr war in der Sackgasse hinterm Griesplatz keine Menschenseele zu entdecken. Dabei herrschte in dem traditionellen Migrantenbezirk höchst selten Ruhe.

Früher hatte es vor allem Steirer aus der Provinz nach Gries gezogen. Nachts auch Grazer, die ihr Vergnügen In den zahlreichen Erotikklubs des Grätzels suchten. Später, in den 1990er-Jahren, übernahmen vorwiegend Bosnier die verbliebenen Rotlichtlokale. Heute prägten Kebab- und Pizzaläden, Handy- und Asia-Shops, Wettcafés, Billigsdorfergeschäfte und Hinterhofmoscheen das Straßenbild. Steirisch oder gar Hochdeutsch hörte man hier kaum.

Sandra stellte den Motor ihres zivilen Dienstwagens ab. Sieben Jahre waren vergangen, seitdem Sascha Bergmann von Wien nach Graz gezogen war, rechnete sie zurück, damals völlig ahnungslos, in welches Wohnviertel es ihn verschlug. Seine Ansprüche schienen nicht besonders hoch zu sein. Sonst wäre er inzwischen längst umgezogen, überlegte sie, während sie auf Bergmann wartete. Leisten konnte er sich eine Wohnung an einer nobleren Adresse jenseits des Murufers allemal. Andererseits verbrachte der geschiedene Chefinspektor des LKA Steiermark, Abteilung Leib und Leben, ohnehin nicht viel Zeit zu Hause, wo niemand auf ihn wartete. Zudem war seine Mansardenwohnung gut geschnitten und ebenso ausgestattet. Wozu sollte er also den Aufwand eines Umzugs in Kauf nehmen? Für die paar Stunden, die er zum Schlafen heimkam, lohnte sich dieser wohl kaum.

Sandra war das nur recht. Ihre Wohnung lag unweit von seiner im Nachbarbezirk Lend. In wenigen Minuten war sie hier, um Bergmann abzuholen. So auch heute Nacht. Vielleicht war diese Nähe ja mit ein Grund, warum er nicht von hier fortzog, mutmaßte sie. Wobei die eigene Bequemlichkeit für ihn ganz bestimmt mehr zählte als ihre. Fragte sich nur, wo der Chefinspektor so lange blieb.

Früher wäre er längst Zigarette rauchend vor dem Haus gestanden und hätte auf sie gewartet. Und nicht umgekehrt sie auf ihn. Dennoch war die überzeugte Nichtraucherin heilfroh, dass er dieses Laster vor einigen Jahren abgelegt hatte. Seiner Tochter zuliebe. Auch wenn die mittlerweile Elfjährige die meiste Zeit bei ihrer Mutter, dem Stiefvater und ihrem kleinen Halbbruder in Wien verbrachte.

Himmelherrschaftszeiten! Was trieb Bergmann bloß so lange? Hatte Lubensky ihn nicht verständigt? Oder war er womöglich wieder eingeschlafen? Sandra beugte sich über den Beifahrersitz, schaffte es jedoch noch immer nicht, bis zur Mansardenwohnung des zweistöckigen Wohnhauses hinaufzusehen. Sie stieg aus dem Wagen aus, ließ den Blick über die hellblau gestrichene Fassade unters Dach schweifen, um gerade noch wahrzunehmen, wie das Licht hinter zwei Gaubenfenstern erlosch. Bergmann war demnach endlich auf dem Weg nach unten. Gähnend kehrte sie hinters Steuer zurück und schaltete Radio Steiermark ein.

Der heftige Herbststurm, der bis zum Nachmittag durch Österreich gefegt war, tobte inzwischen in Weißrussland weiter, berichtete der Nachrichtensprecher. Auch hierzulande hatten die orkanartigen Böen wie in Dänemark,

Deutschland, Polen und in der Tschechischen Republik enorme Sachschäden hinterlassen. Etliche Dächer waren abgedeckt worden, Bäume umgestürzt. Eine hatte die Oberleitung der Bahnstrecke zwischen Bruck an der Mur und Mürzzuschlag beschädigt. Die Zugverbindung war voraussichtlich noch bis zum Mittag in beide Richtungen unterbrochen. So lange mussten Bahnreisende auf die Schienenersatzbusse ausweichen, die zwischen den hochsteirischen Städten verkehrten. Die meisten Stromausfälle waren mittlerweile behoben, fast alle betroffenen Haushalte in der Steiermark wieder ans Netz angeschlossen, meldete der größte steirische Energieversorger. Anders als im Norden und Osten Europas gab es hierzulande glücklicherweise keine Menschenleben zu beklagen. Zumindest keine, die dem Unwetter anzulasten waren, dachte Sandra, erneut gähnend. Dennoch wartete ein Toter auf sie. Und vermutlich eine ebenso schlaflose wie nebelige Nacht. Vor allem im steirischen Hügelland sei in den kommenden Stunden mit immer geringeren Sichtweiten zu rechnen, warnte der Radiosprecher. Höchste Vorsicht im Straßenverkehr sei geboten. Erst im Laufe des nächsten Vormittags sollte sich der Nebel allmählich wieder lichten und der Herbstsonne Platz machen.

Das Wetter spielte wieder einmal verrückt, dachte Sandra. In einer Welt, die von Leuten wie Donald Trump regiert wurde, der die globale Erwärmung für eine Erfindung der Chinesen und Klimaschutz für wirtschaftsfeindlich hielt, der die mühsam errungenen Umweltvorschriften in den USA wieder lockern und zu fossilen Brennstoffen zurückkehren wollte, war das nicht weiter verwunderlich. Sie schreckte aus ihren Gedanken auf, als die Beifahrertür jäh aufgerissen wurde.

Im nächsten Moment ließ sich Sascha Bergmann in den Sitz fallen, den obligaten Coffee-to-go-Becher in der Hand. »Fahr' ma, euer Gnaden«, meinte er grußlos, nachdem die Autotür ins Schloss gefallen war.

Sandra überging den jovialen Spruch, mit dem seinerzeit die Wiener Fiakerkutscher ihre hochwohlgeborenen Fahrgäste angesprochen hatten, wie sie erst kürzlich wo gelesen hatte. Wortlos schaltete sie das Radio ab und startete den Motor.

Bergmann steckte seinen Mehrwegbecher aus biologisch abbaubaren Bambusfasern in die Getränkehalterung und schnallte sich an. Den Becher hatte ihm Sandra im vergangenen Februar zu seinem 43. Geburtstag geschenkt. Nicht nur, aber auch wegen des aufgedruckten Spruchs, der den Chefinspektor so treffend charakterisierte: »Nett kann ich auch. Bringt aber nix.« Abgesehen davon entfielen seither unzählige Einwegbecher, die sich früher immer im Auto gestapelt hatten, bis zumeist Sandra diese entsorgte.

Sie legte den Retourgang ein und wandte sich um, um in der kurzen Sackgasse zurückzusetzen.

»Wie lange dauert die Fahrt zum Tatort eigentlich?«, erkundigte sich Bergmann.

»Normalerweise eine Dreiviertelstunde. Heute Nacht aber bestimmt länger. Kommt darauf an, wie dicht der Nebel unterwegs ist«, bezog sich Sandra auf die aktuelle Wetterprognose.

»So genau wollte ich es gar nicht wissen.« Bergmann griff zu seinem Becher, um am Kaffee zu nippen.

Nach all den Jahren in der Steiermark ließ der Chefinspektor noch immer jegliche Ortskenntnis vermissen. Auch deshalb hatte Sandra den hundsmiserablen Autofahrer bisher nur ein einziges Mal ans Steuer des Dienstwagens gelassen. Bei ihrem ersten gemeinsamen Mordfall. Und das auch nur, weil damals ein Nasenverband ihr Sichtfeld eingeschränkt hatte. Danach nie mehr wieder.

Ohne jeden weiteren Kommentar legte sie den Vorwärtsgang ein und fuhr los.

KAPITEL 2

Montag, 30. Oktober 2017, Sausaler Weinstraße

1.

Je näher die Ermittler der Mordgruppe ihrem Ziel kamen, desto dichter wurde der Nebel. Kurz vor der Autobahnabfahrt Leibnitz betrug die Sichtweite höchstens 50 Meter. Zuletzt keine zehn Meter mehr.

Auf der unbeleuchteten Landstraße schlich Sandra beinahe im Schritttempo dahin, damit sie die richtige Abzweigung zum Einsatzort in Gauitsch nur ja nicht verfehlte. Dass es streckenweise weder Bodenmarkierungen noch Begrenzungspfosten oder Leitplanken gab, gestaltete die nächtliche Fahrt durch den Nebel noch anstrengender. Umso mehr, als sie wusste, dass es im Sausal mancherorts direkt neben der Fahrbahn steil bergab ging.

Die Weingärten reichten hier bis auf 560 Höhenmeter hinauf und waren damit nicht nur die höchsten, sondern auch die steilsten des Landes. Mit einem Gefälle von 90 Prozent waren sie sogar noch steiler als die Mausefalle der Streifabfahrt beim Hahnenkammrennen in Kitzbühel. Bei allem technischen Fortschritt wurden derlei extreme Hanglagen auch heute noch in aufwendiger Handarbeit, gesichert mit Seilwinden beziehungsweise auf schmalen Terrassen bewirtschaftet, hatte ihr letzthin ein Winzer am Demmerkogel erklärt, der wie die meisten im südlichen Weinland der Steiermark lieber Weinbauer genannt werden wollte. »Weinzerln« waren früher die Arbeiter gewesen, die die zugewiesenen Weingärten zwar selbstständig, dennoch für ihre Lehensherren bewirtschafteten. Als Gegenleistung stellte dieser ihnen eine Winzerkeusche mit einer Wohnküche und einem Schlafraum zur Verfügung. Dazu einen Stall für eine Milchkuh, eine Sau und Hühner sowie ein Garterl neben der Keuschn, wo der Winzer seinen Heckenklescher für den Eigenbedarf ziehen durfte, einen süffigen Wein aus Direktträgertrauben. Auch eine Wasserquelle, die Zufahrt zur Keuschn, Brennholz aus dem nächsten Wald und ein Acker standen dem Winzer vertraglich zu, auf dem er anbauen konnte, was seine Familie und das Vieh so übers Jahr benötigten. Für die mühsame Arbeit in den steilen, oftmals rutschigen Weingärten bekam er eigens vom Schmied angefertigte Steigeisen und sämtliche Arbeitsgeräte von seinem Herrn. Bargeld hingegen selten. Und wenn, dann nur für Sonderleistungen. Da die Winzerverträge jeweils für ein Jahr abgeschlossen wurden, fragte der Lehensherr alljährlich an Jakobi am 25. Juli seinen Weinzerl, ob er ein weiteres Jahr bleiben wolle. War man sich einig, wurde ein Klapotetz im Weingarten aufgestellt – ein hölzernes Windrad, das mit seinen Klappergeräuschen die Vögel von den Weinbeeren fernhalten sollte. War die Familie zu groß für die Keuschn geworden oder lag ein besseres Angebot eines anderen Lehensherrn vor, siedelte der Winzer mit Sack und Pack, Kind und Kegel auf einem Karrenwagen mit Ochsengespann, später mit dem Traktor, weiter.

Hätte Bergmann die topografischen Besonderheiten der Region ebenfalls gekannt, wäre er vermutlich nicht so entspannt neben ihr gesessen und hätte sich mit seinem Smartphone beschäftigt. Wiewohl er den Fahrkünsten und Ortskenntnissen seiner Kollegin üblicherweise vertraute.

Dass Sandra soeben betete, es möge ihnen bloß kein Auto auf der engen Straße entgegenkommen, dem sie hätte ausweichen müssen, es aber vielleicht nicht können, ahnte er ebenso wenig. Auch wenn sie laut Navi keinen Kilometer mehr von ihrem Ziel entfernt waren, wurde ihr die nächtliche Fahrt immer unheimlicher. Die knorrigen, herbstlich verfärbten Rebstöcke erinnerten sie im fahlen Licht der Autoscheinwerfer an Zwerge aus einer mystischen Welt. Einer schien dem anderen die dürre Hand zu reichen. Bis die nächste gespenstergleiche Nebelschwade die vermeintlichen Fabelwesen wieder verschluckte.

Ganz bestimmt zählte Sandra nicht zu den ängstlichen Vertreterinnen ihres Geschlechts, dennoch war sie heilfroh, dass Bergmann neben ihr saß. Doch das behielt sie lieber für sich, um nur ja nicht wieder einen seiner Machosprüche zu provozieren. Zu allem Überfluss hatte sie auch noch die falsche Abzweigung genommen, stellte sie nach einem Blick auf das stummgeschaltete Navi fest, das ihr auf einmal zum Umkehren riet. Also bog sie in die nächste Hofeinfahrt, um dort zu wenden.

»Sind wir endlich da?« Bergmann blickte von seinem Handy auf und sah sich im dichten Nebel um.

»Wir müssen ein Stück zurückfahren. Ich bin vorhin falsch abgezweigt«, erklärte ihm Sandra.

»Im Ernst?«, wunderte sich Bergmann, dass sie sich verfahren hatte, was so gut wie nie vorkam.

»Ja, mein Gott … Es kostet uns höchstens eine Minute. Kaum der Rede wert«, beschwichtigte Sandra, während sie der Straße folgte, die nun bergab zurückführte. Diesmal stimmte die Route, bestätigte ihr das Navi, nachdem sie an der Abzweigung scharf rechts in ein Waldstück abgebogen war. Schweigend blickte sie auf, als plötzlich wie aus dem Nichts eine weiße Gestalt am linken Fahrbahnrand zwischen den Bäumen auftauchte, die im nächsten Augenblick die Straße überqueren wollte.

Erschrocken trat Sandra aufs Bremspedal. Die blutjunge Frau blieb am Straßenbankett stehen. Keine drei Meter trennten sie von ihrem Kotflügel. Regungslos stand sie da und starrte Sandra in die Augen.

Was um alles in der Welt suchte sie hier mitten in der Nacht? War sie lebensmüde? Oder brauchte sie Hilfe? Sandra aktivierte die Handbremse und schaltete die Warnblinkanlage ein. Noch ehe sie das Fenster hinunterlassen konnte, um das Mädchen anzusprechen, bleckte es die Zähne, verzog das bleiche Gesicht zu einer grässlichen Fratze, die Sandra erstarren ließ und ihr die Nackenhaare aufstellte. Erst jetzt bemerkte sie die blutende Wunde, die am Hals der Jugendlichen klaffte. Mit der nächsten Nebelschwade löste sich die Gestalt gleichsam wieder in Nichts auf. Als wäre sie niemals hier gewesen. Ein heftiger Windstoß wirbelte Laub über die Straße. Sandra hörte einen Vogel schreien, der umgehend wieder verstummte.

»Hey! Was ist denn los? Willst du uns umbringen?«,

unterbrach Bergmann die gespenstische Stille und sah sie über seine Lesebrille hinweg an.

Auf einmal erfasste Sandra ein brennender Schmerz. Als hätte jemand ihr Herz entzündet. Flammen loderten in ihrer Brust. So fühlte es sich zumindest an. Der Schweiß stand ihr auf der Stirn. Schwindel überkam sie. Was war bloß los mit ihr? Fühlte sich so ein Herzinfarkt an? Panisch fasste sie sich an die Brust, noch immer zu den Bäumen starrend, zwischen denen das leicht bekleidete Mädchen im Nebel verschwunden war.

Zum Glück war sie nicht schneller gefahren. Umso dümmer, wenn sie jetzt einen Herzinfarkt erlitt.

»Sandra! Was ist los, verdammt? Ist dir schlecht?«, verlangte Bergmann nach einer Antwort.

Sandra japste nach Luft. Ihr Herzschlag galoppierte wie ein wildes Pferd, das durchging. Dafür erlosch das Feuer in ihrer Brust ebenso jäh, wie es ausgebrochen war. Allmählich verflog auch der Schwindel wieder. »Ich weiß nicht«, antwortete sie endlich. »Ist wohl nur der Schreck … Um ein Haar hätte ich das Mädel überfahren.«

»Welches Mädel denn?« Bergmann nahm seine Brille ab und suchte mit seinen Blicken die Straße ab.

»Wie? Hast du … hast du's etwa nicht gesehen? Das Mädchen war verletzt … da war eine … eine blutende Wunde quer über der Kehle«, stammelte Sandra verwirrt. Ihr war jetzt so kalt, dass sie am ganzen Körper zitterte. Ihr Herz hämmerte noch immer wie wild.

»Gar nichts hab ich in dieser Nebelsuppe gesehen«, antwortete Bergmann.

Außerdem hatte er ja seine Lesebrille aufgehabt, suchte Sandra nach einer logischen Erklärung. Tatsächlich war alles viel zu schnell gegangen. Und nach wenigen Augenblicken war der Spuk vorbei gewesen. Wahrscheinlich hatte Bergmann nicht sofort von seinem Handy aufgeblickt, als sie die Vollbremsung hinlegte. War das möglich? Oder war sie im dichten Nebel einer Sinnestäuschung erlegen?

»Hast du den Vogel rufen gehört?« Verunsichert rieb sich Sandra die eiskalten Hände. Er hatte wie ein Mäusebussard geklungen, überlegte sie. Aber mitten in der Nacht?

»Einen Vogel? Nein. Die Einzige, die ich höre, bist du«, erwiderte Bergmann. »Sag mal, geht's dir gut? Du zitterst ja …«

Sandra atmete tief durch. Ihr Herzschlag beruhigte sich allmählich. Doch sie fröstelte noch immer. »Ja, es geht schon.« Sie hauchte warme Atemluft in ihre klammen Fäuste.

»Dann könnten wir ja weiterfahren«, schlug Bergmann vor.

»Wie? Ich soll einfach weiterfahren?«, echauffierte sich Sandra. »Möchtest du nicht wenigstens aussteigen und nachschauen, ob du das Mädchen irgendwo entdeckst? Vielleicht sind ja Blutspuren auf der Straße oder irgendetwas anderes. Sie ist genau dort zwischen den Bäumen im Wald verschwunden. Bitte, Sascha! Sie ist verletzt …«

Seufzend steckte Bergmann seine Lesebrille in die Innentasche seiner Lederjacke. »Na schön. Von mir aus«, brummte er, nahm die Taschenlampe aus dem Handschuhfach und stieg aus. Sekunden später war auch er im Nebel verschwunden. »Ha-llo! Ist da jemand?«, hörte Sandra ihn rufen.

Sie fuhr an den Straßenrand, möglichst weit aufs Bankett, drehte die Temperatur der Klimaanlage höher und das Gebläse auf. Nichtsdestotrotz zitterte sie weiter vor sich hin. Nach einer gefühlten Ewigkeit, die laut Uhr am

Armaturenbrett keine zwei Minuten gedauert hatte, tanzte das Licht einer Taschenlampe auf sie zu.

Bergmann stieg in den Wagen ein. »Da draußen ist nichts«, knurrte er. »Kein Blut, kein Mädchen, kein Vogel. Rein gar nichts. Außer diesem Scheißnebel und Wald. Können wir endlich weiterfahren?«

Sandra schaltete die Warnblinkanlage aus und löste die Handbremse.

Bergmann drehte kommentarlos das Gebläse ab, während Sandra noch langsamer als zuvor weiterfuhr, bis das Navi die nächste Kurve ankündigte. Danach sollten sie ihr Ziel erreichen.

»Bist du sicher, dass du vorhin jemanden gesehen hast?«, fragte Bergmann nach.

Sandra kniff die Augen zusammen, um die Zufahrt zum Weingut in dem Waldstück zu finden. »Todsicher. Das Mädchen war ungefähr 16, vielleicht auch 18 Jahre alt. Mit langen dunkelbraunen Haaren und extrem blasser Haut. Es hatte ein weißes Kleid mit kurzen Ärmeln und einer grünen Satinschleife unterhalb der Brust an.« Oder war das ein Nachthemd gewesen? »Und es hatte eine Wunde quer über den Hals.« Dennoch war das Kleid sauber, glaubte sich Sandra zu erinnern. Hätten dort nicht Blutflecken sein müssen? Ihr waren aber keine aufgefallen. Dass die Jugendliche ihr Gesicht zu einer Fratze verzogen hatte, verschwieg sie Bergmann ebenfalls. Bestimmt war sie genauso erschrocken wie sie selbst. Sie mussten einen Suchtrupp anfordern, kam ihr nach dem Schreck reichlich spät, aber immerhin doch noch in den Sinn. In dem dünnen Gewand konnte sich das Mädchen den Tod holen. Wenn es nicht vorher verblutete, abstürzte oder überfahren wurde.

»Da!«, riss Bergmann sie aus ihren Gedanken, noch ehe sie diese aussprechen konnte.

»Was ist denn? Sag mal, musst du mich so erschrecken?« Sandra bremste den Wagen auf Schrittgeschwindigkeit herunter. Wieder leuchtete das Licht einer Taschenlampe im Nebel auf. Im nächsten Augenblick erkannte sie rechterhand einen Polizisten, der einen Zufahrtsweg im Wald absicherte, den das Navi nicht anzeigte. Sie bog in den Forstweg ein und hielt den Wagen an.

Bergmann öffnete sein Fenster und streckte dem Uniformierten seinen Polizeiausweis entgegen.

Der Kollege salutierte und winkte sie weiter über den Forstweg, der sich bald lichtete und einen breiten Lichtkegel freigab, der durch Nacht und Nebel himmelwärts flutete. Im Scheinwerferlicht waren nun auch die ersten Einsatzautos zu sehen, die am Fuße des Weingartens parkten.

»Vielleicht war das Mädchen ja Zeugin der Bluttat auf diesem Weingut, wurde verletzt und konnte dem Täter entkommen«, überlegte Sandra laut. »Sie könnte sich im Nebel verirrt haben. Das würde auch die Kleidung erklären …«

»Möglicherweise handelt es sich ja um die Täterin, die aus Notwehr oder vorsätzlich auf den Mann geschossen hat«, entgegnete Bergmann. »Sofern du nicht doch ein Gespenst gesehen hast.« Er hob seine Hände und schnitt eine Grimasse, die nicht annähernd so schrecklich aussah wie die Fratze des Mädchens.

»Du bist so ein …« Sandra hielt inne.

»Was denn, *Liebling*?«, fragte Bergmann launig.

Sandra rollte an einem geparkten Einsatzfahrzeug vorbei, während sie um Beherrschung rang. »Als ob ich an Gespenster glauben würde«, erwiderte sie nach außen hin möglichst gelassen.

»Na geh … Wo übermorgen doch Halloween ist«, zog Bergmann sie weiter auf.

Sie schluckte auch die nächste Antwort hinunter. Wenn er glaubte, dass sie sich von ihm provozieren ließ, hatte er sich getäuscht.

»Sarah ist heuer zu Halloween als Hexe unterwegs«, kam Bergmann ansatzlos auf seine Tochter zu sprechen. »Sie wird sich wohl wieder den Bauch mit Süßigkeiten vollschlagen, bis ihr schlecht ist.«

Sandra konnte die Sehnsucht nach Sarah, die er viel zu selten sah, in seiner Stimme hören. »Meinst du, das Mädchen auf der Straße ist zwei Nächte zu früh mit Halloween dran? Und ihr Aufzug ist nur eine Maskerade?«, sprach sie ihre nächsten Gedanken aus.

Bergmann überging ihre Frage. »Bleib doch mal dort vorne bei den beiden Lapos stehen!«, sagte er und zeigte auf zwei Landpolizisten, die bei einer Funkstreife am Absperrband standen.

Freilich ließ sich nicht ausschließen, dass sie vorhin der Täterin auf der Flucht begegnet war, spann Sandra ihre Gedanken weiter, während sie im Schritttempo auf die beiden Uniformierten zurollte. Immerhin hatten sie vor einigen Jahren schon einmal eine minderjährige Mörderin festgenommen, die vier Menschen kaltblütig getötet hatte. Um ein Haar hätte die preisgekrönte Jugendschützin damals auch noch Sandra erschossen.

Hatte Lubensky nicht von einer Jägerstochter gesprochen, die die Anruferin in ihrem Notruf erwähnte? Von einem bösen Weib, das die Seelen ihrer Opfer gefangen hält, rief sich Sandra seine Worte ins Gedächtnis. Was immer das bedeuten mochte und wer dieses verletzte Mädchen auch war, sie durften es nicht weiter im Nebel herumgeistern lassen. Das Außenthermometer zeigte kühle drei Grad Celsius an. Sandra bremste den Wagen neben den beiden Provinzpolizisten ab.

Der Chefinspektor ließ das Fenster hinunter, um die Männer an seiner Wagenseite anzusprechen. »Bergmann, Mordgruppe LKA Graz. Wo finden wir die Leiche?«

»Gleich ums Eck im Weingartenhaus«, antwortete der jüngere der beiden Männer und wies mit seinem Kinn zu den nächststehenden Scheinwerfern. Aus ihrer Position war der Leichenfundort, der demnach hinter dem Herrenhaus lag, nicht zu sehen.

»Ihr könnt's da aber net zuwi fahrn, wegen der Spurensicherung«, erklärte sein älterer Kollege. »Am besten schiebt's zurück und parkt's dort hint beim Weingarten.« Sein ausgestreckter Arm wies in die Richtung, aus der sie gerade gekommen waren.

Bergmann wollte sein Fenster wieder hinauflassen, als Sandra ihn am Ärmel zupfte und sich nach vorne beugte. An ihrem Beifahrer vorbei sprach sie die Kollegen draußen an. »Wird hier vielleicht ein Mädchen vermisst? Eine Jugendliche, ungefähr 16 bis 18 Jahre alt, dunkelhaarig, auffallend blasse Haut. Ich hab sie keinen Kilometer von hier entfernt auf der Straße gesehen. Sie ist aus dem Wald gekommen, am Hals verletzt und nur mit einem dünnen Kleid oder einem Nachthemd bekleidet.«

Beide Männer zuckten mit den Schultern. »Ich weiß nix von einer Vermissten oder Verletzten«, antwortete der eine und sah den anderen an. »Du, Patrick?«

Der jüngere Polizist verneinte ebenfalls.

»Finden heute Nacht Halloween-Veranstaltungen in der Gegend statt?«, wollte Sandra wissen.

Es folgte Kopfschütteln.

»Wohnt auf diesem Weingut ein Mädchen in diesem Alter?«, fuhr Sandra fort.

Wieder verneinten die Männer. »Im Herrenhaus wohnt nur die alte Haideggerin mit ihrer Enkeltochter und dem Schwiegersohn, der erschossen worden ist«, erklärte der eine. »Die Enkeltochter, das Sopherl, ist aber schon älter – Ende 20.«

»*Das*?«, fragte Sandra nach.

»Was?« Der Polizist verstand nicht.

»Na, warum *das* Sopherl, wenn die Frau auf die 30 zugeht?«, wurde Sandra konkret.

»Ah so … Nur so … Brand Sophie heißt s'«, erklärte der Befragte.

»Und mit der *alten Haideggerin* ist vermutlich Frau Agnes Haidegger gemeint, die den Toten gefunden und den Notruf abgesetzt hat?«, vergewisserte sich Sandra.

»Jawoll«, bestätigte der ältere Polizist.

»Die Arme … jetzt hat's den Hermann also auch noch erwischt«, meinte der Jüngere betroffen.

»Den Schneider Hermann«, beeilte sich der ranghöhere der beiden Polizisten den Nachnamen des Mordopfers der Vollständigkeit halber hinzuzufügen. »Möge seine Seele in Frieden ruhn«, zeigte sich nun auch er tief bewegt.

Sandra wartete vergeblich darauf, dass sich die beiden bekreuzigten. »Wieso denn *auch noch erwischt*?«, hakte sie nach.

»Na ja, der Sohn von der Agnes ist schon als Kind bei einem Unfall im Weingarten ums Leben 'kommen. Ihr Mann, der Edi, hat sich mit dem Traktor überschlagn. Der Bua is daneben g'sessn, außig'falln und vom Traktor zerquetscht worn. Der Edi war schwer verletzt und ist ein paar Tag später auch verstorbn. Einige Jahre danach hat's dann der Agnes ihren ersten Schwiegersohn, den Brand Peter erwischt. Bei einem Gärgasunfall im Weinkeller. Die Tür war von innen zug'sperrt und die Fenster warn verriegelt, wie s' ihn g'fundn ham. Das muss an die 20 Jahr her sein …«

»Dann war das damals kein Unfall, sondern ein Suizid?«, folgerte Sandra.

»Das hat nie hundertprozentig geklärt werden können. Er hat keine Kerze im Keller mitg'habt, und das Fenster war verriegelt, was darauf hindeutet, dass er nimmer leben wollt.«

»Wurde Fremdverschulden denn ausgeschlossen?«, fragte Sandra nach.

Beide Männer nickten. »Eure Leut warn damals eh da, ham ihre Ermittlungen aber bald wieder eing'stellt.«

»Die Tochter von der Haideggerin, die Liesl, hat dann den Schneider Hermann g'heiratet«, fuhr der eine fort. »Er hat sich nach dem Tod vom Peter ums Weingut gekümmert. Der Bua von der Liesl, der Brand Josef, ist damals grad Silberberg 'gangen.«

»Silberberg?«, fragte Bergmann nach.

»Eine Fachschule für Obst- und Weinbau, nicht weit weg von hier beim Sulmsee«, erklärte ihm Sandra.

»Der Hermann hat si' net nur ums Haidegger-Weingut 'kümmert, sondern auch um die Liesl. Angeblich ham die beiden schon vor dem Tod vom Peter was miteinander g'habt. Vielleicht war ihr Panscherl ja der Grund dafür, dass er sich um'bracht hat …«

Ein strenger Blick des älteren Polizisten stoppte den redseligen jüngeren. »Auf alle Fälle ist ein paar Jahr später auch noch die Liesl g'storbn«, erklärte er weiter.

»Krebs hat's g'habt. Unheilbar. Ist ziemlich schnell 'gangen«, fügte der Jüngere hinzu.

»Dann war das Mordopfer also der aktuelle Schwiegersohn von Frau Haidegger und nicht ihr Sohn«, rekapitulierte Sandra.

Beide Männer nickten.

»Hat Agnes Haidegger weitere Kinder?«

»Nein.«

Warum hatte die Anruferin dann von ihrem Sohn gesprochen, fragte sich Sandra insgeheim. Möglicherweise hatte ihr zweiter Schwiegersohn nicht nur bei ihrer Tochter und auf dem Weingut dessen Stelle eingenommen, sondern auch in ihrem Herzen. »Haben sich Frau Haidegger und Herr Schneider gut miteinander vertragen?«, hakte sie nach.

»Soweit ich weiß, ja. Obwohl der Hermann schon ein rechter Streithansl war. Ausgerechnet mit seiner Schwiegermutter ist er aber recht gut aus'kommen. Oder ist dir was anderes zu Ohren 'kommen?«

Der rangniedrigere Uniformierte verneinte. »Obwohl, wetten tät ich nicht drauf. Man weiß ja nie, was sich hinter verschlossenen Türen so abspielt«, schränkte er ein.

»Dafür ist der Hermann früher mit seinem Stiefsohn oft aneinander'klescht. Der Joe wollt schon früher auf biologischen Weinbau umstellen. Der Hermann war aber noch von der alten Schule. Erst wie der Joe eine Auszeichnung nach der andern eing'heimst hat, hat er ihm den Betrieb übergeben, und die beiden ham sich dann wieder z'sammeng'rauft«, erzählte der Ältere.

»Dafür hat's mit seinem Nachbarn, dem Zach Franz in letzter Zeit vermehrt Probleme 'gebn«, fuhr der andere Polizist fort. »Der Hermann hat ihn vor einigen Wochen an'zeigt, weil er ohne Baugenehmigung an'baut hat. Der Zach hat wohl 'glaubt, dass sich das im Nachhinein schon regeln lässt. Da hat er die Rechnung aber ohne seinen Nachbarn g'macht. Demnächst wird ihm wohl ein Abbruchbescheid ins Haus flattern.«

»Gut zu wissen«, sagte Sandra. Diese Anzeige und die drohenden Folgen gaben ein mögliches Mordmotiv für den Nachbarn ab. Auch wenn dieser die Konsequenzen für sein Versäumnis trotz des plötzlichen Ablebens seines Widersachers würde tragen müssen. Auf alle Fälle stand Franz Zach auf ihrer Vernehmungsliste ganz oben. »Wo hält sich Frau Haidegger jetzt auf?«, fragte sie weiter.

»Im Herrenhaus.«

Im Flutlicht konnte Sandra trotz des dichten Nebels erkennen, dass der untere Bereich des einstöckigen Hauses mit dem ausgebauten Dachgeschoß teilweise in den Hang hineinragte. Das rote Dach war ebenso neuwertig wie der Anstrich der cremefarbenen Fassade mit den weißen Akzenten und dem grau gestrichenen Fundament, die grüne Eingangstür und die Fensterläden an den teils vergitterten grünweißen Fenstern, hinter denen Licht brannte.

»Und ihre Enkel?«

»Die sind auch da.«

»Bist sicher, dass der Joe noch herunt ist? Er wohnt doch seit Kurzem im Haus weiter oben.« Der ältere Polizist deutete zum Weingarten hinauf.

Der jüngere Polizist zuckte mit den Achseln. »Meine Großmutter hat immer behauptet, dass dieses Weingut verflucht ist«, sagte er. »Ein Bewohner nach dem andern stirbt hier weg. Das ist schon merkwürdig …«

»Geh, halt's doch z'sammen, Patrick«, fiel ihm sein Kollege ins Wort. Die Haideggerin ist weit über 80 und noch immer pumperlg'sund.«

»Und trotzdem soll's hier nicht mit rechten Dingen zugehn. Angeblich spukt's in dem Weingarten schon seit Jahrhunderten ...«

»Jetzt hör doch mit de' depperten Geisterg'schichtn auf«, folgte die nächste Rüge des älteren Mannes.

»Es wäre mir auch recht, wenn Sie bei den Fakten blieben«, sagte Bergmann, was dem jüngeren Mann neuerlich ein Schulterzucken entlockte.

Der Ältere richtete den Blick zu Boden.

»Gibt es in der näheren Umgebung einen Jäger mit einer jugendlichen Tochter?«, fragte Sandra. Vielleicht hatte Agnes Haidegger vor ihrem Notruf dasselbe Mädchen gesehen wie sie vorhin auf der Straße. Dass dieses »böse Weib« angeblich die Seelen ihrer Opfer gefangen hielt, ließ sie vorerst unerwähnt.

Die Männer sahen einander an. »Da fragt's am besten den Obmann vom Jagdverein«, sagte der Ältere und nannte ihr den Namen. »Mir fallt so gach kein Dirndl ein, das infrage kommt.«

»Und ihr wisst wahrscheinlich auch nichts von einer Jägerstochter, die die Seelen ihrer Opfer gefangen hält?«, wurde Sandra konkreter. Prüfend sah sie von einem Mann zum anderen.

Ein strenger Blick des Älteren vermittelte ihr den Eindruck, dass er den Jüngeren am Reden hindern wollte. Dabei schienen sie über ihre ungewöhnliche Frage keineswegs überrascht zu sein, sondern verneinten nur kopfschüttelnd.

Verheimlichten ihr die beiden etwas? Aber warum sollten die Kollegen etwas verschweigen, das womöglich der Klärung eines Mordfalls in ihrem Revier diente?

»Können wir dann?«, drängte Bergmann.

Sandra bedankte sich bei den Landpolizisten und richtete sich wieder auf. Nachdem sie reversiert hatte und losfuhr, bemerkte sie im Rückspiegel, dass der Ältere wild gestikulierend auf den Jüngeren einredete. »Ich habe den Eindruck, dass uns die beiden etwas verheimlichen«, sagte sie.

»Was denn? Etwa deine mysteriöse Jägerstochter? Was sollte diese seltsame Frage überhaupt?« Einmal mehr bedachte sie der Chefinspektor von oben herab mit einem Grinsen. Wenn jemand überheblich dreinschauen konnte, dann war er es.

»Agnes Haidegger hat diese Jägerstochter in ihrem Notruf erwähnt«, erklärte ihm Sandra, um Gelassenheit bemüht.

»Na, wenn das so ist, werden wir sie später nach ihr befragen. Und nach den Seelen ihrer Opfer …« Bergmann lachte auf. »Du glaubst diesen Schwachsinn doch hoffentlich nicht?« Sein prüfender Blick haftete auf Sandra.

»Natürlich nicht. Ich mach mir aber Sorgen um das verletzte Mädchen«, wandte Sandra ein. »Wir sollten einen Suchtrupp anfordern. Nicht, dass es heute Nacht noch eine weitere Tote im Sausal gibt.«

Bergmann verdrehte die Augen und seufzte. »Ist das dein Ernst?«

»Ja, was denn sonst? Warum glaubst du mir denn nicht, Sascha? Ich bilde mir so etwas doch nicht ein.« Sandra funkelte ihren Beifahrer aus schmalen Augen an.

»Lass uns erst einmal die Fakten vor Ort klären. Wir sind schließlich hier, um in einem Mordfall zu ermitteln. Nicht, um Gespenster und verlorene Seelen zu jagen«, sagte Bergmann.

»Das Mädchen war aber kein Gespenst, Himmelherrgott noch mal!«, verlor Sandra nun doch die Beherrschung.

»Sondern eine verletzte Jugendliche, die womöglich noch immer bei dieser Kälte im Nebel herumirrt. Falls sie überhaupt noch lebt … Warum kapierst du das denn nicht, Sascha?«

Bergmann runzelte skeptisch die Stirn. Immerhin war ihm jetzt das Grinsen vergangen.

Dennoch hätte Sandra ihn am liebsten gepackt und geschüttelt, damit er ihr endlich glaubte. Stattdessen schluckte sie erneut ihren Ärger hinunter und schnaufte durch. War es möglich, dass sie sich das Mädchen nur eingebildet hatte? War sie einer Sinnestäuschung erlegen, fragte sie sich insgeheim noch einmal. Konnte es sich um eine Illusion im Nebel gehandelt haben? Nein. Nie und nimmer, gab sie sich selbst die Antwort. Ausgeschlossen.

»Park dich zwischen den beiden Vans dort ein«, ordnete Bergmann an.

Sandra folgte seiner Anweisung zähneknirschend.

Nachdem sie aus dem Wagen ausgestiegen war, zog sie den Reißverschluss ihrer leichten Steppjacke zu und öffnete den Kofferraum, um die Schutzkleidung für sich und Bergmann herauszuholen. Dann marschierten sie an den Fahrzeugen entlang, die am Rande des Weingartens geparkt waren, zum Absperrband zurück. Im Licht der Polizeischeinwerfer waren nur die nächsten Rebzeilen zu erkennen. Spärlich belaubt und herbstlich verfärbt wie die knorrigen Zwerge auf der Fahrt hierher.

Die Weinlese war bereits abgeschlossen, wusste Sandra. Bis auf den Eiswein, der im Sausal traditionell kaum eine Rolle spielte. Alles sprach für einen großartigen Jahrgang. Nach einem frostigen Jänner, der frühen Rebblüte im Mai, einem sonnigen, aber trockenen Sommer und einem regnerischen September waren die Weinkeller der steirischen

Weinbauern endlich wieder reichlich gefüllt. Wegen der dramatischen Ernteausfälle durch den Spätfrost im Vorjahr durften die Junker-Weine heuer ausnahmsweise schon früher ausgeschenkt werden. Und nicht, wie sonst üblich, erst ab Mittwoch vor Martini. Es war keine drei Wochen her, dass Sandra bei prachtvollem Herbstwetter zusammen mit Andrea die Sausaler Weinstraße in einem gemieteten »Genussmobil« erkundet hatte. Der kleine wendige Elektro-BMW führte die Freundinnen zuerst ins Weinmuseum nach Kitzeck, danach zum Mittagessen ins Restaurant des Panoramahotels in St. Andrä-Höch. Anschließend legten sie beim weltgrößten Klapotetz und auf der Schmetterlingswiese am Demmerkogel einen Verdauungsspaziergang ein und bestaunten den Ausblick von der Aussichtswarte über die Südsteiermark bis nach Slowenien hinüber. Schließlich besuchten sie noch ein nahe gelegenes Weingut, um mehr über das Anbaugebiet mit seinen steilen Einzellagen zu erfahren. Die Sausal-Weine unterschieden sich vom Rest der südsteirischen Weine, die vorwiegend auf Böden aus Ablagerungen der Urmeere wuchsen, im Sausal hingegen auf kargen Schiefer- und nur in niedrigeren Lagen auf Muschelkalkböden. Der mediterran-illyrische Klimaeinfluss sorgte für hohe Tagestemperaturen, die nahe Koralpe für kühlere Nächte, was nicht nur Sauvignon Blanc, die steirische Paraderebsorte schlechthin, hervorragend gedeihen ließ. Vor allem Riesling war im Sausal seit jeher ein Thema. Aber auch Weiß- und Grauburgunder profitierten von den örtlichen Klima- und Bodenverhältnissen und gerieten mineralischer, komplexer und eleganter. Einige Flaschen nahmen die Freundinnen für zu Hause mit.

Während der Chefinspektor nur noch wenige Schritte vom Absperrband entfernt war, hatte Sandra alle Mühe, ihm zu folgen. Einmal mehr schnellte ihr Puls in die Höhe. »So warte doch auf mich, Sascha!«, rief sie ihm hinterher. Wieder spürte sie ein leichtes Brennen in der Brust. Etwas stimmte nicht mit ihr. Aber was? Beim letzten Gesundheitscheck waren ihre Werte exzellent gewesen. Und der lag keine vier Wochen zurück. Auf dem Crosstrainer vor wenigen Stunden waren auch keine Beschwerden aufgetreten. Höchstwahrscheinlich steckte ihr noch immer der Schreck in den Gliedern. Oder sie brütete eine Erkältung aus. Vielleicht hatte Miriam sie ja angesteckt. Die junge Kollegin war am Freitag ziemlich verschnupft im Büro aufgetaucht.

Bergmann blieb stehen, um auf Sandra zu warten. »Was ist mit dir? Hopp, hopp!«, rief er ihr zu, als sie am Herrenhaus vorbeiging. »Du bist doch sonst so fit wie ein Turnschuh.«

Der Kriminaltechniker in seiner unmittelbaren Nähe wandte sich nach ihr um.

Schnaufend tauchte Sandra unter dem Flatterband hindurch und begrüßte den Mann im weißen Einwegoverall. Den grinsenden Chefinspektor ignorierte sie hingegen. Im Flutlicht erkannte sie nun die große quadratische Terrasse, die mit ihrem efeubewachsenen Steinfundament und dem schmiedeeisernen Geländer fast über beide inneren Schenkelseiten des L-förmigen Herrenhauses reichte. Vom Garten aus war sie über eine steinerne Treppe erreichbar. Die restaurierte grüne Flügeltür unter den Fenstern des Erdgeschoßes war von schmiedeeisernen Laternen flankiert und führte in den Keller. Etwas abseits gelegen stand ein kleineres Gebäude. »Dürfen wir den Tatort schon betreten?«, fragte sie, den Blick dorthin gerichtet.

Der Kriminaltechniker nickte. »Die Spuren von der Leiche sind bereits abgenommen. Momentan ist die Frau Doktor noch dran. Ihr könnt's aber ruhig schon mal eini ins Weingartenhaus. Schutzkleidung habt's ja eh mit«, meinte er, auf die Sachen unter Sandras Arm deutend.

»Ist der Fundort der Tatort?«, erkundigte sie sich.

Wieder nickte der Kollege. »Alle Spuren deuten darauf hin, dass der Mann dort drinnen erschossen worden ist. Aber sprecht's am besten mit dem Chef. Dort drüben steht der Jörgl, neben dem Martin. Bei der Tür.« Tatsächlich war es aus der Entfernung nicht ganz einfach, die Kapuzenmänner zu erkennen. Mit oder ohne Nebel.

Sandra reichte Bergmann den größeren der beiden Einwegoveralls, Handschuhe und Schuhüberzieher. Sie selbst zog ebenfalls Schutzkleidung über, um nur ja keine neuen Spuren am Tatort zu setzen, die dann erst mühsam wieder abgeglichen werden mussten.

»Bleibt's bitte auf den Brettln«, verwies der Kollege sie auf die Holzlatten ringsum, die den Einsatzkräften als schmaler Fußweg dienten.

Mit Bedacht balancierten die Ermittler auf ihr Ziel zu, vorbei an weiteren Overallträgern, die allesamt emsig mit der Spurensuche beschäftigt waren.

RÜCKBLENDE I

DAS ERWACHEN

Februar 1915, Waltendorf bei Graz

»Nun denn, lassen Sie es uns noch einmal versuchen, liebe, gnädige Frau.« Schobert löschte das elektrische Licht im Salon und nahm seinen Platz am Esstisch ein. Wie schon an den Abenden zuvor hatte sich auch heute wieder dieselbe Runde zur Experimentalsitzung eingefunden. Ihm gegenüber saß Mutter Silbert, welche die Wohnung in der Schörgelgasse mit ihren Kindern bewohnte, zu seiner Linken und Rechten zwei ihrer erwachsenen Töchter, Mitzi und Ella. Der treue Freund des Hauses warf einen Blick auf seine silberne Taschenuhr, klappte sie wieder zu und steckte sie in seine Westentasche zurück.

Alle Anwesenden streckten ihre Arme aus, legten die Hände auf die Tischplatte – die Finger so weit auseinandergespreizt, dass sich die eigenen Daumen und ihre kleinen Finger mit denen der Nachbarn berührten. Die spiritistische Kette war geschlossen, die Kräfte konzentriert.

Seit geraumer Zeit wusste Schobert, der sich bereits eine Weile mit Okkultem beschäftigte, um die medialen Fähigkeiten der nicht mehr ganz jungen, kränklichen Maria Silbert und bestärkte sie darin, diese weiterzuentwickeln. Doch hatte sich die tiefgläubige Frau bis vor wenigen Wochen stets beharrlich geweigert, ihre Gabe, die sie wohl von ihrer hellsichtigen Großmutter mütterlicherseits geerbt hatte, zu schulen und zu nutzen.

Als kleines Mädchen hatte Mariele, wie man die geborene Maria Koralt damals nannte, immer wieder eine Hand neben ihrem Bett gesehen, die sie auch berührte und allerlei Schabernack mit ihr trieb.

Einmal wachte sie mitten in der Nacht auf, stand auf und weckte weinend ihre Eltern, in der festen Überzeugung, dass es brannte. Unaufhörlich rief sie unter Tränen, dass die Kinder verbrennen würden, wenn der Vater nicht gleich aufstand und ihnen zu Hilfe eilte. Die Eltern glaubten, Mariele hätte schlecht geträumt, fantasiere womöglich im Fieber. Also beschloss der besorgte Vater, den befreundeten Arzt zu holen. Kaum hatte er den Obstgarten durchquert, nahm er einen Feuerschein über einem der weiter entfernten Häuser wahr. Lichterloh stand das Haus bereits in Flammen, als er es erreichte und die schlafenden Bewohner durch seine Zurufe alarmierte. Gerade noch rechtzeitig gelang es ihnen, ihre Kinder und die eigene Haut zu retten.

Wiederholt sah die kleine Mariele den Tod von Menschen in ihrer Umgebung vorher, die genauso ums Leben kamen wie in ihren Visionen. Oftmals begegneten ihr Elfen und Zwerge, von denen sie ihrem Herrn Vater jedoch nichts mehr erzählte. Er glaubte ihr ohnehin nicht, schalt und bestrafte sie für ihre vermeintlichen Schwindeleien, von denen das träumerische Kind einfach nicht abrücken wollte. Seit Mariele zur Schule ging, setzte es dafür sogar Rutenhiebe. Fortan verbarg sie ihre Gabe und verdrängte sie immer weiter aus ihrem Bewusstsein, bis sie wie eine Quelle oberflächlich verschüttet war. Tief drinnen aber versiegte diese Zeit ihres Lebens nicht.

Als Maria längst mit dem ehrenwerten Finanzkommissär Gustav Silbert verheiratet war und bereits fünf Kindern das

Leben geschenkt hatte, von denen eines der Mädchen, Auguste, gestorben war, kam es wieder zu seltsamen Vorfällen, und ihre besondere Gabe drängte ans Licht.

Damals lebte die Familie Silbert im weststeirischen Voitsberg. Ein schreckliches Jahr lag hinter ihnen. Nach einem schmerzhaften Augenleiden erblindete Maria eines Abends schlagartig. 315 Tage musste sie in ständiger Nacht zubringen, bis ihr Augenlicht nach vielen bangen, verzweifelten Stunden und unzähligen Gebeten genau so plötzlich wieder zurückkehrte. Ihre maroden Füße machten ihr noch immer zu schaffen. Stock oder Krücken waren seit Langem ihre ständigen Begleiter. Einmal in der Woche brachte ihr treusorgender Ehemann seine fußkranke Frau zur Kurbehandlung nach Ligist. So auch an diesem Mittwochnachmittag im Frühjahr, als sich zu Hause gar merkwürdige Dinge zutrugen, an die sich auch Mitzi und Ella heute noch gut erinnerten.

Es war gegen 18 Uhr, als das Pianino plötzlich von alleine zu spielen anfing. Die erschreckten Kinder fanden keine Erklärung für dieses unheimliche Phänomen. Sie holten die Hausmeisterin herbei, um das Instrument gemeinsam zu untersuchen. Unaufhörlich schallte die harmonische Klaviermusik durch die Wohnung. Als sie schließlich die Deckel des Instruments hochklappten, sahen sie die Tasten und Hämmer auf- und niedergehen – wie von Geisterhand bewegt. Die Eltern, die aus Ligist heimkehrten, wurden Zeugen dieses unerklärlichen Klavierspiels in ihrem Heim, ebenso die Wohnungsnachbarin, die später hinzukam. Und damit nicht genug, stimmte gegen 20 Uhr auch noch die Geige im Zimmer mit ein und begleitete das Klavier völlig selbstständig, bis das wundersame Duett Stunden später verstummte.

Die folgenden Jahre waren von Visionen und persönlichen Schicksalsschlägen geprägt. So sah Mutter Silbert den Tod ihres Sohnes Karl genauso vorher wie den ihrer Mutter. In jenen Tagen erfuhr der gute alte Freund des Hauses, Postoffizial Schobert, von ihrem zweiten Gesicht, ihrem sechsten Sinn, ihrer besonderen Gabe, die sie vorerst nicht zu nutzen wagte.

Jahre vergingen, bis sich Mutter Silbert eines geselligen Abends bereit erklärte, nunmehr doch wieder Anschluss an die geistige Welt zu suchen. Zu Schoberts großer Freude sprach sie diesen Wunsch aus heiterem Himmel, ohne sein Zureden aus. Es mochte daran liegen, dass ihr Ehegatte Gustl und ihr jüngster Sohn August im vergangenen Jahr verstorben waren, ihr ältester Sohn Georg im Krieg vermisst wurde. Mutter Silbert musste sich und ihre sechs unversorgten Kinder nun alleine über Wasser halten. Tief in ihrem Inneren ahnte sie wohl, dass es der spirituelle Weg war, der ihrer göttlichen Vorsehung entsprach und dem sie folgen musste. Der gute Schobert stand ihr wie immer zur Seite, bestärkte und begleitete sie.

So saßen sie nun seit einigen Wochen allabendlich im engsten Familienkreis beisammen, die Hände zur Kette formiert, andächtig wartend, ob sich ein Geistwesen melden würde. Gemeinsam konzentrierten sie sich auf ihr Ziel, fixierten stundenlang die flackernde Kerze auf dem Tisch, die den Salon zusammen mit den anderen Kerzen ringsum in ein schummriges Licht tauchte. Wochenlang geschah gar nichts.

Bis zu diesem Abend im Februar 1815. Plötzlich waren deutliche Klopflaute zu vernehmen. Alle vier fuhren zusammen und blickten zur Tür hinüber. Doch von dort kam das Geräusch nicht. Es klopfte im Tisch, auf dem ihre Hände ruhten.

»Gott grüße dich, wer du auch seist!*«, sagte Schobert beherzt.

---

* Zitat aus »Mutter Silbert. Tatsachen, Berichte, Dokumente« von Rudolf Sekanek, Der Leuchter Otto Reichl Verlag 1959 – Seite 51

Wieder klopfte es aus dem Tisch. Dann kehrte Stille ein.

Nach einer Weile vergewisserte sich Schobert, dass alle Anwesenden das Geräusch auch gehört hätten, als es noch einmal klopfte. Ein einziges Mal nur. Das unbekannte Wesen aus dem Jenseits schien ihm zu antworten.

»Gott zum Gruß!*«, ergriff nun Mutter Silbert das Wort.

Wieder klopfte es. Diesmal waren es drei Schläge: Gott – zum – Gruß! Dann verstummten die Laute und sollten an diesem Abend nicht mehr wiederkehren. Kurz nach Mitternacht beendeten sie die Séance.

Mutter Silbert zeigte sich aufgewühlt, tief ergriffen, von einem feierlichen, ja erhabenen Gefühl durchdrungen. Am liebsten wäre sie hinausgelaufen, hätte voller Dankbarkeit Bäume und Sträucher umarmt, wäre von Demut erfüllt unterm Sternenhimmel betend auf die Knie gesunken. Von diesem Abend an war ihr weiterer, oftmals beschwerlicher Weg vorgezeichnet. Ihr Schicksal war besiegelt.

* Zitat aus »Mutter Silbert. Tatsachen, Berichte, Dokumente« von Rudolf Sekanek, Der Leuchter Otto Reichl Verlag 1959 – Seite 52

KAPITEL 3

Montag, 30. Oktober 2017, Kitzeck im Sausal

1.

Das alte Weingartenhaus war nicht annähernd so gut in Schuss wie das Herrenhaus. Die schmutzig graue Mauerfarbe und der Putz bröckelten an den meisten Stellen ab. Auch die braunen Rahmen und Läden der vergitterten Fenster hätten längst wieder einen neuen Anstrich vertragen. Es war wohl auch diese Patina, die dem kleineren Weingartenhaus etwas Düsteres, Unheimliches verlieh. Ebenso heruntergekommen sah der kleine, im unteren Bereich gemauerte Holzschuppen aus, der etwas abseits stand.

»Servus«, sprach Bergmann den Leiter der Tatortgruppe an der Eingangstür an.

Jörg Schöffmann wandte sich den Ermittlern zu. »Griaß eich!«

Sandra grüßte zurück.

»Was hast du für uns?«, erkundigte sich der Chefinspektor.

Der Kriminaltechniker trat zwei Schritte beiseite, ohne die Bretter unter seinen Füßen zu verlassen, und deutete auf das vergitterte Fenster neben der Tür, dessen Scheibe zerbrochen war.

Drinnen konnte Sandra die Gerichtsmedizinerin erkennen, die ihnen den Rücken zuwandte.

»Einiges«, antwortete Jörg Schöffmann. »Sicher bin ich mir schon mal, dass der Täter vor diesem Fenster gestanden ist, als er von draußen auf sein Opfer im Haus geschossen hat. Und zwar nur ein einziges Mal. Aus drei bis vier Metern Entfernung. Das Opfer wurde stehend von vorne in die Brust getroffen.«

»Das ist ja schon mal etwas«, meinte Bergmann. »Die Position des Schützen war also hier am Fenster«, wiederholte er, während er die zerbrochene Fensterscheibe hinter den Gitterstäben betrachtete.

»Siehst du die schwarzen Pulveranhaftungen überall?«, fragte Jörg Schöffmann.

Bergmann beugte sich nach vorn, um das Fenster noch näher zu begutachten. »Ist das Schwarzpulver?«, fragte er.

»Höchstwahrscheinlich. Die chemische Analyse wird es weisen.«

Bergmann richtete sich wieder auf. »Tatwaffe habt ihr keine gefunden?«

»Bisher nicht. Aber falls es sich bei diesen Anhaftungen tatsächlich um Schwarzpulverspuren handeln sollte, können wir davon ausgehen, dass das Opfer mit einem Vorderlader erschossen wurde. Wir haben außerdem keine Patronenhülse am Tatort gefunden. Aber warten wir mal ab, bis die Spurensicherung abgeschlossen ist«, sagte Jörg Schöffmann.

»Wer schießt denn heutzutage noch mit einem Vorderlader?«, fragte Bergmann.

»Sportschützen«, antwortete der Kriminaltechniker. »Auch in Brauchtumsvereinen wird noch mit Vorderladern und Schwarzpulver geschossen.«

»Wie die Prangschützen in der Krakau«, erwähnte Sandra die traditionellen Schützengarden in ihrer alten Heimat.

»Der Täter hat also durch das Fenster geschossen«, sagte Bergmann.

Der Kriminaltechniker schüttelte den Kopf. »Lage und Beschaffenheit der Glasscherben, die wir drinnen auf dem Fußboden sichergestellt haben, lassen eher vermuten, dass er zuerst das Fenster eingeschlagen und danach auf sein Opfer geschossen hat.«

Einmal mehr kam Sandra das Mädchen auf der Straße in den Sinn. »Waren Blutspuren am Fenster oder auf den Scherben?«, fragte sie. Möglicherweise hatte sich das Mädchen auf der Straße die Verletzung am Hals an der Fensterscheibe zugezogen.

»Nein. Wir haben die Scherben trotzdem sichergestellt, damit das Labor sie auf mögliche andere Materialanhaftungen untersuchen kann«, erwiderte der Kriminaltechniker.

»Vielleicht hat sich der Täter mit dem Lauf der Waffe und der Distanz zum Fenster verschätzt und es unabsichtlich eingeschlagen«, sagte Bergmann. »Das Opfer hat sich nach dem Geräusch umgedreht und wurde in die Brust getroffen.«

»Oder der Täter wollte auf sich aufmerksam machen. Möglicherweise sollte ihn das Opfer vor seinem Tod noch sehen und erkennen«, spekulierte Sandra.

»Oder die Täterin«, warf Bergmann ein. Der spöttische Zug um seinen Mund sprach dafür, dass er schon wieder auf das Mädchen anspielte, das er für ein Hirngespinst hielt.

»Er oder sie wollte den Mann nicht in den Rücken schießen, sondern von Angesicht zu Angesicht töten«, fuhr Sandra unbeirrt mit ihrem Tatszenario fort. »Was für eine Beziehungstat sprechen würde.«

»Gibt es denn Hinweise auf einen Raubmord?«, fragte Bergmann.

»Nein. Bis auf die kaputte Fensterscheibe ist nichts zu Bruch gegangen oder verwüstet. In keinem der Räume. In der Gesäßtasche des Toten haben wir seine Brieftasche mit fast 200 Euro gefunden. Sein Handy haben wir auch sichergestellt. Ziemlich alter Knochen. Außerdem befinden sich einige Wertgegenstände im Haus. Eine Kamera, elektronische Geräte und Antiquitäten. Mit der Täterin könntest du übrigens recht haben, Sascha. Es gibt Hinweise, dass der Mann nicht allein war, als er erschossen wurde. Auf dem Tisch sind zwei Weingläser und eine leere Flasche Wein gestanden. Außerdem haben wir einen digitalen Audiorekorder sichergestellt, unweit der Leiche auf dem Boden liegend. Er hat noch aufgezeichnet, als wir eingetroffen sind.«

»Wie bitte? Soll das heißen, es gibt eine Tonaufnahme von der Tat?«, fragte Bergmann überrascht.

Jörg Schöffmann nickte.

»Na, besser geht's doch kaum«, zeigte sich der Chefinspektor hocherfreut.

Der Kollege schien weniger zuversichtlich zu sein. »Fürs Erste hat das Tondokument leider nicht die Aussagekraft, die wir uns erhofft hatten. Martin hat die Audiofiles gleich runtergeladen, und wir haben kurz reingehört. Anfangs ist ein Mann zu hören, bei dem es sich um das Opfer handeln dürfte. Er stellt Fragen und fordert jemanden zum Antworten auf. Wir hatten zuerst den Eindruck, als telefoniere er, weil keine Antworten zu hören sind. Nur Geräusche, Schritte, Pumpern … Dann plötzlich doch eine zweite Stimme, wenn auch nur sehr leise und schwer verständlich. Nicht so tief wie die Männerstimme. Schleppend, gedämpft, undeutlich. Als wäre diese Person betrunken oder durch eine Sprachstörung beeinträchtig.«

»Eine Frau?«, fragte Bergmann.

Jörg Schöffmann zuckte mit den Achseln. »Vermutlich. Vielleicht auch ein älteres Kind. Ich bilde mir ein, dass die Stimme einige Male hintereinander ›Mama‹ gesagt hat. Martin war sich da nicht so sicher. Wir müssen die Aufnahmen erst bearbeiten und analysieren.«

»Mama?« Sandra und Bergmann sahen einander an.

War ein Kind am Tatort gewesen? Oder doch eine Frau? Schon wieder kam Sandra das Mädchen auf der Straße in den Sinn. War sie diese mysteriöse Jägerstochter, von der Agnes Haidegger gesprochen hatte? Möglicherweise hatte sie Zugriff auf Schusswaffen, konnte vielleicht auch damit umgehen. Hatte sie den Weinbauer erschossen, sich verletzt und war nun auf der Flucht? Oder war sie eine Komplizin des Täters? Oder doch ein weiteres Opfer und damit eine wichtige Zeugin? Sandra hätte vorhin schneller reagieren, aussteigen und sie ansprechen müssen, warf sie sich nun vor. »Ist auch der Begriff ›Jägerstochter‹ gefallen? Oder ›böses Weib‹? War von ›verlorenen Seelen‹ die Rede?«, fragte sie.

Genauso verwundert, wie Jörg Schöffmann sie ansah, hätte sie ihn nach dieser Frage umgekehrt wohl auch angesehen.

Wenigstens war Bergmann, der gerade der Gerichtsmedizinerin durchs kaputte Fenster zuwinkte, kurzfristig abgelenkt.

»Wie gesagt, wir haben nur reingehört«, erwiderte der Kriminaltechniker. »Martin wird den Ton so gut es geht bearbeiten, damit wir die Aufnahme analysieren können«, wiederholte er. »Es war auch noch lautes Poltern zu hören, als würden Türen zugeschlagen, Sesseln gerückt und Ähnliches. Außerdem Stöhnen, Ächzen, Wimmern …«

»Dann hat da drinnen doch ein Kampf stattgefunden?« Bergmann hatte sich ihnen wieder zugewandt.

»Das Audiofile lässt darauf schließen, aber drinnen finden sich keine Spuren eines Kampfes.«

»Sex vielleicht?«, fragte Bergmann.

»Der müsste dann aber ausgesprochen wild gewesen sein.«

»Soll ja vorkommen …«

»Wir haben uns auch noch jene Stelle angehört, bei der die Amplitude am größten ist, also das lauteste Geräusch der Aufnahme.«

»Der Schuss?«, fragte Sandra.

»Genau. Und keine fünf Sekunden vor dem Schuss birst Glas. Unmittelbar danach ist ein abgeschnittenes Wort zu hören: ›olln‹ oder ›ülln‹.«

»Olln … ülln? Was könnte das heißen?«

Jörg Schöffmann zuckte mit den Schultern. »Alles Mögliche könnte das heißen. Das Wort oder der Satz davor sind größtenteils vom Schussgeräusch überlagert und daher unverständlich. Mal schauen, ob wir was Sinnvolles herausfiltern können.«

»Kannst du schon sagen, wann genau dieser Schuss gefallen ist?«, wollte Bergmann wissen.

»Kann ich. Der Rekorder speichert die Dateien unter dem Datum und der Beginnzeit der Aufzeichnung ab. Währenddessen läuft der Timecode mit. Martin hat daraus 22.46 Uhr errechnet. Die Tatzeit lässt sich in diesem Fall bis auf die Tausendstelsekunde genau eruieren«, sagte der Kriminaltechniker.

»22.46 Uhr reicht mir völlig«, meinte Bergmann. »Der Notruf ist um 22.52 Uhr eingegangen. Dazwischen liegen sechs Minuten. Das ist zwar kein Rekord bei der geringen Distanz zwischen Herren- und Weingartenhaus, aber das kommt schon hin. Eine alte Frau ist schließlich kein D-Zug. Gell ja, Sandra?«

Sandra ignorierte die Provokation des Chefinspektors, die völlig unangebracht war. Nur, weil sie einmal nicht ganz fit war, zog er sie auf. »Und wenn da drinnen eine Geisterbeschwörung stattgefunden hat?«, sprach sie den Gedanken aus, der ihr vorhin in den Sinn gekommen war.

»Eine Geisterbeschwörung?« Kopfschüttelnd wandte Bergmann seinen Blick ab, als zweifle er endgültig an ihrem Verstand.

»Der Mann stellt Fragen, bekommt vorerst aber keine Antworten. Nur Klopfen und Poltergeräusche. Dann diese unverständliche Stimme … Das hat mich an eine Doku über paranormale Phänomene erinnert, die ich mal gesehen habe«, sagte Sandra. Das weiß gekleidete Mädchen, das bei Nacht und Nebel auf der Straße aufgetaucht und wieder verschwunden war, passte ebenso gut in eine Spukgeschichte. Nur, dass diese Person vorhin real gewesen war. Oder vielleicht doch nicht?

»Eine Geisterbeschwörung wäre schon denkbar«, erwiderte Jörg Schöffmann.

»Wie bitte? Kommst du mir jetzt auch noch mit Gespenstern daher? Ausgerechnet du? Der Analytiker schlechthin?«, fragte Bergmann, allmählich verzweifelnd.

»Die Tonaufnahme lässt diesen Schluss zu.«

»Moment einmal, es waren doch zumindest zwei Personen anwesend«, wandte Bergmann ein. »Das Opfer und der Täter.«

Jörg Schöffmann zuckte mit den Schultern. »So viel kann ich bestätigen. Ob außerdem noch jemand da war, kann ich noch nicht sagen«, wiederholte er. »Wir haben lediglich Stimmen gehört, die wir erst analysieren müssen.«

»Und wenn der Mann doch telefoniert und dann den Lautsprecher am Handy eingeschaltet hat?«, ließ Bergmann nicht locker.

Der Kriminaltechniker schüttelte den Kopf. »Wenn es sich bei dem Mann um das Opfer handelt, hat sein letztes Handygespräch laut Anrufliste am Nachmittag stattgefunden.«

»Könnten die Stimmen nicht auch aus dem Radio oder dem Fernseher gekommen sein?«, suchte Bergmann nach einer vernünftigen Erklärung.

»Jedenfalls waren beide ausgeschaltet, als die Kollegen am Tatort eingetroffen sind. Es gibt zudem ein Messgerät, wie es Geisterjäger gern verwenden, um die Existenz fremder Energien nachzuweisen.«

»Was?« Bergmann kam aus dem Kopfschütteln gar nicht mehr heraus. »Und wer hat deiner Meinung nach geantwortet? Hui Buh, das Schlossgespenst?«, fragte Bergmann.

Jörg Schöffmann grinste. »Wir finden bestimmt noch logische Erklärungen«, meinte er.

»Um welches Messgerät handelt es sich eigentlich?«, blieb Sandra bei den Fakten.

»Ein sogenanntes Trifeldmeter. Es misst niederfrequente

magnetische und elektrische Felder sowie Radio- und Mikrowellen.«

»Könnte ein Weinbauer damit nicht auch etwas Bodenständigeres anstellen als Geister zu jagen?« Bergmann wehrte sich standhaft gegen jede paranormale Theorie.

»Er könnte zum Beispiel Störfelder wie Wasseradern und Elektrosmog aufspüren. Ist das für dich bodenständig genug?«, fragte Jörg Schöffmann.

»Ich dachte, dafür gibt es Wünschelruten«, witzelte Bergmann.

»Tja, damit muss man aber auch erst einmal umgehen können«, erwiderte der Kriminaltechniker amüsiert.

»Na schön. Wir haben also das Handy des Opfers und diese Tonaufnahme. Immerhin …«, gab sich Bergmann fürs Erste zufrieden.

»Wir haben auch seinen Laptop sichergestellt. Er war im Herrenhaus. Meine Leute haben sich dort bereits umgesehen. Spuren, die auf ein Verbrechen hinweisen, gibt es nicht. Auch keine Schusswaffen. Der junge Weinbauer will auch nichts davon wissen.«

»Josef Brand?«, fragte Sandra nach.

»Genau. Ich hab ihn vorhin schon gebeten, sich im Weingartenhaus umzuschauen, ob etwas fehlt oder irgendetwas verändert worden ist. Bevor wir hier alles umgedreht haben. Die alte Frau war für uns ja nicht mehr ansprechbar, nachdem der Arzt sie behandelt hat.«

»Und? Ist ihm etwas aufgefallen?«

»Nichts. Außer dem Offensichtlichen«, bezog sich Jörg Schöffmann auf die Leiche und die sichtbaren Spuren des Verbrechens am Tatort. »Er hat mir auch bestätigt, dass es sich bei der Stimme auf dem Audiofile um die Stimme seines Stiefvaters handelt.«

»Und die andere Stimme?«

»Hat er nicht erkannt.«

»Habt ihr seine Fingerabdrücke genommen?«, erkundigte sich Bergmann weiter.

»Nein. Das wollte ich später in einem Aufwasch zusammen mit den beiden Frauen erledigen. Falls es ihr Gemütszustand erlaubt.«

»Lasst uns doch mal hineingehen«, sagte Bergmann. »Mir friert hier langsam der Hintern ab. Kommst du mit, Jörg?«

Sandra folgte den Männern durch die Holztür, die gerade hoch genug war, dass sich Bergmann als Größter von ihnen nicht den Kopf anschlug, ohne diesen einziehen zu müssen.

Sandras Hoffnung, dass es im Haus warm sein würde, erfüllte sich leider nicht.

»Können wir uns die Leiche ansehen?«, sprach Bergmann die Gerichtsmedizinerin an, die mit ihrem Laptop am Tisch saß.

Doktor Jutta Kehrer blickte auf. »Nur zu, ich bin fürs Erste mit dem Patienten fertig«, sagte sie mit einer einladenden Geste, machte jedoch keinerlei Anstalten aufzustehen. »Wo wart ihr eigentlich so lange?«

»War gar nicht so einfach, in dieser Waschkuchl hierher zu finden«, beschwerte sich ausgerechnet Bergmann. Als wäre er nicht die ganze Fahrt über mit seinem Smartphone beschäftigt gewesen, sondern selbst am Steuer gesessen.

»Der Nebel ist erst in der letzten Stunde so dicht geworden«, sagte Jörg Schöffmann. »Als wir hier angekommen sind, war die Sicht noch um einiges besser als jetzt. Wenn das so bleibt, pfiat di Gott …«, spielte er auf die bevorstehende Rückfahrt an.

Sandra befürchtete, dass er recht hatte. Wenngleich es allemal einfacher war, zurück nach Graz als hierher zu finden.

Sie blickte sich in der Stube um. Die zugedeckte Leiche lag etwa zwei Meter vom Fenster entfernt. Die bäuerliche Einrichtung – ein Sammelsurium aus verschiedenen Epochen von der Biedermeiersitzbank bis zum kleinen Flatscreen-Fernseher an der Wand – vermittelte dennoch ein stimmiges und gemütliches Ambiente. Sie hielt ihre Handflächen über die blau glasierten Ofenkacheln, die anders als erwartet etwas Wärme abstrahlten. Allerdings nicht mehr genug, um den gesamten Raum zu heizen, der an die 20 Quadratmeter maß. Zudem zog es kalt beim zerbrochenen Fenster herein. Fröstelnd wandte sie sich der Leiche zu.

Bergmann hob gerade die Folie von dem Toten ab, der rücklings auf den Holzdielen lag. Sein blutiges Hemd war aufgeschnitten. Offensichtlich das Werk der Gerichtsmedizinerin, die die Kleidung ihrer Patienten nicht erst umständlich aufzuknöpfen pflegte. Das Einschussloch auf der Brust des Leichnams schien größer als üblich zu sein. Die Markierungen der Tatortgruppe verrieten, dass die Leiche näher bei der Kredenz liegend aufgefunden worden war. Dort befand sich auch das meiste Blut auf dem Boden. Demnach hatte die Gerichtsmedizinerin die Position des Leichnams verändert, um ihn besser untersuchen zu können.

Erschöpft steuerte Sandra den Tisch an und nahm auf einem freien Stuhl Platz. Einen weiteren vereinnahmte der geöffnete Alukoffer der Gerichtsmedizinerin.

Bergmann blieb mit dem Leiter der Tatortgruppe neben der Leiche stehen.

»Alles in Ordnung mit dir, Sandra?«, sprach Doktor Kehrer sie an.

Sandra nickte.

»Du siehst blass aus«, ließ die Ärztin nicht locker.

»Die Kollegin hat auf der Fahrt hierher ein Gespenst gesehen«, witzelte Bergmann aus der anderen Ecke des Zimmers.

Jörg Schöffmann runzelte die Stirn.

Einmal mehr ignorierte Sandra die spöttische Bemerkung des Chefinspektors.

Auch die Gerichtsmedizinerin überging diese geflissentlich. Schließlich kannte sie Bergmann ebenso lange wie sie. Möglicherweise sogar um einiges besser. Immerhin war der Ärztin ein Verhältnis mit Bergmann nachgesagt worden. Wobei Sandra inzwischen vermutete, dass es sich nur um ein Gerücht gehandelt hatte, das die beiden aber nie dementiert hatten.

»Deckt sich denn der mutmaßliche Todeszeitpunkt von der Tonaufnahme mit deinen Messdaten? Dreiviertel elf?«, wollte Sandra wissen.

Doktor Jutta Kehrer bestätigte die Uhrzeit, wenngleich sie nicht in der Lage war, diese annähernd so präzise festzustellen wie der Kriminaltechniker anhand des Audiofiles.

»Und die Todesursache?«, fragte Sandra.

»Letaler Kreislaufstillstand. Die typischen Merkmale der Einschussverletzung weisen darauf hin, dass das Projektil das Gewebe mit relativ geringer kinetischer Energie getroffen hat, wobei das Kaliber relativ groß sein muss. Eine Ausschusswunde fehlt. Es handelt sich um einen Steckschuss, möglicherweise um einen Winkelschuss, der nach der Perforation des Gewebes von einer Rippe abgeprallt ist und sich weiter durch die Brusthöhle bewegt hat«, erklärte Frau Doktor Kehrer.

Bergmann fischte seine Brille aus der Jackentasche und ging in die Hocke, um die Leiche aus nächster Nähe zu begutachten.

»Am Hinterkopf befindet sich außerdem eine Riss-Quetschwunde nach einem stumpfen Schlag oder Aufprall. Ein tödliches Schädel-Hirn-Trauma schließe ich eher aus. Hundertprozentig sicher kann ich es aber erst nach der Obduktion sagen«, erklärte die Gerichtsmedizinerin vom Tisch aus.

Sandra wollte aufstehen, um sich die Kopfverletzung anzusehen.

»Bleib ruhig sitzen«, sagte Jutta Kehrer leiser zu Sandra und reichte ihr ihre Kamera.

Sandra betrachtete die Nahaufnahmen der blutigen Kopfverletzung unter dem dunklen Haarschopf auf dem Display. Der weiße Ansatz verriet ihr, dass die Haare gefärbt waren. Offenbar hatte der Landwirt nicht in Würde altern wollen.

»Aufgrund der Auffindeposition der Leiche gehe ich davon aus, dass sich der Mann die Platzwunde beim Sturz nach dem Schuss zugezogen hat. Und zwar an der Kante der Kredenz«, sagte der leitende Kriminaltechniker und verwies auf die Bodenmarkierung.

»Es lässt sich aber auch nicht ausschließen, dass ihm die Kopfverletzung kurz vor dem Schuss durch einen stumpfen Schlag auf den Hinterkopf zugefügt wurde«, meinte die Gerichtsmedizinerin.

»Wobei wir vor Ort keinen Gegenstand gefunden haben, der als Tatwaffe infrage kommt«, wandte wiederum Jörg Schöffmann ein.

»Hast du irgendwelche Fremdkörper an der Wunde entdecken können?«, erkundigte sich Bergmann bei der Gerichtsmedizinerin.

Die schüttelte den Kopf. »Negativ.«

Bergmann kratzte sich mit seinen behandschuhten Fingern am Kopf. »Wenn ihm vor dem Schuss jemand von hinten eine über den Schädel gezogen hat, wäre er dann hier stehen geblieben, um darauf zu warten, dass sich der Täter oder die Täterin entfernt, das Fenster einschlägt und ihn erschießt? Und warum wurde er nicht gleich hier drinnen erschossen?«, versuchte er den Tathergang zu rekonstruieren.

»Das könnte auch für mehrere Täter respektive Täterinnen sprechen«, sagte Sandra. »Die zweite Person von der Tonaufzeichnung könnte ihm im Zimmer die Platzwunde zugefügt und jemand anderer draußen vor dem Fenster auf ihn geschossen haben.«

»Glaubst du etwa, dass ihn Hui Buh auf den Kopf geschlagen hat?«, ätzte Bergmann schon wieder.

»Nein, das glaube ich nicht.« Sandra rollte genervt mit den Augen. Konnte er nicht endlich damit aufhören, sie aufzuziehen? Sie stand auf, um die Kredenz näher zu betrachten. Davor ging sie in die Hocke und strich mit einem behandschuhten Zeigefinger an der Kante entlang. »Ich kann hier keine Spuren entdecken«, sagte sie.

»Das Holz ist unversehrt. Wir konnten aber zwei Haare mit weißem Ansatz an der Kante sicherstellen. Genau hier …« Jörg Schöffmann hatte sich Sandra von hinten genähert, um ihr die besagte Stelle an der Kredenz zu zeigen.

Sie erhob sich aus ihrer hockenden Position. Prompt wurde ihr wieder schwindlig. Zur Sicherheit stützte sie sich mit einer Hand an der Kredenz ab.

»Alles in Ordnung mit dir?«, erkundigte sich Jörg Schöffmann.

»Ja, alles bestens.« Sandra rang sich ein Lächeln ab und kehrte zum Tisch zurück, um sich hinzusetzen.

Bergmann ließ vom Haarschopf des Opfers ab und richtete sich ebenfalls auf. »Hatte er vor seinem Ableben Geschlechtsverkehr?«, fragte er Doktor Kehrer.

»Das wird der Labortest weisen.«

»Sonst irgendwelche tatrelevante Spuren?«

»Die zwei Weingläser vielleicht«, meinte der Kriminaltechniker. »Und eine leere Flasche Bio-Riesling vom eigenen Weingut, Jahrgang 2015, die ebenfalls auf dem Tisch gestanden ist. Ein Glas war leer, im anderen kaum noch etwas drin. Auf dem zweiten konnten wir Fingerabdrücke des Toten sicherstellen. Und einen weiteren bislang unbekannten, der sich auf dem leeren Glas und der Flasche befunden hat. Sowie an einigen anderen Stellen im Weingartenhaus.«

»Hast du Josef Brand gefragt, ob er oder eine der Hausbewohnerinnen mit seinem Stiefvater Wein getrunken hat?«, fragte Bergmann.

Jörg Schöffmann schüttelte den Kopf. Es zählte nicht zu seinen Aufgaben, Zeugen zu befragen. Dafür waren die Ermittler zuständig. Ungefragt hatte Josef Brand jedenfalls nichts davon erwähnt.

»Was ist mit Spuren vor dem Haus? Schuhabdrücke vor dem Fenster oder irgendetwas anderes?«, fragte Bergmann.

»Bis dato leider nichts Brauchbares.«

»Hast du noch etwas für uns, Jutta?«, sprach der Chefinspektor die Gerichtsmedizinerin an.

Jutta Kehrer schüttelte den Kopf. »Vorerst nicht. Leichenöffnung morgen um neun. Also, heute um neun«, korrigierte sie sich selbst. »Um halb acht hab ich bereits eine Patientin.«

Bergmann kräuselte die Lippen. »Die dir bestimmt nicht davonläuft …«

»Der hier läuft aber auch nirgendwo mehr hin«, konterte die Ärztin und wies mit einer Kinnbewegung zur Leiche, die Bergmann inzwischen wieder zugedeckt hatte. Gleichzeitig klappte sie ihren Laptop zu.

»Gut, dann um neun«, bestätigte Bergmann. »Kommst du, Sandra?«

Sandras Blick blieb auf der antiken Pendeluhr hängen. »Die Uhr ist um 10.46 Uhr stehen geblieben. Beziehungsweise um 22.46 Uhr«, stellte sie fest.

»Stimmt«, bestätigte Jörg. »Sie könnte aber auch schon vor 100 Jahren um diese Uhrzeit stehen geblieben sein, wenn sie nicht aufgezogen wurde oder kaputt ist.«

»Trotzdem merkwürdig«, murmelte Sandra und erhob sich, um das zierliche Exemplar aus der Nähe zu betrachten. Vorsichtig nahm sie es von der Wand. Die Grazer Uhrenmanufaktur, deren Name auf dem emaillierten Ziffernblatt stand, war der Uhrenliebhaberin ein Begriff. Ebenso wusste sie, dass diese längst nicht mehr existierte. Den Produktionszeitraum konnte sie nur grob schätzen. Um die 200 Jahre war sie aber bestimmt schon alt und ein kleines Vermögen wert.

»Wir können die Uhr ja mitnehmen und überprüfen, wenn ihr wollt«, bot Jörg Schöffmann an.

»Wozu denn? Ist doch völlig unerheblich, wann das alte Greiwl den Geist aufgegeben hat. Sofern nicht die Kugel der Tatwaffe drin steckt«, wischte Bergmann das Angebot vom Tisch.

»Von außen ist die Uhr unversehrt«, stellte Sandra fest.

»Na, dann … Zweimal am Tag geht sie ja noch richtig.« Jörg Schöffmann grinste neuerlich.

Sandra hängte die Uhr wieder an den Haken in der Wand. Der Chefinspektor hatte vermutlich recht, dennoch hielt sie es für einen seltsamen Zufall, dass diese Uhr ausgerechnet zur Tatzeit stehen geblieben war. Nachdenklich verabschiedete sie sich von der Gerichtsmedizinerin, die ihre Sachen zusammenpackte.

»Fehlt dir wirklich nichts?«, erkundigte sich Doktor Jutta Kehrer noch einmal bei ihr.

»Nein. Ich bin nur hundemüde.« Sandra gähnte zur Bestätigung.

»Dann schlaf dich doch mal anständig aus und pass auf dich auf, Sandra«, gab ihr die Gerichtsmedizinerin mit auf den Weg.

Draußen umfing sie wieder dichter Nebel.

2.

Anders als im Herrenhaus weiter unten brannte hinter der Glasfront, die bis unter den Dachgiebel des zweistöckigen renovierten Gebäudes an der Straße reichte, noch Licht.

Sandra läutete an der Eingangstür. Die Schutzkleidung hatte sie bereits ausgezogen und entsorgt, ihre Tasche aus dem Auto geholt.

Ein dunkelhaariger Mann in Jeans und blauem Pulli über seinem hellblauen Hemd öffnete die Tür. Er mochte Mitte 30 sein.

»Sind Sie Herr Josef Brand?«, fragte Sandra.

»Ja. Der Tote war mein Stiefvater«, erklärte der Weinbauer von sich aus.

Auf den ersten Eindruck wirkte er ziemlich gefasst.

»Mein Beileid«, erwiderte Sandra.

»Danke. Kommen S' doch eini. Ich kann jetzt eh net schlafen.« Josef Brand trat einige Schritte zurück, um den Weg ins Haus freizugeben.

Im Vorzimmer zog Sandra den Reißverschluss ihrer Steppjacke auf. »Wann haben Sie Ihren Stiefvater zuletzt lebend gesehen?«, kam sie ohne Umschweife auf den Punkt.

»Möchten S' net ablegen?«, fragte Josef Brand, zur Garderobe weisend.

Sandra lehnte dankend ab.

Auch Bergmann machte keinerlei Anstalten, seine Hände aus den Jackentaschen zu nehmen, um sich auszuziehen.

Josef Brand warf einen prüfenden Blick durch die offene Eingangstür, ehe er diese schloss. »Ganz schöne Suppn da draußen«, kommentierte er den Nebel. »Aber allweil noch besser als der Sturm letzte Nacht. Der hat sogar unsern großen Klapotetz am Demmerkogel um'blasen.«

»Soso«, erwiderte Bergmann desinteressiert, während er sich umblickte. Woher sollte er auch wissen, dass der angesprochene Klapotetz als weltweit größter ein Wahrzeichen des Sausal war. »Hätten Sie vielleicht einen Kaffee für mich? Schwarz mit Zucker?«, fragte er.

»Kommen S' mit. Ich mach Ihnen einen g'scheitn Espresso.«

»Geht auch ein g'scheiter doppelter?« Bergmann folgte dem Hausherrn dicht auf den Fersen.

Vier breite Holzstufen führten ins etwas höher gelegene geräumige Wohnzimmer. Schlichtes Design, viel Holz, hochwertige Materialien, moderner schnörkelloser Landhausstil, registrierte Sandra. Sie hätte sich hier auf Anhieb wohlgefühlt, wären die Räume für ihren Geschmack nicht ein wenig zu aufgeräumt, ja beinahe leer gewesen. Aber sehr lange wohnte der Hausherr noch nicht hier, erinnerte sie sich an die Worte des älteren Landpolizisten. Wahrscheinlich sah es deshalb wie in einem Musterhaus aus. Im offenen Kamin an der Wand vis-à-vis brannte kein Feuer. Davor standen sich zwei schwere tabakbraune Ledersofas mit lodenstoffüberzogenen Zierpölstern gegenüber, zwischen ihnen ein Couchtisch aus massivem Holz. Einzig das gebrauchte Weißwein- und ein Wasserglas zeugten von einem Bewohner. Das großformatige abstrakte Kunstwerk über dem Kaminsims präsentierte sich in denselben Gelb-, Orange- und Kupfertöne, die um diese Jahreszeit auf den Weinhügeln und in den Wäldern der Südsteiermark vorherrschten, wenn die Herbstsonne die Farben zum Leuchten brachte. Sandras Blick schweifte vom Wohnbereich zur angrenzenden offenen Küche hinüber, die auf einem Holzpodest errichtet war. Wie alles hier von Meisterhand maßgefertigt, nahm sie an. Auch der Esstisch, unweit der Küche, und die zwölf Stühle waren bestimmt keine herkömmliche Möbelhausware.

»Mögen S' auch einen Kaffee?«, sprach der Hausherr sie an.

Sandra verneinte und fragte nach einem Glas Leitungswasser. Koffein putschte sie nicht auf, sondern schlug ihr vielmehr auf den Magen. Deshalb trank sie auch nur sehr selten Kaffee. Und wenn, dann höchstens nach dem Essen. Viel lieber hätte sie ein Gläschen Muskatellersekt getrunken, der in Maßen genossen ihre Lebensgeister weckte. Doch erstens war sie im Dienst und musste zweitens noch Auto fahren. Noch dazu bei Nacht und Nebel.

»Nehmen S' doch Platz, wo S' wolln.« Der Weinbauer ließ die Ermittler im Wohnzimmer zurück und ging an einem extrabreiten mannshohen Weinklimaschrank vorbei zur Küche.

Um nicht in einem der gemütlichen Sofas zu versinken und noch schläfriger zu werden, entschied sie sich, am Esstisch Platz zu nehmen.

Bergmann setzte sich neben sie, während der Hausherr gemahlenen Kaffee ins Sieb füllte und festdrückte. Mit ebenso geübten Handgriffen spannte er den Siebträger in die chromblitzende italienische Espressomaschine ein und brachte eine Tasse in die richtige Position. Das Lämpchen blinkte noch, als er Leitungswasser in ein Glas rinnen ließ und sich dann an den Küchenkasten lehnte. Die Arme vor der Brust verschränkt, wartete er darauf, dass sich die Maschine auf Betriebstemperatur aufheizte.

Sandra kramte ihren Notizblock und den Kugelschreiber aus der Tasche. »Wann haben Sie Ihren Stiefvater zum letzten Mal lebend gesehen, Herr Brand?«, wiederholte sie ihre Frage von vorhin.

»Gestern beim Abendessen«, antwortete der Weinbauer. »Drüben bei der Oma. Sie war schon den ganzen Tag letz beinand. Drum ist sie gleich nach dem Essen liegen 'gangen. Eigentlich ist sie noch recht fit für ihr Alter. An manchen Tagen geht's ihr aber halt schlechter. So einer war gestern.« Josef Brand bemerkte, dass das Lämpchen an der Maschine zu blinken aufgehört hatte, und drückte den Knopf, der die Kaffeezubereitung startete.

»Ist Ihre Großmutter geistig noch auf der Höhe?«, fragte Sandra lauter, um das Geräusch der Maschine zu übertönen.

»Ab und zu vergisst sie was, verwechselt Namen und so. Aber ansonsten … Sie macht noch immer die Buchhaltung fürs Weingut. Die Bilanzen überlass ich aber lieber meiner Steuerberaterin.«

Die Espressomaschine verstummte abrupt. Der Weinbauer wandte sich der Tasse zu und nahm eine Zuckerschale aus dem Hochschrank. Mit einem Tablett kam er auf sie zu. »Den Hermann sein Tod hat ganz bestimmt alte Wunden bei der Großmutter aufg'rissen. Sie hat ja leider schon einige Angehörige viel zu früh verloren. Erst ihren Sohn, den Onkel Edi und ihren Mann, dann meine Eltern. Und jetzt auch noch den Hermann. Bleiben ihr nur mehr das Sopherl und ich.« Josef Brand stellte das Tablett vor Bergmann auf den Tisch und wandte sich wieder ab, um seine Gläser vom Couchtisch zu holen.

Bergmann nahm seinen Kaffee und die Zuckerschale, Sandra das Wasserglas vom Tablett. Aus den Worten des Weinbauers schloss sie, dass ihm die Großmutter und die Schwester weitaus näher standen als sein Stiefvater. Was weder verwunderlich noch ein Grund war, ihn zu erschießen. »Das Sopherl« klang aus seinem Mund viel weniger abwertend als beschützend, fand sie. Auch wenn sie selbst nicht erfreut gewesen wäre, hätte man in der Verkleinerungsform, noch dazu als Neutrum, über sie gesprochen. »Sie haben also gestern zusammen zu Abend gegessen. Wie spät war es, als Sie damit fertig waren?«, fragte sie weiter, als sich der Hausherr zu ihnen an den Tisch setzte.

»Zwischen halb und dreiviertel sieben waren wir mit dem Essen fertig. Es hat Krautstrudel mit Salat 'gebn.«

Sandra notierte sich die Uhrzeit. »Und danach?«, fragte sie.

»Danach hab ich dem Sopherl g'holfen, die Kuchl z'sammenz'räumen. Damit's schneller geht. Meine Schwester ist von Geburt an behindert.«

Unweigerlich kam Sandra die schwer verständliche Stimme auf der Tonaufnahme in den Sinn. Und damit die

Frage, ob seine Schwester vielleicht darauf zu hören war. Vielleicht war es während ihrer Geburt zu einem Sauerstoffmangel gekommen, der zu einer Hirnschädigung geführt und eine spastische Lähmung ausgelöst hatte, die oftmals mit einer Sprachstörung einherging. Aber hätte er die Stimme seiner Schwester nicht gleich erkannt, als man ihm die Tonaufnahme vorgespielt hatte? Sandra entschied sich, erst einmal nicht nachzuhaken. Wenn die Tontechniker aus dem Material herausgeholt hatten, was ging, konnte sie ihn noch immer fragen. »Wo war Ihr Stiefvater, während Sie in der Küche beschäftigt waren?«, knüpfte sie stattdessen an ihre letzte Frage an.

»Der Hermann hat ferng'schaut. Ich hab die Steiermark-Nachrichten aus dem Wohnzimmer g'hört, wie ich 'gangen bin.«

»Wohin?«, fragte Sandra nach.

Josef Brand zuckte mit den Schultern. »Zu einem Freund. Novak Laurenz heißt er. Er ist Mediengestalter und hat mir meine neuen Weinetiketten entworfen. Ursprünglich wollten wir uns bei mir treffen und drüber reden. Aber er hat mich dann am Nachmittag ang'rufn und gebeten, ob ich zu ihm kommen kann. Seine Frau hat die Grippe erwischt, und er hat bei seiner Kleinen daheim bleiben wolln. Die Mimi ist ja erst ein paar Monate alt.«

Sandra notierte sich die Daten des Mannes und den Zeitraum, in dem sein Freund bei ihm gewesen sein wollte.

Josef Brand zog währenddessen sein Handy aus der Gesäßtasche. »Das Sopherl hat mich um 23.01 Uhr dort erreicht. Nachdem die Großmutter den Hermann tot im Weingartenhaus gfundn hat. Da, schaun S' her …« Er streckte Sandra sein Handy entgegen, um ihr die Anrufliste zu zeigen.

Das Display wies mehrere Sprünge auf. »Sopherl«, las sie am Ende der Liste. Kein Artikel, kein Nachname. Darunter eine Handynummer, daneben die Uhrzeit. In den nächsten Zeilen registrierte sie zwei weitere Kontakte, mit denen Josef Brand zuvor telefoniert hatte. Hermann Schneider, den er um 16.01 Uhr zuletzt angerufen hatte, und Laurenz Novak, sein Freund, der ihn um 15.52 Uhr kontaktiert hatte. Ansonsten hatte der Weinbauer am Sonntag mit niemandem telefoniert.

»Ich bin nach dem Anruf von meiner Schwester sofort auf'brochen«, erzählte er weiter. »Keine 15 Minuten später war ich daheim. Da sind schon die Funkstreifen g'standen. Ich bin dann gleich zum Sopherl und zur Großmutter eini. Nach ein paar Minuten war der Arzt da, dann noch eine Psychologin. Später Ihre Kollegen, die sich im Herrenhaus umsehen wollten. Sie ham den Laptop vom Stiefvater mitg'nommen. Der hat früher mal mir g'hört, bevor ich ihn dem Hermann g'schenkt hab. Er hat ihn aber eh kaum verwendet, meistens nur zum Bilder anschaun. Ich war dann auch noch im Weingartenhaus, um nachzuschaun, ob was fehlt«, erzählte er, was die Ermittler bereits wussten.

»Und?«, fragte Sandra dennoch nach.

»Nix.«

»Wem gehört eigentlich das Trifeldmeter?«, wollte Sandra wissen.

»Mir. Ich betreib nicht nur biologisch-dynamischen Weinbau, sondern beschäftig mich darüber hinaus auch mit geopathischen Störfeldern und Elektrosmog. Diese Energien wirken ja nicht nur auf den menschlichen Organismus, sondern auch auf den pflanzlichen. Mit der Zeit verändern sie sich. Sogar Wasseradern können unterirdisch wandern. Das ist eine spannende Geschichte, und es gibt da verschiedenste Maßnahmen, um das Rebenwachstum zu optimieren.«

»Und der digitale Audiorekorder, den wir am Tatort gefunden haben?«, fragte Bergmann, ehe der Weinbauer weiter ins Detail gehen konnte.

»Hat sich der Hermann vor ein paar Wochen von mir aus'borgt.«

»Wofür?«

»Angeblich wollt er seine Lebensgeschichte aufzeichnen und irgendwann ein Buch draus machen.«

»Die Stimme, die Ihnen die Kollegen vorgespielt haben, war seine?«

Josef Brand bestätigte das erneut. »Die andere Stimme hab ich aber nicht erkannt.«

»Dann war das nicht Ihre Schwester?«, fragte Sandra.

»Meine Schwester? Nein. Wie kommen Sie drauf? Das war ganz bestimmt net das Sopherl.«

»Besitzen Sie eine Schusswaffe?«, wechselte Sandra das Thema.

Josef Brand verneinte. »Das hat mich schon Ihr Kollege g'fragt. Ich hab seit Jahren keine Waffe mehr in der Hand g'habt. Das letzte Mal bei meiner Jagdprüfung vor zwölf Jahren. Die Büchse hat damals aber auch net mir g'hört.«

»Und der Wein auf dem Tisch? Es sieht so aus, als hätte Herr Schneider mit jemandem getrunken.«

»Riesling Sausal 2015, maischevergoren und ungeschwefelt«, antwortete Brand kopfnickend. »Die Flasche hab ich am Nachmittag für uns geöffnet, wie ich bei ihm unten im Weingartenhaus war.«

»Hat Ihr Stiefvater dort gewohnt?«

»Eigentlich hat er im Herrenhaus gwohnt. Aber seit ich aus dem Weingartenhaus aus'zogen bin, war er öfter dort.

Immer, wenn er seine Ruh ham wollt von der Großmutter und von meiner Schwester. Ehrlich g'sagt, kann ich das gut verstehn. So gern ich die beiden hab, sie können schon recht anstrengend sein. Das nächste Projekt vom Hermann wär die Renovierung des Weingartenhauses gewesen.«

»Wann haben Sie sich mit Ihrem Stiefvater denn gestern dort getroffen?«

»Gegen viertel fünf war ich unten, damit er sich die neuen Etiketten anschaut, bevor ich damit zum Laurenz umifahr, der auch meine neue Broschüre macht.«

»Warum haben Sie die Entwürfe denn nicht zum Abendessen mitgenommen und sie ihm dort gezeigt?«

»So was diskutier ich nicht gern beim Essen. Sonst mischt sich auch noch die Großmutter ein.«

»Und haben ihm die Etiketten gefallen?«

Josef Brand blies hörbar Luft aus. »Net wirklich. Er hat kein gutes Haar dran lassen. Aber das kenn ich ja schon … Es war nicht immer ganz einfach mit ihm. Genau genommen war es das eh nie. Er war noch einer von den konventionellen Weinbauern, die regelmäßig Pestizide spritzen, um Schädlingsbefall und Krankheiten vorzubeugen. Ohne sich darum zu scheren, wie sich das aufs Ökosystem im Weingarten und auf den Wein selbst auswirkt. Generation Kunstdünger halt … Da war mein Vater der biologischen Landwirtschaft zu seinen Lebzeiten schon viel näher als er. Aber nach seinem Tod hat der Hermann das Sagen im Betrieb ghabt. Und dem hab ich Jungspund mit meinem Bio-Hokuspokus, wie er es g'nannt hat, gar net erst kommen brauchen. Er hat net 'glaubt, dass auf unseren kargen Böden und bei dem vielen Niederschlag Biowein gedeihen kann. Und ehrlich g'sagt, war ich mir als junger Silberberg-Absolvent selber nicht so sicher. Ein befreundeter Weinbauer in Kitzeck hat dann aber sehr erfolgreich auf biologisch-dynamischen Weinbau umg'stellt. Er war auch als einer der Ersten im Sausal Demeter-zertifiziert. Anfangs ham ihn zwar noch viele belächelt, allen voran der Hermann, aber für mich ist eine ganzheitlich ökologische Sichtweise auf den Weinberg die einzig wahre. Auch wenn manches an den Demeter-Methoden absurd klingen mag. Etwa, dass man Hornmist- und Hornkieselpräparte eine Stunde lang im handwarmen Regenwasser im Holzbottich oder Steinguttopf mit einem Holzlöffel abwechselnd in beide Richtungen rühren muss, um sie zu dynamisieren, bevor man damit den Weingarten spritzt. Ob man es glaubt oder nicht, es funktioniert. Man muss halt ganz genau beobachten können, um zu erkennen, was den Pflanzen und dem Boden grad fehlt beziehungsweise guttut. Je nachdem werden Kompostpräparate, zum Beispiel von Schafgarbenblüten, Eichenrinden, Brennnesseln und auch homöopathische Präparate eingesetzt. Biodynamischer Weinbau erfordert natürlich mehr Aufmerksamkeit, viel G'spür und eine Menge Arbeit. Aber je mehr man davon in den Weingarten investiert, desto weniger muss man später im Keller eingreifen. Meine Weine werden sowieso ausschließlich spontan vergoren und unfiltriert beziehungsweise ohne oder mit nur ganz geringem Schwefelzusatz abgefüllt. Auch im Keller braucht's viel Geduld und Erfahrung. Wichtig ist es, immer wieder zu probieren und sich auf den Wein einz'lassen, um die richtige Balance zu finden. Jedenfalls hat mir der Hermann dann nach langem Hin und Her einen Weingarten zur Verfügung g'stellt, in dem ich experimentieren hab dürfen. Womit ich schlussendlich sehr erfolgreich war. Vor vier Jahren hat er mir dann endlich den Betrieb komplett übergeben. Und seit heuer bin ich Demeter-zertifiziert.« Josef Brand griff zu seinem Weinglas, um es auszutrinken.

»Haben Sie sich mit Ihrem Stiefvater wegen der Etiketten gestritten?«, kehrte Sandra zum Ausgangspunkt zurück.

»Diskutiert hama schon, aber net g'strittn. Mir war seine Meinung wichtig. Vor allem, was das Marketing und den Verkauf anlangt. Das hat er drauf g'habt wie kein anderer.«

Dass die Familie wirtschaftlich gut dastand, hatte Sandra schon angenommen, sofern nicht alles auf Kredit gekauft worden war, was sie hier so sah. »Er hat sich also auch noch eingemischt, nachdem er Ihnen den Betrieb Ihres verstorbenen Vaters übergeben hat«, sagte sie.

»Manchmal schon«, gab Josef Brand unumwunden zu.

Immerhin war nicht ganz auszuschließen, dass diese Einmischung des Stiefvaters in ein Mordmotiv gemündet hatte. Falls sich sein Alibi zerschlug, würden sie an dieser Stelle noch einmal ansetzen. »Hatte Ihr Stiefvater Feinde?«, stellte Sandra ihre nächste Routinefrage.

Josef Brand kratzte sich an der Nase. »Na ja … Der Hermann war schon ein recht Streitlustiger. Einige Jahre lang war er Obmann im Weinbauverein. Da hat er sich ganz gewiss nicht bei allen beliebt gemacht. Ich kann mir aber trotzdem nicht vorstellen, dass ihn einer von den Weinbauern erschossen hat.«

»Würden Sie uns eine Liste der Vereinsmitglieder und aller Leute zukommen lassen, mit denen Ihr Stiefvater gestritten hat?«, fragte Sandra. »Das könnte uns sehr weiterhelfen.«

»Wann brauchn S' die denn?«

»Je früher, desto besser.«

Josef Brand versprach, sich darum zu kümmern und alle Namen aufzulisten, die ihm einfielen.«

»Hat es in letzter Zeit Veränderungen im Leben Ihres Stiefvaters gegeben? Neue Bekanntschaften vielleicht? Geschäftsbeziehungen? Irgendetwas?«, fragte Sandra.

»Na ja, der Hermann war in den letzten Monaten einige Male in Kroatien bei seiner neuen Freundin, der Lucija. Die hat's ihm wohl ziemlich antan. Da fällt mir ein, ich muss sie ja noch verständigen, dass der Hermann tot ist. Ich hab ihre Nummer gar net …«

»Wenn Sie möchten, können wir das morgen in der Früh für Sie erledigen«, bot Sandra ihm an. Keinesfalls riss sie sich darum, Todesnachrichten zu überbringen, doch sie mussten ohnehin das Alibi der Frau überprüfen. »Ich nehme an, dass die Telefonnummer seiner Freundin im Handy Ihres Stiefvaters gespeichert ist. Kennen Sie vielleicht ihren Nachnamen?«

»Tut mir leid … Er hat aber sicher nur eine Lucija gekannt.«

»Kennen Sie diese Frau persönlich?«

»Sie war einmal bei uns zu Besuch. Vor zwei, drei Wochen. Eine recht nette Frau. Witwe, um die 40, schätz ich. Auf alle Fälle deutlich jünger als der Hermann. Sie ist Friseurin in Varaždin, hat ihm gleich mal die grauen Haare dunkel gefärbt. Was der Oma überhaupt net 'passt hat.« Josef Brand musste grinsen, dann gähnen, wofür er sich umgehend entschuldigte.

»Es dauert nicht mehr lange«, versprach Sandra und unterdrückte selbst ein Gähnen. »Könnten wir Ihre Fingerabdrücke noch nehmen, damit wir sie so rasch wie möglich mit den Spuren im Weingartenhaus abgleichen können?«

Josef Brand nickte müde.

»Wenn Sie nichts dagegen haben, könnten wir Sie in einem Schnelltest gleich auch auf Schmauchspuren überprüfen«, meldete sich Bergmann zu Wort. »Auf freiwilliger Basis, versteht sich. Dafür müssen Sie nicht extra nach Graz kommen.«

Josef Brand blickte auf seine Uhr. »Von mir aus. Können wir diesen Test vielleicht unten im Herrenhaus erledigen? Ich möcht noch g'schwind nachschaun, wie's meiner Schwester und der Oma geht?«

»Warum nicht? Ihre Großmutter und Ihre Schwester wohnen auch im Herrenhaus?«

»Ja. Das Sopherl hängt sehr an der Oma. Und umgekehrt. Überhaupt, seit der Vater nimmer lebt.«

»Wann sind Ihre Eltern denn gestorben?«, fragte Sandra.

»Der Papa 1999, die Mama 2007.«

Demnach war Sophies Beziehung zu ihrer Mutter offenbar weniger innig gewesen, folgerte Sandra. Warum sonst hatte sie sich der Großmutter und nicht ihrer Mutter zugewandt, die ja nach dem Tod ihres Vaters immerhin noch acht Jahre lang gelebt hatte?

»Ich wohn erst seit zwei Wochen in diesem Haus, das ich renovieren hab lassen«, fuhr der Weinbauer fort. »Den Raum hier möcht ich auch für Weinverkostungen, Genussseminare, Präsentationen und kleinere Veranstaltungen nutzen«, bestätigte er, was Sandra bereits vermutet hatte.

»Dann lassen Sie uns jetzt mal hinuntergehen«, sagte sie. Wenngleich sie seine Großmutter und die Schwester höchstwahrscheinlich erst wieder in einigen Stunden befragen konnten. Blieb zu hoffen, dass sich die Frauen dann noch immer an alles erinnern konnten, was sie beobachtet hatten. Oftmals verdrängten Zeugen ihre Erinnerungen sehr schnell, weil sie die Psyche belasteten.

»Die Großmutter schlaft bestimmt schon«, sagte Josef Brand. »Der Doktor hat ihr vorhin eine Beruhigungsspritze verpasst. Eigentlich wollt er sie ja ins Spital einliefern lassen.

Aber sie ist ein ziemlicher Sturschädl und hat sich g'weigert, weil man dort nur stirbt. Als ob einem das daheim nicht passieren könnt.« Josef Brand rückte mit seinem Sessel zurück, um aufzustehen.

»Noch eine letzte Frage«, hielt Sandra ihn auf.

»Ja?« Der Weinbauer sank zurück auf seinen Stuhl.

»Ihre Großmutter hat bei ihrem Notruf eine Jägerstochter erwähnt. Wissen Sie, wen sie gemeint hat?«

»Allerdings ...« Josef Brand seufzte und griff zu seinem Wasserglas, um es auszutrinken »Die Anna hat s' g'meint.«

Sandra und Bergmann sahen einander an. Waren sie eben auf eine heiße Spur gestoßen? »Anna. Und wie weiter?«, fragte Sandra, auf einmal wieder hellwach.

»Gar nix weiter«, entgegnete der Weinbauer. »Die Jägerstochter existiert net wirklich. Nur ihr Geist. Keine Ahnung, wie die Anna noch heißt. Oder besser, wie sie g'heißn hat. Sie lebt ja schon lang nimmer. Aber ihr Geist spukt angeblich noch bei uns umadum.«

Bergmann verdrehte die Augen.

»Anna ist ein Geist?«, hakte Sandra nach, ehe der Chefinspektor etwas einwenden konnte.

»Angeblich ...«

»Wer erzählt das? Ihre Großmutter?«

»Sie ist nicht die Einzige, die an diesen Spuk glaubt. Anna soll vor etwa 200 Jahren in unserer Nachbarschaft g'lebt ham. Ihr Vater, der Jäger, hat ihr die Kehle durchg'schnitten, wie sie 17 war«, erzählte Josef Brand.

Sandra dachte unweigerlich an das Mädchen auf der Straße und an dessen Halswunde.

»Und das Mordmotiv?«, fragte Bergmann süffisant.

»Keine Ahnung. Aber seither findet ihre Seele keine Ruhe, heißt es.«

»Die arme Seele«, machte sich Bergmann weiterhin lustig.

»Und seit ihrer Ermordung spukt sie hier herum?«, lenkte Sandra die Aufmerksamkeit wieder auf sich.

Brand seufzte noch einmal, ehe er fortfuhr. »Wird behauptet. Die Anna soll ein böser Geist sein. Die Großmutter gibt ihr die Schuld am Tod unserer Verwandten. Sie soll sich ihre Seelen und noch einige andere g'holt ham und sie in der Zwischenwelt gefangen halten.«

»In der Zwischenwelt«, wiederholte Bergmann. »Das geben wir dann mal ins Navi ein«, wandte er sich wie beiläufig an Sandra. »Vielleicht finden wir Anna ja dort.«

Sandra warf dem Chefinspektor einen strengen Blick zu.

»Von mir aus können Sie sich ruhig lustig machen«, erwiderte Josef Brand. »Ich glaub ja net an diese Spukg'schichten. Mir ist noch nie ein Geist begegnet. Weder die Anna noch sonst wer. Aber meine Schwester können S' danach fragen. Die kennt sie seit ihrer Kindheit. Angeblich hört sie sogar die Stimmen der verlorenen Seelen in der Zwischenwelt. Auch die von unseren toten Verwandten.«

»Hat das Trifeldmeter im Weingartenhaus etwas mit dieser Spukgeschichte zu tun?«, fragte Sandra.

Josef Brand faltete seine Hände, denen man die viele manuelle Arbeit ansah. »Das hab ich mal von einer Freundin geschenkt bekommen, um elektromagnetische Störfelder im Haus und im Weingarten zu messen«, versicherte er.

»Dann wurde es nicht für die Geisterjagd verwendet?«

Der Weinbauer schüttelte den Kopf. »Von mir jedenfalls nicht.«

»Vielleicht ja von Ihrem Stiefvater? Hat er an Geister geglaubt?«, fragte Sandra.

»Aber wo. Er hat die Oma und meine Schwester immer auf'zogn damit. Einmal ist er sogar im Leintuch durch den Weingarten gewandelt, um sie zu erschrecken. Die Oma hat 'bibbert wie Espenlaub, bis er sich das Leintuch vom Kopf owi'zogn hat. Er war schon auch ein Spaßvogel, der Hermann. Obwohl die Oma es damals weniger lustig g'fundn hat, dass er sie am Schmäh g'haltn hat.«

»Könnte nicht eine von den beiden Frauen mit Ihrem Stiefvater im Weingartenhaus oben gewesen sein, während Sie bei Ihrem Freund waren?«, erkundigte sich Sandra.

»Das Sopherl nie und nimmer. Die bringen keine zehn Pferde in den Weingarten. Schon gar net ins Weingartenhaus eini.«

»Bitte nehmen Sie mir die Frage nicht übel, aber ist Ihre Schwester auch geistig beeinträchtigt? Das klingt doch alles ein wenig … verrückt«, sagte Sandra.

»Geistig behindert ist das Sopherl nicht. Sie war beim Lernen zwar net die Schnellste, aber sie hat sich umso mehr ang'strengt. Immerhin kann s' lesen, schreiben und rechnen. Sie ist zwar deutlich langsamer, aber dafür hat sie diese spezielle Gabe, meint die Oma. Sie hält meine Schwester für ein Medium, das mit den Toten in Kontakt treten kann. Sie müsste sich nur trauen und es zulassen.«

»Wozu sollte sie denn mit Verstorbenen Kontakt aufnehmen?«, fragte Sandra.

»Um den Spuk zu beenden und die armen Seelen im Weingarten zu erlösen.«

Keine geistige Behinderung, folgerte Sandra, sondern nur Aberglaube oder ein Hirngespinst. Wie das Mädchen auf der Straße, das sie beinahe angefahren hatte? Nein, das war so real gewesen wie sie selbst und Bergmann, der neben ihr im Auto gesessen war, die verletzte Jugendliche jedoch nicht gesehen hatte.

»Wenn Ihre Schwester mit Verstorbenen kommunizieren kann, soll sie doch morgen bitte mit Ihrem Stiefvater in Kontakt treten und ihn fragen, wer ihn ermordet hat«, meinte Bergmann süffisant. »Damit wäre der Fall dann für uns gelöst.«

Josef Brand warf ihm einen müden Blick zu.

»Kennen Sie ein Mädchen, ungefähr 16 bis 18 Jahre alt, dunkle, lange Haare, auffällig blasse Haut?«, fragte Sandra.

Josef Brand überlegte eine Weile. »Es gibt hier einige dunkelhaarige Mädchen in diesem Alter. Dass eines von denen besonders blass wär, ist mir aber noch nicht aufg'fallen.«

»Und eine Jägerstochter?«

Der Weinbauer schüttelte den Kopf. »Ich kenn keine in dem Alter.«

Bergmann erhob sich. Offensichtlich hatte er genug von den Spukgeschichten. »Lassen Sie uns jetzt mal hinuntergehen«, sagte er. »Rufst du Jörg an, damit er uns jemanden ins Herrenhaus schickt?«, wandte er sich an Sandra.

3.

Agnes Haidegger schlief wie vermutet tief und fest. Ihre Enkeltochter war ebenfalls schon zu Bett gegangen.

Das Ergebnis des Schnelltests an Josef Brand warteten die Ermittler noch ab. Weder an den unbedeckten Hautstellen noch an seinen Haaren oder an der Kleidung ließen sich Schmauchpartikel nachweisen. Selbst wenn er bei der Schussabgabe Handschuhe getragen, sich gewaschen und die Kleidung gewechselt hätte, wären mikroskopische Partikel aus der Schmauchwolke haften geblieben, die mit dem feinen Pulver in Berührung gekommen waren. Auch nach Tagen ließen sich solche Spuren noch nachweisen. Da nützte auch kein Schrubben. Demnach schied Josef Brand als Täter aus.

»Könnten Sie Ihrer Großmutter und Ihrer Schwester bitte ausrichten, dass wir morgen Nachmittag wiederkommen, um sie zu befragen? Sagen wir um 14 Uhr?«, fragte Sandra. Für eine alte Dame und eine behinderte Frau war ein Hausbesuch bestimmt angenehmer als eine Vorladung in die Grazer Landespolizeidirektion.

Josef Brand versprach, den beiden den Termin mitzuteilen.

»Glauben Sie, dass Sie bis dahin die Liste für uns fertig haben?«, fragte Sandra.

»Kein Problem«, meinte Brand.

Sandra überreichte ihm eine Visitenkarte des Journaldienstes. »Sollte Ihre Großmutter doch nicht vernehmungsfähig oder sonst irgendetwas sein, können Sie uns rund um die Uhr anrufen. Ansonsten sehen wir uns in ein paar Stunden wieder. Werden Sie auch hier sein?«

Der Weinbauer bejahte ihre Frage, und sie verabschiedeten sich.

Draußen drückte Sandra auf den Autoschlüssel. Durch den Nebel blinzelten ihr die Hecklichter des Dienstwagens fahl entgegen. »Und was ist mit der Suche nach dem Mädchen?«, fragte sie.

Bergmann gähnte, ohne sich die Hand vor den Mund zu halten. »Na, schön. Du gibst ja vorher ohnehin keine Ruhe. Ich erkundige mich mal, ob dein Geistermädchen inzwischen vermisst gemeldet wurde. Wenn nicht, dann lassen wir es für heute aber gut sein und schlafen noch eine Runde«, entschied er.

»Einverstanden.«

Beide stiegen in den Wagen ein.

Sandra startete den Motor, schaltete die Nebelscheinwerfer an und fuhr los, während Bergmann sein Smartphone zur Hand nahm.

Niemand hatte in den vergangenen Stunden eine junge Frau abgängig gemeldet, wusste er wenig später zu berichten. Nirgendwo in der Steiermark. Nur in Graz wurde eine hochbetagte demente Patientin vermisst, die das Pflegeheim in St. Leonhard nach dem Abendessen unbemerkt verlassen hatte. Die Suche nach ihr war bereits in vollem Gange.

Sandra konnte nur hoffen, dass sich das verletzte Mädchen inzwischen in Sicherheit befand.

RÜCKBLENDE 2

DIE OFFENBARUNG

1915–1932

»Gott zum Gruß!*«, sagte Mutter Silbert. Wie schon am Abend zuvor, der für sie so erfüllt geendet hatte, saßen sie im kleinsten Kreis erwartungsvoll um den schweren Eichentisch in ihrem Salon in der Schörgelgasse herum. Sie selbst, Mitzi, Ella und Schobert, ihr getreuer Freund und Weggefährte, der ihr auch in diesen so düsteren, kriegerischen Zeiten hilfreich und tröstend beistand.

Klopflaute grüßten aus dem Tisch zurück. Drei an der Zahl: Gott – zum – Gruß! Wer immer es war, er war wieder gekommen, um ihr etwas mitzuteilen. Doch wie sollte sie mit diesem unbekannten Wesen aus dem Jenseits kommunizieren?

Wieder war es Schobert, der Rat wusste und sie ermutigte, ihre Fragen zu stellen. Er zeigte sich zuversichtlich, dass sie Antworten erhalten würde, nahm ihr die Furcht, war sie doch reinster Gesinnung und gottergeben, sodass niedere, erdgebundene Geister sie nicht in die Irre leiten würden.

Tatsächlich folgte erneut ein Klopfen aus dem Tisch. Einmal, wie zur Bestätigung seiner Worte.

---

* Zitat aus »Mutter Silbert. Tatsachen, Berichte, Dokumente« von Rudolf Sekanek, Der Leuchter Otto Reichl Verlag 1959 – Seite 52

Schobert verstand. »Einmal Klopfen bedeutet ›ja‹, zweimal ›nein‹«, erklärte er der erstaunten Runde. Er war nicht unvorbereitet zu dieser Sitzung gekommen, hatte ein großes Blatt Papier mit den Buchstaben des Alphabets mitgebracht, das er nun vor sich ausbreitete.

»Wer bist du?*«, getraute sich Mutter Silbert ihre erste Frage auszusprechen. »Willst du uns Antwort geben?*«

Ein weiterer Schlag folgte: »Ja.«

Schobert griff zu seinem Bleistift, fuhr damit langsam über die Buchstaben des Alphabets. »A, B, C, D, E, F«, las er laut mit. Beim F ein deutliches Klopfzeichen. Schobert fuhr fort, notierte sich einen Buchstaben nach dem anderen, bis der Name vollständig auf einem zweiten Blatt Papier geschrieben stand.

Maria Silbert wollte mehr über dieses Wesen aus einer geheimnisvollen Welt wissen, fragte nach seinem Stand, dem Wohnort, seinem Geburts- und dem Sterbedatum.

Bereitwillig beantwortete der Geist ihre Fragen zu seinem früheren irdischen Dasein, ehe er sich mit drei Schlägen wieder verabschiedete. Gott – zum – Gruß!

»Franziskus Nell, Offizier und Gelehrter aus Nürnberg, geboren 1656, gestorben 1713«, fasste Schobert freudig erregt die Botschaft aus dem Jenseits zusammen. »Ich wusste doch, dass er sich Ihnen, liebe gnädige Frau, offenbaren würde.«

Sie staunten nicht schlecht über dieses Dokument aus längst vergangenen Zeiten. Das Interesse an der übersinnlichen Welt war bei Mutter Silbert endgültig geweckt, ihr medialer Kanal für okkulte Botschaften geöffnet. Unzählige Fragen tauchten auf und wollten gestellt werden.

---

* Zitat aus »Mutter Silbert. Tatsachen, Berichte, Dokumente« von Rudolf Sekanek, Der Leuchter Otto Reichl Verlag 1959 – Seite 52

Maria Silbert harrte auf Antworten, die sie nach und nach von Nell erhalten sollte. Er wurde ihr jenseitiger Führer, ihr Schutzgeist, dem sie sich bedingungslos anvertraute.

Bald schon sprachen sich die seltsamen Vorgänge in der Waltendorfer Nachbarschaft herum. Kurze Zeit später in Österreich und schließlich in der ganzen Welt.

Immer mehr Menschen waren begierig, an den Séancen in der Schörgelgasse teilzunehmen. Andere luden Maria Silbert zu sich ein, um Botschaften aus dem Jenseits zu erhalten. Insbesondere von ihren lieben Verstorbenen, mit denen die Seherin Kontakt aufnahm.

Sie selbst pflegte dann in Trance zu fallen, sprach in den verschiedensten Sprachen, die sie niemals gelernt hatte. Paraphysikalische Phänomene begleiteten ihre Sitzungen. Oftmals hob der 80 Kilogramm schwere Eichentisch ab, schwebte einige Zentimeter frei über dem Boden und ließ sich selbst von den kräftigsten Männern in der Runde nicht hinunterdrücken. Leucht- und Wurferscheinungen traten auf. Flammenschriften und blaue Blitze zuckten durch die Sitzungsräume. Gegenstände lösten sich vor den Augen der Anwesenden in Nichts auf und kehrten oft Tage oder Wochen später wieder zurück. Manch einer fühlte Berührungen unter dem Tisch, die meist einem Verstorbenen zugeordnet wurden, bis hin zu Schlägen. Auch Geisterscheinungen manifestierten sich für alle sichtbar im Raum, durch deren Körper man hindurchgreifen konnte und die sich wieder in Nebel auflösten. Immer wieder zeigten sich nach den Séancen Gravuren in Metallgegenständen, etwa in Deckeln von Taschenuhren oder silbernen Zigarettenetuis. Meist trugen sie den Schriftzug »Nell«, dem Schutzgeist von Mutter Silbert, der seine Botschaften durch sein Medium im Diesseits verbreiten wollte.

Den Grund für seine Anwesenheit gab Nell erst viel später auf Anfragen preis: »Ich habe die Allmacht gebeten, in einer Zeit, in der die Welt im tiefsten Materialismus liegt, wiederzukommen und Beweise von einem Jenseits zu geben.*

Tage steigen herauf, die eure Kraft vonnöten haben. Arbeitet in meinem Sinn. Was ich vor Jahrhunderten gelehrt und nicht vollenden konnte, das vollendet ihr. Wie notwendig das künftige Geschlecht ihn brauchen wird, den Okkultismus …, und wird euch dankbar sein, euch als Vorkämpfer. Werfet ab Ämter und Würden, Reichtum und Armut, Jugend und Alter und leget nieder jeden Hass. Denn groß und stark müsst ihr werden im Wirken für die Nachwelt … Was jahrhundertelang in Schutt und Asche gelegen, geht zum Licht – Religion soll es werden.

Seht ihr den Stern? Der glänzt und weist den Weg aus dem Dunkel!

Gott zum Gruß!**«

Ein andermal – man schrieb das Jahr 1922 – wurde Nell gebeten, ein Bild von sich zu übermitteln. Zu diesem Zweck wurde eine flache Schüssel mit feuchtem Ton unter den Tisch gestellt. Nach insgesamt drei Sitzungen zeigte sich ein Porträt im Ton. Der Abdruck wurde mit Gips ausgegossen und fotografiert, sodass ein deutliches Profilbild des Mannes mit Schnurrbart und Spitzbart entstand. Ein Bonner Universitätsprofessor forschte nach und gelangte zu der Erkenntnis, dass es sich bei Nell um Vincentius Coronelli handeln müsse.

In einer denkwürdigen Sitzung am 16. März 1932 bestätigte Nell, dass er im irdischen Leben dieser Vincentius Coro-

* Nell-Zitat Nr. 5 aus »Mutter Silbert. Tatsachen, Berichte, Dokumente« von Rudolf Sekanek, Der Leuchter Otto Reichl Verlag 1959 – Seite 54

** Nell-Zitat Nr. 1 aus »Mutter Silbert. Tatsachen, Berichte, Dokumente« von Rudolf Sekanek, Der Leuchter Otto Reichl Verlag 1959 – Seite 268/269 nelli gewesen sei, der als junger Mann Tischler, dann Offizier, später Franziskanermönch und schließlich General dieses Ordens gewesen war. Seine Mission, die Menschheit möge weg von Materiellem hin zum Spirituellen gelangen, war mit seinem Tod noch lange nicht beendet. Als Franziskus Nell wirkte er weiter. Durch die gute Mutter Silbert, einem Werkzeug in der Hand des allmächtigen Gottes.

KAPITEL 4

Immer noch Montag, 30. Oktober 2017

1.

Der Alarmton ihres Diensthandys riss Sandra aus dem Tiefschlaf. Ihr Hals fühlte sich an, als hätte sie Reißnägel verschluckt. Als Nächstes drängte sich der nächtliche Einsatz im Sausal wieder in ihr Bewusstsein. Die körperlichen Beschwerden der letzten Nacht hatten also eine Erkältung angekündigt. Immerhin keinen Herzinfarkt.

Schlaftrunken schlich Sandra ins Badezimmer. Den Blick in den Spiegel hätte sie lieber bleiben lassen sollen. Die Müdigkeit stand ihr ins Gesicht geschrieben. Und ein grippaler Infekt. Sie fasste sich gleichzeitig an die Stirn und in den Nacken. Fieber hatte sie keines. Doch verspürte sie diesen unangenehmen Druck in ihrem Kopf und in den Ohren, der sämtliche Umgebungsgeräusche dämpfte.

Zuerst einmal wollte sie duschen, um munter zu werden. Fürs Haarewaschen und Trockenföhnen blieb ihr keine Zeit mehr. Ein Pferdeschwanz musste es auch tun. Sie setzte ihren knallgrünen Frotteeturban auf, mit dem sie wie ein Frosch aussah. Ein praktisches Geschenk von Andrea, das sie immerhin zum Schmunzeln brachte, als sie einen weiteren flüchtigen Blick in den Spiegel warf.

Unter der Dusche kam ihr wieder das Mädchen auf der Straße in den Sinn. Ob es inzwischen wieder zu Hause war? Oder in einem Krankenhaus? Solange im Sausal niemand vermisst, verletzt oder gar tot aufgefunden wurde, durfte sie zumindest davon ausgehen. Sandra musste niesen und drehte den Mischhahn ein Stückchen weiter nach links. Diese verdammte Erkältung hatte ihr gerade noch gefehlt!

Nachdem sie sich eingecremt hatte, deckte sie ihre Augenringe ab. Auch wenn sich der Concealer nach einer Weile in den Augenfältchen absetzen würde, die sich bei der 38-Jährigen zwar noch nicht allzu deutlich, aber eben doch schon abzeichneten. Vielleicht wusste Andrea ja ein Mittel, das die Spuren ihres permanenten Schlafmangels besser kaschierte als dieser billige Abdeckstift aus dem Drogeriemarkt. Gelegentlich wollte sie ihre Freundin danach fragen. Die gelernte Modefachverkäuferin kannte sich nicht nur in Sachen Mode, sondern auch mit Kosmetikprodukten wesentlich besser aus als sie. Ein wenig Rouge, Wimperntusche und Lippenbalsam reichten Sandra für den Polizeidienst. Sie zog ihre bequemsten Jeans und eine türkisfarbene Sweaterjacke über ihrem weißen T-Shirt an. Dann schmierte sie sich ein Butterbrot, das sie zum Ingwertee aß, und schluckte ein Aspirin. Im Zweifelsfall nahm sie zwar lieber Hausmittel als Pharmazieprodukte ein, aber diese Erkältung konnte sie momentan überhaupt nicht gebrauchen. Vielleicht ließ sie sich mit Schulmedizin ja doch noch unterdrücken. Wenigstens so lange, bis der Mordfall aufgeklärt war.

Sandra steckte die restlichen Tabletten und zwei Packungen Taschentücher ein, ehe sie ihrer Wohnung den Rücken kehrte. Auf dem Weg ins LKA wollte sie sich noch ein Grippemittel und zuckerfreie Lutschtabletten gegen ihre Halsschmerzen besorgen.

2.

»Guten Morgen, Miriam!« Sandra betrat das Büro, das sie sich mit der jungen Kollegin und mit Bergmann teilte. Der Chefinspektor hatte zwar Anspruch auf ein eigenes Büro, umgab sich aber lieber mit *seinen* Damen, wie er die beiden oftmals nannte. Aus seinem Mund klang das aber viel zu sexistisch, als dass Sandra es als Kompliment hätte annehmen können. Allzu häufig saß er ohnehin nicht an seinem Schreibtisch. Nicht, dass sie ihn vermisst hätte. Schließlich verbrachte sie auch so die meiste Zeit ihres Lebens mit Sascha Bergmann. Und nicht mit ihrem Mann, der ihr erst über den Weg laufen musste, und mit eigenen Kindern, die sie sich gewünscht hätte. Darüber durfte sie gar nicht erst nachdenken. Sonst wär sie womöglich in Torschlusspanik geraten oder gar in Depressionen verfallen. So gerne sie ihren Beruf auch ausübte, er war bei Gott nicht alles im Leben. Jedenfalls nicht auf Dauer.

»Griaß di, Sandra! Was war denn heute Nacht in der Südsteiermark los?«, forderte Miriam Baumgartner sie gut gelaunt auf, ihr über den aktuellen Mordfall zu berichten, der im LKA anscheinend schon Gesprächsthema war.

Sandra hängte erst einmal ihre Steppjacke an die Garderobe und wandte sich dann der Kollegin zu. Ihren grauen Loop-Schal behielt sie an. Der bildhübschen Blondine ging es im Gegensatz zu ihr anscheinend wieder ganz gut, stellte sie fest. Wobei Miriam auch mit roter, verschnupfter Nase und tränenden Augen besser aussah als die meisten anderen Menschen in gesundem Zustand. Die Ehe mit dem Kollegen Stefan Baumgartner bekam ihr sichtlich. Etwas länger als drei Jahre waren die beiden nun schon miteinander verheiratet, rechnete Sandra zurück. Früher oder später würde ihnen Nachwuchs ins Haus stehen, überlegte sie, während sie eine Packung Taschentücher und die Halstabletten aus ihrer Handtasche kramte. Nur ungern hätte sie auf die Anwesenheit ihrer liebsten Kollegin verzichtet. Aber wenn es so weit war, würde sie sich dennoch für die beiden Kollegen freuen. Und für das Kind, das es bei seinen Eltern bestimmt gut haben würde.

Sandra steckte sich eine Lutschpastille in den Mund. Alles andere verstaute sie in ihrem Schreibtisch. Dann ließ sie sich auf ihren Drehstuhl fallen, um Miriam von den Ereignissen der vergangenen Nacht zu berichten. Auch von der mysteriösen Tonaufnahme und dem verletzten Mädchen, das ihr im Nebel begegnet war.

»Ist ja voll gruselig! Und Sascha hat das Mädl echt nicht gesehen?«, fragte Miriam.

»Ich kann mir das auch nicht erklären«, erwiderte Sandra und erzählte von der Jägerstochter Anna, die angeblich seit Jahrhunderten am Tatort herumspukte.

Miriam hing an ihren Lippen, nicht eine Sekunde an der Schauergeschichte zweifelnd. »Es gibt Dinge zwischen Himmel und Erde, die sich nicht erklären lassen«, meinte sie achselzuckend. »Und trotzdem existieren sie. Ich kann mir schon vorstellen, dass du den Geist der Jägerstochter gesehen hast. Vielleicht verfügst du ja über eine mediale Gabe …«

Sandra lachte auf. »Miriam, bitte …« Sie wandte sich ihrem Computer zu und gab ihr Passwort ein, um ihre E-Mails zu checken. Danach würde sie versuchen, die Freundin von Hermann Schneider zu erreichen und ihr die Todesnachricht zu überbringen, falls die Telefonkontakte vom Handy des Opfers schon in ihrer Mailbox eingegangen waren. Außerdem wollte sie nach den neuesten Abgängigkeitsanzeigen schauen. Möglicherweise wurde das Mädchen inzwischen offiziell vermisst. Falls nicht, würden sie als Nächstes in allen Krankenhäusern nachfragen, ob eine Patientin, auf die ihre Beschreibung passte, in den letzten Stunden eingeliefert worden war.

»Ich bin felsenfest davon überzeugt, dass manche Verstorbenen keine Ruhe finden«, fuhr Miriam unbeirrt fort. »Vor allem, wenn sie ganz plötzlich und besonders traumatisch ums Leben gekommen sind. Oder aber, weil sie auf Erden noch etwas zu erledigen haben beziehungsweise von Hinterbliebenen zurückgehalten werden, die sie nicht loslassen wollen. Solange sich diese Seelen nicht von ihrem irdischen Leben lösen können, stecken sie zwischen dem

Diesseits und dem Jenseits fest. Bis sie ein Medium ins Licht schickt und erlöst.«

Sandra hatte ihrer Kollegin stirnrunzelnd zugehört. Diese Seite von ihr kannte sie noch gar nicht. Bisher hatte Miriam zwar manchmal einen etwas naiven, insgesamt aber doch einen recht vernünftigen Eindruck auf sie gemacht. »Und warum bist du dir da so sicher?«, wollte sie wissen.

Miriam lehnte sich zurück und verschränkte die Arme vor der Brust. »Als ich zehn war, ist meine Großmutter gestorben. Bis dahin war sie eine starke Bezugsperson für mich. Meine Eltern waren ja die meiste Zeit mit der Arbeit beschäftigt«, erzählte die Tochter eines oststeirischen Apfelbauers. »Ich war damals so traurig, weil ich mich nicht mehr von meiner Omi verabschieden hab können. Ich hätt ihr so gern noch mal gesagt, wie lieb ich sie hab. Mein verzweifelter Wunsch hat sie anscheinend festgehalten. Drei Tage nach ihrem Tod hat sie mich dann in der Nacht besucht. Sie hat sich zu mir aufs Bett gesetzt und mich angelächelt. Ihr Körper war von einer Aura umgeben. Ja, sie hat richtiggehend geleuchtet. Strahlend weiß und gold. So viel Liebe und Wärme hab ich noch nie zuvor gespürt. Sie hat zwar nicht gesprochen, trotzdem hab ich ihre Stimme gehört. Ich soll nicht traurig sein, hat sie zu mir gesagt. Sie kann nicht länger bei mir bleiben, aber sie hat mir versprochen, immer auf mich aufzupassen, bis ich eines Tages nachkomme und wir uns im ewigen Licht wiedersehen. Die ganze Zeit über hab ich gefühlt, wie sie mich streichelt. Obwohl sie mich gar nicht berührt hat. Ich wollt sie umarmen und ihr ein Abschiedsbussi geben, aber ich hab durch sie hindurch gegriffen. Wie durch einen Nebel. Da hat sie sich langsam vom Bett erhoben, ist mit einem seligen Lächeln rückwärts durch mein Zimmer geschwebt und durch die geschlossene Tür verschwunden.« Ganz in ihre Erinnerungen versunken, lächelte Miriam ins Leere.

»Bist du dir sicher, dass du das nicht geträumt hast?«, fragte Sandra skeptisch.

Miriam sah sie an und schüttelte ihren Kopf so heftig, dass ihr eine blonde Haarsträhne ins hübsche Gesicht fiel. »Ich bin mir ganz sicher, Sandra. Das war kein Traum. Am nächsten Morgen ist sogar noch ihr Duft im Zimmer gehangen. Sie hat immer so frisch nach Kernseife gerochen. Damit hat sie sich Zeit ihres Lebens auch die Haare gewaschen. Ich schwör dir, dass ich das nicht geträumt hab! Beim Familienschmuck meines Mannes.« Miriam hob ihre Schwurfinger, um sich anschließend die lose Haarsträhne hinters Ohr zu streichen. »Meine Omi war genauso echt wie das Mädchen, das du letzte Nacht im Sausal gesehen hast.«

Sandra musste niesen und sich schnäuzen. Die Kollegin war bei Weitem nicht die Einzige, die an übersinnliche Phänomene glaubte, ging ihr durch den Kopf, der noch immer wie ein Ballon unter Druck stand. So fühlte er sich jedenfalls an. Gerade in der Provinz begegnete man des Öfteren abergläubischen und geistergläubigen Menschen. Auch in der Stadt wimmelte es nur so von Esoterikern, Schamanen und Medien, die angeblich in Kontakt mit dem Jenseits standen. Wie eine frühere Freundin von Sandra. Sybille lebte seit Jahren in ihrem geisterhaften Paralleluniversum. Nicht, dass Sandra sie deswegen verurteilte. Solange Sybille glücklich war und niemandem schadete, konnte sie glauben, tun und lassen, was sie wollte. Auf die Gesellschaft von Sandra, der ihre hartnäckigen Bekehrungsversuche auf den Geist gingen, musste sie allerdings verzichten.

»Lass Bergmann bloß nicht wissen, dass du an Gespenster glaubst. Sonst sekkiert er dich damit bis an Ende seiner Tage«, krächzte Sandra. Hoffentlich ließ ihre Stimme sie nicht im Stich.

»Du klingst heut aber ziemlich marod«, sagte Miriam.

»Ich fühle mich auch so.« Räuspernd wandte sich Sandra wieder ihrem Computer zu.

»Oje. Hab ich dich am End ang'sandlt?«

»Kann schon sein«, erwiderte Sandra und schnäuzte sich noch einmal.

»Ui, das tut mir voll leid«, entschuldigte sich Miriam.

»Schon gut. Ich werde es bestimmt überleben«, meinte Sandra, ihr Kennwort noch einmal in die Tastatur tippend.

»Bestimmt. Du bist ja kein Mann«, erwiderte Miriam grinsend. »Den Stefan hat's am Wochenende auch erwischt. Er bleibt heute und morgen daheim«, entschuldigte die Kollegin ihren Ehemann.

Auch das noch. Ausgerechnet jetzt, wo sie mitten in einem neuen Mordfall steckten und jeden Mitarbeiter umso dringender brauchten, dachte Sandra, behielt diesen Gedanken aber für sich. Schließlich konnte jeder einmal krank werden. Auch sie. Nur dass sie wegen eines lächerlichen Schnupfens nicht zu Hause blieb. Solange sie kein Fieber hatte.

»Soll ich dir einen Kräutertee holen?«, bot sich die Kollegin an. »Ich muss eh aufs Klo.«

»Das wär lieb von dir.« Miriams unverblümte Ausdrucksweise entlockte Sandra ein Grinsen.

Die Kollegin war bereits aufgesprungen.

Sandra sah ihr noch immer grinsend hinterher. Dann widmete sie sich ihren E-Mails. Als Erstes speicherte sie die Anrufprotokolle und Telefonkontakte vom Handy des Opfers ab, die die KPU bereits geschickt hatte, und überflog die Namen. Lucija Kovacic – das musste die Freundin sein. Ansonsten fand sich keine Lucija unter den Kontakten. Zuletzt hatte Hermann Schneider seine Freundin am Sonntagvormittag angerufen und fast eine halbe Stunde lang mit ihr telefoniert. Bevor Sandra ihre Stimme endgültig im Stich ließ, versuchte sie diese gleich einmal anzurufen.

Als Miriam mit ihrem Kräutertee zurückkehrte, hatte Sandra die schluchzende Freundin des Mordopfers am Telefon. Ihren Freund habe sie das letzte Mal vor drei Wochen in Kitzeck besucht, gab sie an. Was sich so weit mit Josef Brands Aussage deckte. Ihre Mutter, mit der Lucija Kovacic zusammenwohnte, bestätigte Sandra prompt, dass sie in der vergangenen Nacht zu Hause gewesen war. Die Frage, ob sie oder ihr neuer Freund vielleicht an Geister glaubten, verneinte sie einigermaßen irritiert. Noch einmal sprach Sandra ihr Beileid aus und beendete das Gespräch.

Seufzend lehnte sie sich zurück und trank einen Schluck Tee, der ihre raue Kehle wärmte. Dann wandte sie sich ihrem PC zu, um sich den zuletzt eingegangenen Abgängigkeitsanzeigen zu widmen.

Die alte Dame, die nachts aus dem Pflegeheim in Graz verschwunden war, hatten die Kollegen inzwischen wieder aufgegriffen. Seither waren nur zwei Männer vermisst gemeldet worden, die die ganze Nacht nicht heimgekommen waren. Anzunehmen, dass auch sie wieder auftauchen würden. Wie die meisten Abgängigen.

Danach nahm sich Sandra die Fahndungsfotos aller jungen Frauen vor, die schon länger vermisst wurden, stieß jedoch auf keine, die dem Mädchen auf der Straße auch nur annähernd ähnelte.

Schließlich verfasste sie noch eine Personenbeschreibung, um abklären zu können, ob ein Mädchen mit einer Schnittwunde an der Kehle in ein Krankenhaus eingeliefert worden war. »Ich hab dir eine Personenbeschreibung gemailt«, sprach sie die Kollegin an, als sie damit fertig war. »Kannst du bitte mal in allen Spitälern nachfragen, ob dort in den letzten acht Stunden eine solche Patientin ambulant oder stationär behandelt wurde?«

Miriam blickte von ihrem Bildschirm auf. »Na klar, ich kümmer mich gleich drum.«

»Danke. Du könntest dann auch noch bei den Kollegen in der Abteilung Cold Cases nachfragen, ob es schon mal einen ähnlichen ungelösten Mordfall wie in der vergangenen Nacht gegeben hat. Die sollen mal ihr Archiv durchforsten.«

»Und was ist mit dem Mord an der Jägerstochter?«, fragte Miriam. »Interessiert dich denn gar nicht, ob an der Geschichte was dran ist?«

Sandra bezweifelte, dass ein Verbrechen, das so lange zurücklag, glaubhaft dokumentiert war, falls es überhaupt jemals stattgefunden hatte. Viel eher vermutete sie, dass es sich um eine Spuklegende handelte, die in der Region von Generation zu Generation weitererzählt wurde. »Ich glaube nicht, dass wir bei den Uraltfällen fündig werden. Aber du kannst ja mal nachfragen. Ansonsten könnten wir noch einen Kriminalhistoriker zu Rate ziehen. Möglicherweise wissen sie im Hans-Gross-Kriminalmuseum der Universität Graz etwas über den Mord an dieser Anna aus Kitzeck«, sagte Sandra. »Wenn du unsere Cold Cases durch hast, kannst du ja mal dort nachfragen.«

Miriam zeigte sich hellauf begeistert. Die mysteriösen Vorfälle der vergangenen Nacht und ein Mord, der angeblich über zwei Jahrhunderte zurücklag, faszinierten sie offenbar mehr als gegenwärtige Verbrechen. »Ich kenn einen Redakteur bei der ›Kleinen Zeitung‹, der Artikel und Bücher über die dunkle Geschichte der Steiermark und auch ziemlich gruselige Krimis schreibt. Vielleicht hat der schon mal was über diesen Mord an der Jägerstochter gehört. Den könnt ich doch auch fragen.«

»Von mir aus«, sagte Sandra. Womöglich war die Legende ja tatsächlich historisch belegt. Mord und Totschlag gab es schließlich schon seit Kain und Abel. Falls diese beiden Bibelfiguren jemals existiert hatten. Aber das war eine andere Geschichte.

Sie selbst wollte sich der Datenbank widmen, um nach aufgeklärten Tötungsdelikten zu suchen, die vor ihrer Zeit beim Landeskriminalamt insbesondere im südsteirischen Raum geschehen waren. Soweit diese Fälle bereits digitalisiert waren. Die Täter waren zwar alle längst verurteilt, einige hatten ihre Haftstrafen aber schon verbüßt und befanden sich wieder auf freiem Fuß. Andere waren inzwischen verstorben. Wie der Attentäter Franz Fuchs, bei dessen Polizeiakte sie erst einmal hängen blieb. An den Bombenbauer aus dem südsteirischen Gralla, der die Öffentlichkeit jahrelang in Atem gehalten hatte, konnte sie sich noch sehr gut erinnern. Wenngleich sie damals noch keine Polizistin beziehungsweise erst in der Ausbildung gewesen war.

Aus mutmaßlich rassistischen und völkischen Motiven hatte Franz Fuchs mehrere Menschen durch selbst hergestellte Brief- und Rohrbomben verletzt. Vier kamen bei seinen Anschlägen ums Leben. Zwischen 1993 und 1996 war das gewesen, las Sandra nach. Nach jahrelangen erfolglosen Ermittlungen geriet er 1997 schließlich rein zufällig in eine Verkehrskontrolle. Weil er glaubte, entlarvt zu sein, zündete er eine weitere Rohrbombe, verlor dabei beide Hände und verletzte die anwesenden Polizeibeamten teils schwer. In einem spektakulären Prozess, von dem der Angeklagte wegen seiner hetzerischen Parolen und ausländerfeindlichen Tiraden ausgeschlossen worden war, verurteilte ihn der Schwursenat in seiner Abwesenheit zu einer lebenslangen Freiheitsstrafe, die er in einer Anstalt für geistig abnorme Rechtsbrecher abbüßen sollte. Im Februar 2000 gelang es dem Verurteilten, der inzwischen zwei Armprothesen trug, sich mit dem Kabel des Rasierapparates in seiner Zelle in der Grazer Justizanstalt Karlau zu erhängen. Zu diesem Zeitpunkt hatte Sandra bereits Streifendienst in Graz versehen.

Mit dem aktuellen Mordfall im Sausal hatte dieser Fall ebenso wenig zu tun wie die anderen aufgeklärten Delikte in der Datenbank. Bei den allermeisten handelte es sich um erweiterte Suizide, bei denen ein Partner den anderen, manchmal auch Kinder oder andere Angehörige getötet hatte, um sich anschließend selbst zu richten oder es zumindest zu versuchen. Oftmals geschahen diese Taten aus Eifersucht, manchmal auch aus Angst vor Krankheit oder Überforderung mit der Pflege. Stets aber aus Verzweiflung in vermeintlich ausweglosen Situationen.

Um 11.15 Uhr betrat Bergmann erstmals an diesem Tag das Büro, als sich Sandra zum gefühlt hundertsten Mal schnäuzte. Was man ihrer Nase bestimmt auch ansah.

»Oje«, meinte der Chefinspektor grußlos. »Wie schaust du denn aus? Uhu nach dem Waldbrand?«, meinte er, einen weiten Bogen um ihren Schreibtisch schlagend, um zu seinem zu gelangen.

»Hab ich dir schon einmal gesagt, wie sehr ich dein Mitgefühl schätze?« Sandra steckte sich die nächste Lutschtablette in den Mund. Ihre Stimme klang kaum weniger heiser als am Morgen. Aber wenigstens hatten die Halsschmerzen etwas nachgelassen.

»Wo ist Miriam?« Bergmann ließ sich noch in der Jacke auf den Chefsessel fallen und fuhr seinen Computer hoch.

»Abteilung Cold Cases. Die aufgeklärten Altfälle hab ich schon durchforstet, bin aber auf keine Übereinstimmungen mit unserem aktuellen Mordfall gestoßen«, sagte Sandra.

Bergmann rollte näher an seinen Schreibtisch heran. »Ich hab schon befürchtet, dass Miriam krank ist«, sagte er.

»Keine Sorge. Ihr geht's schon wieder ganz gut. Aber Stefan hat sich für die nächsten Tage krankgemeldet. Vielleicht sollte ich seinem Beispiel folgen.«

»Nix da! Wir beide fahren jetzt nach Kitzeck Zeugen befragen. Ich will nur noch rasch meine E-Mails checken.«

»Kannst du nicht ausnahmsweise selber fahren? Ich fühle mich heute gar nicht gut.«

Bergmann blickte vom Bildschirm auf und sah sie entsetzt an. »Was? Du lässt mich mit dem Auto fahren? Dann muss es dir aber wirklich dreckig gehen …«

»Ich hatte nicht vor, mit dir mitzufahren, sondern im Büro zu bleiben«, stellte Sandra klar.

»Du weißt aber schon, dass sich mein Fahrlehrer aus Verzweiflung umgebracht hat.«

»Im Ernst?« Bestimmt hielt Bergmann sie nur wieder am Schmäh, um sie umzustimmen, vermutete Sandra.

Der Chefinspektor nickte mit steinerner Miene. »Ich schwöre es dir. Erst sein Nachfolger hat mich mit Ach und Krach durch die Fahrprüfung gebracht.«

»Hat der dich wenigstens überlebt?«

»Nur, weil er einen exzellenten Therapeuten hatte«, meinte Bergmann knochentrocken.

Sandra musste lachen. »Wenn das so ist, muss ich mich wohl zusammenreißen.« Wozu sonst hatte sie sich mit Grippemitteln eingedeckt?

Zufrieden wandte sich Bergmann seinem Bildschirm zu. Wieder einmal hatte er erreicht, was er wollte.

Frechheit siegt, dachte Sandra und griff zur Karaffe auf ihrem Schreibtisch, um sich Wasser einzuschenken. Anschließend warf sie eine Brausetablette in ihr Glas. »Was hat die Obduktion ergeben?«, erkundigte sie sich, als sich die Tablette leise zischend und sprudelnd im Wasser aufzulösen begann.

»Erzähl ich dir nachher im Auto«, brummte Bergmann tippend.

Sandra fuhr ihren Computer hinunter, stand auf und blickte zum Fenster hinüber. Endlich hatte sich die Sonne gegen den Morgennebel durchgesetzt, der sie auf der Fahrt in die Landespolizeidirektion noch begleitet hatte. Gähnend streckte sie ihre Arme in Richtung Decke und drückte den Rücken durch. Dann leerte sie ihr Glas in einem Zug, um hernach ihre sieben Sachen in die Tasche zu packen.

»Verdammte Scheiße«, hörte sie Bergmann auf einmal schimpfen. »Das ist doch …« Sichtlich bestürzt hielt er mitten im Satz inne und fasste sich an den Mund, den Blick noch immer auf seinen Bildschirm geheftet.

»Was ist denn los?« Sandra steckte ihren zweiten Arm in den Jackenärmel.

Bergmann lehnte sich zurück und starrte wortlos durch sie hindurch.

»Was ist passiert, Sascha?«, wiederholte sie ernsthaft besorgt. Wenn es Bergmann die Rede verschlug, musste etwas Schlimmes geschehen sein. Hoffentlich war seiner Tochter nichts zugestoßen. Oder seinem erwachsenen Sohn, von dessen Existenz er erst vor zwei Jahren erfahren hatte.

»Es hat heute Nacht einen tödlichen Verkehrsunfall im Sausal gegeben«, fand Bergmann seine Sprache wieder. »Etwa 15 Minuten, nachdem wir den Tatort verlassen haben.«

Nun war es Sandra, die erstarrte. »Oh, mein Gott … das Mädchen …«, kam ihr sofort die Jugendliche in den Sinn, die bei Nacht und Nebel auf der Straße herumgegeistert war.

Bergmann schüttelte den Kopf. »Nein, kein Mädchen. Einer der Lapos aus Heimschuh ist auf der Heimfahrt ums Leben gekommen. Revierinspektor Patrick Schagerl. Du erinnerst dich doch an den jüngeren der beiden Kollegen, die du bei unserer Ankunft am Tatort befragt hast.«

»Der Redselige …«, sagte Sandra, um den Begriff »geschwätzig« zu vermeiden.

Bergmann nickte.

»Wie tragisch«, meinte sie ehrlich erschüttert.

»Der Streifenwagen ist von der Fahrbahn abgekommen und in einen Baum gekracht. Das automatische Notrufsystem im Auto hat den Crash um 3.03 Uhr der Zentrale gemeldet. Schagerl muss auf der Stelle tot gewesen sein. Der andere Kollege, Gruppeninspektor Gerald Orthaber, der mit ihm im Auto war, wurde schwer verletzt ins LKH Graz Süd-West eingeliefert. Er wurde notoperiert und befindet sich bis auf Weiteres im künstlichen Tiefschlaf.«

Sandra blies hörbar Luft aus, während Bergmann seinen Computer herunterfuhr. »Ausgerechnet denen, die die Straßen am besten kennen, passiert so was.« Freilich wusste sie, dass oftmals gerade ortskundige Fahrer mit überhöhter Geschwindigkeit unterwegs waren, weil sie glaubten, jede Kurve ganz genau einschätzen zu können. Selbst bei den widrigsten Straßen- und Wetterbedingungen. Polizisten im Dienst waren jedoch nur selten unter solchen Unfallopfern.

»Mich wundert das nicht«, sagte Bergmann im Aufstehen. »Hierzulande gibt's ja nur *ein* Gas: Vollgas …«

Sandra überging den Spruch, der vor allem jüngeren Männern, die sich anscheinend für unsterblich hielten, häufig über die Lippen kam. »Vielleicht hat ein Ausweichmanöver zu diesem Unfall geführt«, überlegte sie laut. »Den Kollegen könnte doch ebenso gut das Mädchen auf der Straße begegnet sein.«

Bergmann setzte seine Sonnenbrille auf. »Schon wieder dein Geistermädchen«, sagte er mit süffisantem Grinsen.

»Findest du das angesichts dieser Tragödie wirklich witzig?«

»Wenn ich es nicht witzig fände, würde es den Kollegen auch nicht wieder lebendig machen. Und der andere weiterhin im Koma liegen.«

»Deinen Humor möchte ich haben«, sagte Sandra, als sie dem Chefinspektor aus dem Büro folgte, und meinte genau das Gegenteil.

3.

»Also, was hat die Obduktion ergeben?«, fragte Sandra, als sie beim Weblinger Kreis auf die A 9 auffuhr. Erst vor Kurzem waren die umfangreichen Bauarbeiten im Südwesten der Stadt beendet worden. Immerhin gute zwei Monate früher als geplant.

Bergmann kratzte sich am unrasierten Kinn. »Geschlechtsverkehr hatte das Opfer keinen. Jedenfalls nicht am Tatabend, sofern er nachher nicht geduscht hat. Wie Jutta schon vermutet hat, ist das Opfer an den Folgen eines Winkelschusses gestorben. Die Kugel hat eine Rippe getroffen, die sie diretissima in die linke Herzkammer gelenkt hat. Kreislaufstillstand, Exitus, Baba und foi ned … Oder eben doch. Die Platzwunde am Hinterkopf hat er sich beim Fallen durch den Aufprall an der Möbelkante zugezogen. Aber jetzt kommt's … Schnall dich an«, kündigte er eine bedeutsame Neuigkeit an.

Sandra fädelte auf Brusthöhe den Daumen unter ihrem Sicherheitsgurt ein und zog ihn demonstrativ nach vorn. »Das bin ich doch schon«, sagte sie, den Blick auf die Straße gerichtet.

Bergmann lachte. »Wer behauptet, dass du keinen Humor hast?«

»Ja, wer behauptet das eigentlich?« Sandra verzog die Mundwinkel zu einem gekünstelten Lächeln, während sie auf der Beschleunigungsspur Gas gab. Nach wie vor hörte sie die Umgebungsgeräusche so leise, als hätte sie Watte in den Ohren.

Bergmann setzte zu einer Antwort an.

Sandra hob ihre Hand. »Bitte nicht, Sascha«, kam sie ihm zuvor. »Deine Antwort interessiert mich nicht. Sag mir lieber, was Jutta herausgefunden hat. Oder muss ich auf den Obduktionsbefund warten?« Sie blickte noch einmal in den Rückspiegel, bevor sie auf die rechte Spur wechselte.

»Jutta hat eine Kugel aus der Leiche entfernt.«

»Was du nicht sagst … Das ist doch ihr Job.« Sandra setzte zum Überholen an.

»Eine Rundkugel, Sandra. Kein zylindrisches Projektil. Eine 16,5 oder 17 Millimeter Bleikugel, wie sie bis ins 19. Jahrhundert gebräuchlich war. Ganz genau konnte sie den Durchmesser des Geschosses, das durch den Aufprall an der Rippe ziemlich deformiert ist, noch nicht definieren.«

Sandra wandte den Kopf ihrem Beifahrer zu. »Dann handelt es sich bei der Tatwaffe tatsächlich um einen Vorderlader?«

Bergmann presste sich in den Sitz und stützte sich mit ausgestreckten Armen am Handschuhfach ab. »Schaust du bitte nach vorn, wenn du überholst? Ich möchte den Kollegen aus Heimschuh nicht ins Koma und schon gar nicht in den Tod folgen.«

Sandra schnaubte. »Erzähl du mir nicht … ach, egal«, unterbrach sie sich selbst. »Hermann Schneider wurde also mit einer historischen Waffe erschossen«, sagte sie.

»Entweder mit einem historischen Vorderlader oder mit einer Replikawaffe«, meinte Bergmann.

Einmal mehr kam Sandra die Jägerstochter in den Sinn. »War es eine Jagd- oder eine Kriegswaffe?«, fragte sie nach.

Bergmann zuckte mit den Schultern. »Das geht möglicherweise aus dem ballistischen Bericht hervor, den uns Jörg morgen im Teammeeting präsentieren wird«, sagte er.

»Dann sollten wir uns noch einmal die Frage stellen, wer im Sausal mit einer solchen Waffe umgehen kann. Brauchtumsvereine sind mir dort jedenfalls keine bekannt«, überlegte Sandra laut.

»Jemand, der vor 200 Jahren gelebt hat«, antwortete Bergmann grinsend.

Machte er sich schon wieder lustig? »Im Ernst, Sascha: Es ist gar nicht so einfach, mit einem Vorderlader ins Ziel zu treffen«, blieb Sandra bei der Sache. »Mit einer einzigen Kugel … Diese Waffen sind verdammt schwer und lange nicht so präzise wie moderne Waffen.« Jägerstochter hin oder her, einem zarten Mädchen wie dem von der Straße traute sie dies kaum zu. Dann schon eher einem gestandenen Mann, der über einiges an Kraft und Geschicklichkeit verfügte, überlegte sie weiter. Schließlich waren die richtige Dosierung des Schwarzpulvers und das umständliche Laden solcher Waffen über den Lauf auch nicht so einfach.

»Der Volltreffer mitten ins Herz war wohl eher dem Zufall geschuldet«, bezog sich Bergmann auf die Rippe, die die Kugel abgelenkt hatte.

»Trotzdem sollten wir uns unter Sportschützen umhören«, schlug Sandra vor.

Bergmann nickte wieder ernst. »Hab ich schon. Unser Ballistiker ist ein aktiver Polizeisportschütze. Mit dem hab ich vorhin kurz geplaudert. Es gibt in der Steiermark einige Sportschützenvereine, in denen diese Waffensparte angeboten wird. In Graz und Stainz zum Beispiel, aber nicht in der Südsteiermark. Es finden sogar regelmäßig Europa- und Weltmeisterschaften statt, bei denen die Österreicher traditionell recht gut abschneiden. Die nächste Vorderlader-WM wird im kommenden August in Eisenstadt ausgetragen.«

»Abgesehen von Sportschützen und den Brauchtumsschützen gibt es doch bestimmt auch Leute, die solche Waffen sammeln«, sagte Sandra.

»Das schon. Aber die schießen selten mit ihren Sammlerstücken. Wenn überhaupt. Die Waffen verlieren an Wert, je mehr Gebrauchsspuren sie aufweisen.«

»Und wer kommt sonst noch als Schütze in Frage?«

»Vielleicht doch ein Geist? Können Geister überhaupt schießen?«, zog Bergmann sie schon wieder auf.

Genervt verdrehte Sandra die Augen, während sie den Wagen von der mittleren auf die rechte Spur zurücklenkte. »Es gibt keine Geister, Sascha. Also können sie weder schießen noch sonst wie töten.«

Bergmann grinste. »Bist du dir da sicher?«

»Zum allerletzten Mal«, krächzte Sandra lauter, als es ihrer Stimme guttat. »Das Mädchen auf der Straße war weder ein Gespenst, noch hab ich es mir eingebildet.« Dasselbe hatte Miriam von ihrer toten Großmutter auch behauptet, nagten nun doch wieder leise Zweifel an ihr.

»Schon gut«, lenkte Bergmann ein.

Von wegen gut. Konnte er nicht endlich aufhören, sie zu pflanzen? Und stattdessen einfach glauben, was sie gesehen hatte? Sandra schluckte ihren Ärger hinunter, um prompt wieder an ihre Halsschmerzen erinnert zu werden. Sie fischte ihre Lutschtabletten aus der Mittelkonsole und reichte sie ihrem Beifahrer.

Der sah die Blisterpackung in ihrer Hand nur an.

»Kannst du dich ausnahmsweise einmal nützlich machen und mir eine geben?« Ärgerlich warf ihm Sandra die Packung in den Schoß.

»Sehr gerne, *Liebling*!« Bergmann drückte eine kirschrote Pastille aus der Blisterpackung, schürzte die Lippen, als wolle er sie küssen, und reichte sie ihr vergnügt.

»Danke!«, schnauzte Sandra ihn an und steckte sie sich in den Mund. Endlich hatte Bergmann sie dort, wo er sie haben wollte. Auf 180, ärgerte sie sich nunmehr über sich selbst. Krachend zerbrach die Pastille zwischen ihren Zähnen. Wenn jetzt bloß kein Stück von ihrem Backenzahn abgebrochen war. Vorsichtig tastete Sandra mit der Zunge danach und stellte fest, dass er unversehrt war.

»Hast du Josef Brands Alibi überprüft?«, wollte Bergmann wissen.

»Wozu denn? Der Schmauchspurentest war doch negativ.«

»Er muss ja nicht unbedingt selbst geschossen haben, um seinen Stiefvater loszuwerden«, meinte Bergmann. »Vielleicht steckt sein Freund mit ihm unter einer Decke. Der Weinetikettenstreit könnte doch ein Tatmotiv für die beiden gewesen sein. Wie wir wissen, wurde schon aus weitaus geringeren Anlässen getötet.«

Auszuschließen war das freilich nicht, musste Sandra dem Chefinspektor recht geben. Die meisten Tötungsdelikte waren Beziehungstaten, denen oftmals jahrelange zermürbende Konflikte vorausgingen. Irgendwann reichte dann die kleinste Unstimmigkeit aus, um eine Kurzschlusshandlung auszulösen. Theoretisch konnten beide Freunde mit Hermann Schneider im Weingartenhaus gewesen sein. Sie waren sich in die Haare geraten und der Streit war eskaliert. Doch etwas stimmte an diesem Szenario nicht. »Dieser Vorderlader passt ganz und gar nicht zu einer Tötung im Affekt«, sagte Sandra. »Soweit ich mich an die Grundlagen der Waffenkunde erinnere, ist es doch ziemlich aufwendig und dauert eine ganze Weile, bis eine solche Waffe schussbereit ist. Erst muss man das Schießpulver, danach die Kugel über die Mündung den Lauf hinunter zum Zündloch befördern. Und dann steht dem Schützen nur ein einziger Schuss zur Verfügung. Wenn dieser sein Ziel verfehlt, muss erst wieder umständlich nachgeladen werden.«

Bergmann nickte. »Es sei denn, der Vorderlader war schon geladen und griffbereit. Außerdem muss die Tat ja nicht unbedingt im Affekt passiert sein. Vielleicht war Laurenz Novak schon am Nachmittag mit im Weingartenhaus, und die Freunde sind im Streit mit Schneider auseinandergegangen. In der Nacht sind die beiden – oder auch Novak allein – mit der geladenen Waffe zurückgekehrt, um den Alten zu erschießen.«

»Es waren nur zwei Weingläser auf dem Tisch«, merkte Sandra an, wenngleich das eine mit dem anderen nicht zusammenhängen musste. »Aus einem hat Josef Brand, aus dem anderen sein Stiefvater getrunken. Das hat der Abgleich der Fingerabdrücke zweifelsfrei bestätigt.«

Bergmann zuckte mit den Schultern. »Der Wein könnte ja schon viel länger dort gestanden sein, als Brand behauptet. Oder auch kürzer. Auf alle Fälle sollten wir uns diesen Novak mal ansehen, wenn wir in Kitzeck sind.«

»Er arbeitet in einem Verlag in Leibnitz«, erinnerte sich Sandra. »Seine Nummer steht in meinem Notizbuch. Das befindet sich in meiner Tasche auf der Rückbank.« Ihr rechter Daumen wies über ihre Schulter nach hinten.

»Na, dann rufen wir ihn nach dem Mittagessen an. So viel Zeit muss sein. Hast du dir die Audiodatei schon angehört?«, wollte Bergmann wissen.

Sandra schüttelte den Kopf. »Die KPU bastelt noch daran herum. Vielleicht war ja Agnes Haidegger mit ihrem Schwiegersohn im Weingartenhaus, und es handelt sich um ihre Stimme. Ihr Notruf soll nämlich auch ziemlich wirr geklungen haben. Laut Lubensky teilweise sogar unverständlich gewesen sein.«

»Oder es war dein Geistermädchen von der Straße«, meinte Bergmann schon wieder.

»Sascha!«, fuhr Sandra ihn an.

»Was? Das Mädchen könnte doch auch mit Schneider im Weingartenhaus gewesen sein. Warum auch immer. Dort wurde sie Zeugin des Verbrechens und ist geflüchtet. Der Täter ist ihr gefolgt, hat sie erwischt und am Hals verletzt. Irgendwie ist sie ihm dann doch noch entkommen und dir fast vors Auto gelaufen. Angeblich …«

»Dasselbe ist mir gestern auch schon durch den Kopf gegangen«, sagte Sandra. »Genauso gut könnte das Mädchen aber auch mit dem Täter unter einer Decke stecken und Schneider hat es am Hals verletzt, bevor sein Mörder ihn erschossen hat.« Vielleicht war ihre Stimme deshalb unverständlich.

»Und mit welcher Tatwaffe hat er ihr die Verletzung am Hals zugefügt? Am Tatort wurde keine sichergestellt«, wandte Bergmann ein.

»Die könnte das Mädchen mitgenommen haben. Oder der Täter. Oder auch Agnes Haidegger, als sie am Tatort war. Fragt sich nur, warum sie das hätte tun sollen«, überlegte Sandra laut.

»Um den Täter zu schützen. Vielleicht war ja doch ihre Enkelin mit Schneider im Weingartenhaus. Auch wenn ihr Bruder das ausschließt.«

»Kann sein«, räumte Sandra ein.

»Möglicherweise hast du ja doch seine Schwester in der Tatnacht auf der Straße gesehen«, sagte Bergmann.

»Glaub ich nicht. Das Mädchen war zwar verletzt, hat sich aber ganz normal bewegt. Von einer Behinderung hab ich nichts bemerkt. Außerdem war sie allerhöchstens 20, eher ein paar Jahre jünger. Und Sophie Brand geht schon auf die 30 zu«, entgegnete Sandra.

»Wurde denn inzwischen ein Mädchen abgängig gemeldet?«, fragte Bergmann.

Sandra schüttelte den Kopf. »Bisher nicht.« Im Laufe des Vormittags hatte sie einige Male nachgesehen. »Miriam hat auch schon in sämtlichen Krankenhäusern nachgefragt. Es wurde keine Patientin mit einer solchen Verletzung am Hals behandelt oder aufgenommen.«

»Dann lass uns mal die beiden Frauen befragen und die bearbeitete Tonaufnahme abwarten, bevor wir weiter wild herumspekulieren«, sagte Bergmann.

Sandra setzte den Blinker, um ein neues Überholmanöver anzukündigen. »Was ist mit diesem Nachbarn ohne Baugenehmigung?«, fragte sie. »Wir haben Josef Brand noch gar nicht auf ihn angesprochen.«

»Das werden wir noch tun. Nur nicht hudeln, Sandra. Vom Hudeln kommen die Kinder«, meinte Bergmann.

Wieder so ein blöder Spruch, dachte Sandra. »Du musst es ja wissen«, erwiderte sie und bereute ihre Antwort, kaum, dass sie diese ausgesprochen hatte.

»Deswegen lass ich mir ja auch lieber etwas mehr Zeit …«

»Verschone mich mit deinem Privatleben.«

Ohne weiteren Kommentar wandte sich Bergmann seinem Smartphone zu.

Der Name des Nachbarn würde sich höchstwahrscheinlich auch auf der Liste wiederfinden, um die sie Josef Brand gebeten hatten, überlegte Sandra, als die Ankündigungstafel der Autobahnabfahrt Leibnitz vor ihnen auftauchte.

4.

Nur wenige Stunden nach ihrem Einsatz bei Nacht und Nebel präsentierte sich das Sausal bei ungetrübtem Sonnenschein. Dennoch zeigte das Außenthermometer nur recht frische elf Grad Celsius an. Wäre Sandra nicht erkältet gewesen und jemand anders als Bergmann neben ihr gesessen, hätte sie die Fahrt bestimmt um einiges mehr genossen. Die malerische Landschaft zwischen den Flüssen Sulm und Laßnitz leuchtete an diesem Tag in den buntesten Farben, die der Herbst zu bieten hatte. Die roten Ziegeldächer der Häuser und Höfe auf den Hügelkuppen ragten in den azurblauen Himmel, dazwischen schlanke, gelb belaubte Säulenpappeln, da und dort ein hölzerner Klapotetz. Die herbstlich verfärbten Weinstöcke zeichneten die typischen schnurgeraden Rebzeilen weithin sichtbar in die Weingärten, die das Landschaftsbild prägten. Manchmal wurde das südsteirische Weinland mit der Toskana verglichen. Wobei die Region einen dermaßen schnöden Vergleich gar nicht nötig hatte. Schließlich vermochten die Südsteiermark und ihre Weinstraßen mit ganz eigenem pittoresken Charme zu glänzen und mit charaktervollen Weinen, regionalen Lebensmitteln und saisonaler Küche zu überzeugen. Wer brauchte da noch die Toskana?

Selbst der Chefinspektor, der ländlichen Reizen nur wenig abgewinnen konnte, zeigte sich vom spektakulären Panorama beeindruckt. »Na servas«, sagte er, den Blick auf die schmalen Terrassen des nahen Weinbergs gerichtet, die es überhaupt erst ermöglichten, die steilen Weingärten zu bewirtschaften. »Ganz schön steil hier.«

»Entsprechend beschwerlich gestaltet sich die Arbeit in diesen Weingärten«, erklärte ihm Sandra. »Aber die Mühe lohnt sich allemal.«

»Und gibt es hier auch was zum Essen?«, fragte Bergmann. »Ich bin am Verhungern.«

»Die meisten Buschenschänken haben montags geschlossen. Aber ich kenn in Kitzeck ein Wirtshaus, das auf alle Fälle heute offen hat. Ist nur ein klitzekleiner Umweg …«

»Dann fahr dorthin«, ordnete Bergmann an.

»Wir sind ja eh gleich da …« Wenn er erst einmal seinen Hunger gestillt hatte, war er hoffentlich wieder besser gelaunt. Sandra hatte zwar keinen allzu großen Appetit, freute sich aber auf eine Hühnerbouillon, die immer noch am besten gegen Erkältung und Grippe half. Ihre Mutter hatte den kranken Kindern früher immer welche eingeflößt. Kochen konnte sie. Das musste man ihr lassen. Ansonsten hatte sie sich kaum um die Tochter geschert. Dafür umso lieber ihren missratenen Sohn verwöhnt. Von Jugend an war Sandras jüngerer Halbbruder wiederholt mit dem Gesetz in Konflikt geraten, bis er vor einigen Jahren nach Thailand ausgewandert war. Den Gedanken an ihre Familie schob sie gleich wieder beiseite. Sie hatte nicht vor, den Kontakt, den sie vor geraumer Zeit abgebrochen hatte, wieder aufzunehmen.

Kaum hatten sie in Kitzeck die Pfarrkirche mit dem Pfarrhof, das ebenso schmucke Gemeindeamt und das Weinmuseum mit dem angrenzenden Tourismusbüro hinter sich gelassen, tauchten beim Parkplatz etliche Vogelscheuchen auf, die in Reih und Glied am Zaun entlang über den Festplatz hinweg ins weite Hügelland blickten. Ihre Köpfe aus Blumentöpfen zierten allerlei Kopfbedeckungen – vom alten Steirerhut bis zum silberfarbenen Motorradhelm. Die einzelnen Buchstaben auf ihren Rücken fügten sich zu einem Wort zusammen, das erklären sollte, was sie waren: »Zaungäste«. Von ihrem letzten Besuch wusste Sandra, dass diese Vogelscheuchen an einem alljährlichen Wettbewerb teilnahmen. Im Frühsommer sammelte sie der Tourismusverband bei ihren kreativen Schöpfern ein, um sie an den Straßen des Sulmtals und Sausals auszustellen. Die originellsten Figuren wurden dann im Spätsommer am Festplatz prämiert. Über den Herbst blieben sie noch stehen, bis der Winter ins Land zog und sie wieder eingesammelt wurden. Sandra setzte den Blinker und bog auf den Parkplatz vor dem Restaurant ab.

RÜCKBLENDE 3

DER WEG

Bis 1936

Großes Interesse, aufrichtige Wertschätzung, ja, die Liebe einer wachsenden Anhängerschar wurden der Seherin von Waltendorf zuteil. Professoren, Ärzte, Direktoren, Schriftsteller, Forscher, Theologen und andere angesehene Leute bezeugten ihre medialen Fähigkeiten und die okkulten Vorgänge, die um Mutter Silbert herum geschahen. Auch bestätigten sie die Unantastbarkeit des Charakters dieser hochgeschätzten Dame, die Einladungen nach Prag, London und nach Amerika erhielt. Aus aller Welt reisten sie herbei, um dem berühmten Medium zu begegnen. Doch wo viel Licht ist, da ist viel Schatten.

Wie alle Medien zu jeder Zeit sah sich auch Mutter Silbert mit schweren Anfeindungen konfrontiert. Perfide Zweifler und skeptische Gegner bezichtigten sie der Täuschung und trachteten danach, sie zu entlarven. Manch einer verstummte, nachdem er selbst an einer Sitzung teilgenommen hatte und eines Besseren belehrt worden war.

1918 berichtete ein renommierter Direktor von einer Séance, zu der auch ein ungläubiger Offizier erschienen war. Lautstark machte er sich über Nell lustig, bezweifelte die Existenz dieses spirituellen Führers. Da hob sich der Stuhl mitsamt seinem Spötter in luftige Höhen, um kurz darauf mit einem lauten Krach auf dem Tisch zu landen. Leichenblass sprang der Offizier von seinem Sitz herunter, auf der Stelle bekehrt.

Ein andermal folgte auf die allzu unverschämten Worte eines anderen Zweiflers ein lauter Schlag im Sitzungszimmer – wie aus einer Kanone abgefeuert. Der schwere Tisch brach völlig zertrümmert in sich zusammen, woraufhin die Séance abgebrochen wurde. Am nächsten Morgen staunte Mutter Silbert nicht schlecht, als ihr Tisch wieder ordentlich zusammengefügt an seinem Platz stand, als wäre nichts geschehen. Kein Mensch hätte ihn derart kunstfertig in seinen früheren Zustand zurückversetzen können. Schon gar nicht über Nacht.

Ein weiterer Skeptiker, ein Journalist, brachte zu einer Sitzung ein Buch mit, in dem namhafte Wissenschaftler okkulte Vorgänge als Schwindel, Autosuggestion, auf alle Fälle aber als Humbug abtaten. Während dieser Journalist in seinem Buch blätterte, um den Anwesenden daraus vorzulesen, löste es sich vor aller Augen in seinen Händen in nichts auf. Auch er war fortan ein glühender Anhänger Mutter Silberts. Drei Wochen später sollte er sein Buch wieder zurückbekommen. Auf einem Spaziergang in St. Peter flatterte es ihm auf einmal durch die Luft entgegen und landete direkt vor seinen Füßen. Dieser Vorfall wurde von seiner Begleitung, einem bedeutenden Wiener Nervenarzt und Forscher, bezeugt.

Andere Gegner von Mutter Silbert fuhren mit härteren Geschützen auf. Vor allem in den Wiener und Grazer Zeitungen wurde das Medium häufig denunziert, nach berechtigten Einwänden jedoch wieder rehabilitiert. Einer der übelsten Verleumder war beim »Österreichischen Kurier« beschäftigt. Er lastete den Raubmord an einem jungen Mann dem »gemeingefährlichen Treiben der Narren von Waltendorf« an, die das Opfer angeblich in den Selbstmord getrieben hätten. Nach einem Gerichtsprozess wurde er zu einer Geldstrafe von 10.000 Kronen verurteilt.

Über Mutter Silbert brach zu jener Zeit eine wahre Verleumdungswelle herein. Der ehrbaren, gottgläubigen Hausfrau, die zehn Kindern das Leben geschenkt hatte und die ihre mediale Gabe selbstlos in den Dienst der Menschheit stellte, schlug der unverhohlene Neid, Spott und Hass jener Zeitgenossen entgegen, die sich ganz dem Materialismus verschrieben hatten und alles Spirituelle verachteten. Ihre Peiniger ließen sie kaum mehr zur Ruhe kommen, obgleich Hunderte Anhänger, darunter auch namhafte Persönlichkeiten, öffentlich für sie eintraten.

Oftmals tief gekränkt und ihre Begabung verwünschend, folgte Mutter Silbert dennoch ihrem beschwerlichen Weg bis zum Ende – allen Widerständen geduldig und demütig trotzend.

»Ich war ein Werkzeug in der Hand des Allmächtigen – ich habe nicht umsonst gelebt!*«, sagte sie, ehe sie am 30. August 1936 frühmorgens in den Armen ihres Arztes ihre Seele aushauchte, die als bläulich schattiertes Lichtband durch das geschlossene Fenster ins Dunkel der Nacht entschwebte.

---

* Zitat aus »Mutter Silbert. Tatsachen, Berichte, Dokumente« von Rudolf Sekanek, Der Leuchter Otto Reichl Verlag 1959 – Seite 275

KAPITEL 5

Immer noch Montag, 30. Oktober 2017

1.

Sandra gähnte, als sie neuerlich vor dem Herrenhaus vorfuhren. Viel lieber hätte sie sich jetzt hingelegt, als Zeugen zu befragen. Warum nur hatte sie sich wieder einmal von Bergmann breitschlagen lassen? Seit sie das letzte Grippemittel im Büro eingenommen hatte, fühlte sie sich zwar besser, aber das Mittagessen hatte sie müde gemacht. Vielleicht würde sie morgen doch zu Hause bleiben, sich ausschlafen und ihre Erkältung auskurieren.

Kaum waren die Ermittler aus dem Dienstwagen ausgestiegen, eilte Josef Brand in blau karierten aufgekrempelten Hemdsärmeln und Jeans auf sie zu. Auch er sah müde aus. Die dunklen Tränensäcke unter seinen braunen Augen waren Sandra in der Mordnacht kaum aufgefallen. Im harten Licht der tiefer stehenden Herbstsonne waren sie deutlich sichtbar.

Der Weinbauer nahm seine Hände aus den Hosentaschen, um sie zu begrüßen. »Stimmt es, dass der Schagerl Patrick und der Orthaber Gerald heut Nacht ums Leben gekommen sind?«, fiel er gleich mit der Tür ins Haus.

Selbstverständlich hatte er längst von dem tödlichen Autounfall gehört, der rund zwei Kilometer von seinem Anwesen entfernt zwischen Pernitsch und Heimschuh passiert war. Auf dem Land verbreiteten sich solche Nachrichten wie Lauffeuer. Längst berichteten auch die Medien darüber, wobei die Namen der Unfallopfer freilich nicht kommuniziert wurden. Ob Gruppeninspektor Gerald Orthaber mittlerweile ebenfalls verstorben war, wussten nicht einmal die Ermittler.

»Es hat gegen drei Uhr früh einen Verkehrsunfall in der Nähe gegeben, bei dem ein Polizeibeamte aus Heimschuh ums Leben gekommen ist«, bestätigte Bergmann. »Ein anderer wurde schwer verletzt in ein Krankenhaus eingeliefert. Mehr kann ich Ihnen dazu leider nicht sagen.« Diesmal war es nicht ihre Aufgabe, Todesnachrichten zu verkünden. Worüber auch Bergmann keineswegs unglücklich war. »Sind Sie mit einem der beiden Unfallopfer verwandt?«, fragte er nach.

Der Weinbauer schüttelte den Kopf. »Nein, aber ganz gut bekannt.«

»Ja, dann …« Bergmann zuckte bedauernd mit den Schultern. Dann würde man Josef Brand auch im Krankenhaus keine Auskunft über den schwer verletzten Polizisten erteilen.

Der Weinbauer seufzte. »Hört das denn niemals auf?« Sichtlich geknickt wandte er sich ab, um wie ein geprügelter Hund davonzuschleichen.

Sandra und Bergmann warfen einander Blicke zu und folgten ihm zum Eingang des Herrenhauses.

Meinte er die tödlichen Unfälle, die sich in seinem Umfeld häuften? Den Suizid seines Vaters? Den Krebstod seiner Mutter? Den Mord an seinem Stiefvater? Oder gar den Tod an und für sich? Der war früher oder später für jeden unausweichlich. Auf alle Fälle hatte der Weinbauer eben deutlich emotionaler auf das Schicksal der beiden Polizisten reagiert als noch vor wenigen Stunden auf die Ermordung seines Stiefvaters. Was keineswegs als Beweis für seine Abneigung gegen ihn gewertet werden durfte, wusste Sandra. Nicht wenige Betroffene konnten nach extremen Ereignissen wie einem Mord in ihrem Umfeld weder angemessene Gefühle empfinden noch entsprechende Reaktionen zeigen. Das volle Ausmaß des Schreckens drang erst nach und nach in ihr Bewusstsein, damit dieser besser bewältigt werden konnte. Der körpereigene Mechanismus diente der Seele quasi als unbewusster Selbstschutz.

»Die Großmutter ist heute ziemlich wacklig auf den Beinen«, erklärte ihnen der Weinbauer im Vorzimmer. Von hier aus führte eine Holzstiege ins Obergeschoß. »Ich hab ihr nach dem Mittagessen ein Pulver zur Beruhigung gegeben. Das hat mir der Arzt gestern Nacht für sie da 'lassn. Wahrscheinlich schlaft s' noch immer.«

»Falls sie wirklich noch schlafen sollte, wecken Sie sie bitte auf.« Fröstelnd steckte Sandra ihre Hände in die Jackentaschen, um sie zu wärmen. Die Erwartungen, die der Holzstoß vorm Haus und der Rauchgeruch draußen bei ihr geweckt hatten, erfüllten sich leider nicht. Drinnen kam es ihr noch kälter vor als draußen in der Sonne. Ihren Schal hatte sie im Auto gelassen, aber wenigstens die Jacke anbehalten. »Wir stellen Ihrer Großmutter nur die allernötigsten Fragen und scannen ihre Fingerabdrücke, um sie mit den sichergestellten im Weingartenhaus abgleichen zu können. Sie kennen die Prozedur ja schon von letzter Nacht. Dasselbe machen wir mit Ihrer Schwester«, erklärte sie weiter. Auf einen Schmauchspurentest konnten sie bei beiden Frauen getrost verzichten, waren Bergmann und sie vorhin übereingekommen. Es sei denn, eine der beiden war wider Erwarten in der Lage, mit einem Vorderlader umzugehen.

»Das Sopherl wartet in der Kuchl auf Sie. Sie ist ein bissl aufgeregt …« Der Weinbauer öffnete die Tür und ging voraus. »Die Kriminalpolizei ist da, Sopherl«, sprach er in die Wohnküche hinein, die zwar geräumig, aber ziemlich düster war.

Sandra fand es hier kaum wärmer als im Vorzimmer. Dass sie andauernd fror, mochte aber auch an der Erkältung und an ihrer Müdigkeit liegen, überlegte sie. Nicht einmal nach der Frittatensuppe war ihr vorhin richtig warm geworden. Erst als der Weinbauer beiseite wich, bemerkte sie die kleine gebückte Gestalt auf der Eckbank, die sich gerade mit beiden Händen auf der Tischplatte aufstützte, um aufzustehen. »Bleiben Sie doch bitte sitzen«, sagte sie, was die Frau mit dem fast hüftlangen aschblonden Zopf ignorierte.

Sophie Brand tat zwei mühsame Schritte in ihre Richtung, griff dann mit einer Hand zu einer Krücke, die neben der Bank an der Wand lehnte. Auf zwei ungleich kurzen Säbelbeinen hinkte sie auf ihre Gehhilfe gestützt auf die Ermittler zu.

Sandra kam ihr einige Schritte entgegen und blieb vor ihr stehen. Die Frau streckte ihre freie Hand aus, deren Finger deutlich verkürzt waren. Beim Händeschütteln fühlten sie sich wärmer an, als Sandra erwartet hatte. Zwar verfügte sie über keine medizinische Ausbildung, dennoch konnte sie ausschließen, dass ihr Gegenüber an einer spastischen

Lähmung litt. Die typische krampfbedingte Haltung der Hand und anderer Körperteile durch die Versteifung und Verhärtung der Muskulatur fehlte völlig.

»Möchten S' was trinken?«, fragte Sophie Brand in etwas langsamer, dennoch gut verständlicher Sprache.

Sandra lehnte dankend ab.

Bergmann schüttelte die Hand der Frau nur zögerlich, als hätte er Angst, sie falsch anzufassen oder ihren deformierten Körper zu Fall zu bringen. Dennoch fragte er sie nach einem Kaffee, ehe er den Blick wieder von ihr abwandte und neben Sandra am Tisch Platz nahm. Offenbar war es ihm unangenehm, die missgebildete Gestalt länger als nötig anzusehen. Warum auch immer.

»Ich mach den Kaffee schon. Setz dich wieder hin, Sopherl«, sagte Josef Brand. Doch auch er konnte seine Schwester nicht von ihrem Vorhaben abbringen.

»Lass mich das doch machen. Ich hab eh schon alles vorbereitet«, sagte sie bestimmt. »Ich brauch nur mehr die Kaffeemaschine einschalten. Trag du mir derweil das Tablett zum Tisch und geh dann die Omi holen.«

»Wennst meinst«, resignierte der ältere Bruder und brachte das vorbereitete Serviertablett mit den Kaffeetassen, der Milchkanne und der Zuckerschale an den Tisch, auf dem bereits eine Platte mit Allerheiligenstriezel, Dessertteller und bunt bedruckte Papierservietten warteten. Er verteilte das Kaffeegeschirr auf dem Tisch und entschuldigte sich dann, um seine Großmutter zu holen.

»Haben Sie die Liste für uns fertig, Herr Brand?«, hielt Sandra ihn auf.

»Ach so, ja. Hab ich …« Der Weinbauer zog ein zweifach zusammengefaltetes A4-Papier aus der Gesäßtasche, faltete es auf und reichte es ihr.

Sandra überflog die Namen und Anschriften. Der Weinbauer, den sie kürzlich mit Andrea am Demmerkogel besucht hatte, war ebenfalls angeführt. »Findet sich darunter jemand, der mit Ihrem Stiefvater in letzter Zeit in Konflikt geraten ist?«, fragte sie.

Josef Brand nickte. »Der Lenart Luis steht ganz oben auf der Liste. Dem hat der Hermann vor einem guten Jahr 12.000 Euro geliehen. Die wollt er jetzt wieder z'ruck ham von ihm. Vereinbart war, dass wir einen Weingarten vom Luis bekommen, wenn er nicht fristgerecht zahlt.«

»Das klingt nach einem recht profitablen Geschäft für Sie«, sagte Sandra, ohne die Grundstückspreise im Sausal zu kennen.

»Schön wär's«, erwiderte der Weinbauer. »Der Hermann hat die Rechnung leider ohne den Luis g'macht. Der hat den Weingarten nämlich längst an die Bank verpfändet. Was er dem Hermann aber erst vor zwei Wochen gestanden hat, nachdem die letzte Rückzahlungsfrist abgelaufen war. Was soll ich Ihnen sagen? Es hat einen Mordsstreit zwischen den beiden gegeben. Der Hermann hat die Angelegenheit dann unserem Anwalt übergeben.«

Sandra unterstrich den Namen des Schuldners auf der Liste. »Was ist mit dem Nächsten, Franz Zach?«, erkundigte sie sich nach dem Nachbarn, den die Landpolizisten schon erwähnt hatten.

»Das ist unser Nachbar. Ein ganz spezieller Freund vom Hermann. Er hat ihn schon vor Jahren aus dem Weinbauverein ausgeschlossen, als er noch der Obmann war. Der Franz hat immer wieder slowenische Trauben zugekauft und als Sausaler Wein ausgegeben. Der Hermann hat ihm das auch beweisen können, nachdem er einige Traubenlieferungen mit Fotos dokumentiert hat. Der Zach hat ihm das nie verziehen. Und macht uns seither alles zu Fleiß, was nur geht. Erst vor Kurzem hat's wieder mal anständig 'klescht zwischen den beiden«, wusste Josef Brand zu berichten.

»Wegen der fehlenden Baubewilligung Ihres Nachbarn?«, hakte Sandra nach.

Sichtlich perplex, dass die Ermittlerin bereits davon wusste, bestätigte Josef Brand ihre Frage. »Mir ist der Zubau eigentlich wurscht, viel mehr stört mich, wenn er wieder mal direkt an der Grenze zu meinem Bioweingarten großzügig Fungizide spritzt. Oder die Dornenhecke, die ich absichtlich als natürlichen Schutz über den Zaun wachsen hab lassen, einfach abfackelt, damit man den Zaun wieder sieht.« Der Weinbauer schüttelte den Kopf.

»Und was ist mit den anderen Herrschaften auf dieser Liste?«, fragte Sandra.

»Alles Weinbauern. Am besten fragen S' die Leut selber. Ich will ja niemanden vernadern. Außerdem glaub ich sowieso nicht, dass es einer von dieser Liste war. Auch wenn der Hermann keinen Konflikt gescheut hat, muss man ihn deswegen ja net gleich erschießen«, meinte Josef Brand.

Oder eben doch, dachte Sandra, den Blick auf die Liste gerichtet. »Sollte Ihnen noch jemand Verdächtiges einfallen, informieren Sie uns bitte gleich. Das hat überhaupt nichts mit Vernadern zu tun. Hier geht es schließlich um ein Tötungsdelikt. Sie können uns jederzeit erreichen. Die Nummer des Journaldienstes haben Sie ja«, redete Sandra sowohl dem Weinbauer als auch seiner Schwester ins Gewissen. Die wandte ihnen noch immer ihren krummen Rücken zu, während sie mit der Filterkaffeemaschine hantierte.

Josef Brand nickte. »Ich hol Ihnen jetzt die Großmutter, wenn's recht ist«, sagte er und verließ die Küche.

Begleitet vom Röcheln der Kaffeemaschine, die dringend entkalkt gehörte, schleppte sich seine Schwester ebenso mühsam, wie sie vorhin zur Kaffeemaschine geschlurft war, zum Tisch zurück, um ihren Platz auf der Eckbank wieder einzunehmen. »Greifen S' doch zu«, sagte sie und nahm sich ein Stück Striezel von der bäuerlich bemalten Keramikplatte. »Den hab ich selbst gebacken. Leider ist der Zopf ein bissl verwortakelt«, fügte sie hinzu, ehe sie abbiss.

Dasselbe hätte man auch über den zerfransten Zopf auf ihrem Kopf behaupten können, der aussah, als hätte sie letzte Nacht damit geschlafen, überlegte Sandra. Ihre Feinmotorik mochte zwar fürs Kaffeekochen ausreichen, fürs Flechten aber eher nicht. Umso bewundernswerter fand Sandra, dass sie den Allerheiligenstriezel, der traditionell von der Patentante gebacken und ans Patenkind verschenkt wurde, eigenhändig zubereitet hatte. Auf einmal fiel ihr wieder ein, dass diesem Gebäck Zauberkräfte nachgesagt wurden, die böse Geister abhalten sollten. Ein nicht aufgegangener oder verzogener Striezel wie dieser hier brachte angeblich Unheil ins Haus. Unter Umständen sogar den Tod der Bäckerin, behauptete der Aberglaube, auf den Sandra nichts gab. Solange der windschiefe Germzopf nicht vergiftet war oder sich jemand daran verschluckte, war er bestimmt völlig harmlos. Allerhöchstens verursachte er Bauchschmerzen, wenn man zu viel davon verdrückte. Ohnehin verzichtete sie darauf zuzugreifen, hatten sie doch eben erst zu Mittag gegessen.

Erneut unterdrückte sie ein Gähnen. Der Schlafmangel und die Virusinfektion machten ihr zu schaffen. Außerdem war ihr nach wie vor kalt. »Könnten Sie uns bitte schildern, wie der gestrige Abend verlaufen ist?«, bemühte sie sich konzentriert zu bleiben. Auch wenn es ihr schwerfiel.

Sophie Brand schluckte den Bissen in ihrem Mund hinunter, ehe sie über die Vorfälle der letzten Nacht berichtete, die den Ermittlern bereits bekannt waren. Der Ablauf und die Zeitangaben stimmten mit den Aussagen ihres Bruders beziehungsweise jenen der Kollegen überein. Von Widersachern ihres Stiefvaters, einmal abgesehen vom streitbaren Nachbarn und dem Mann, der ihnen Geld schuldete, wollte die Befragte jedoch nichts wissen. Auch nicht, als ihr Sandra die Liste ihres Bruders vorlegte. Sie kenne zwar die meisten Personen, räumte sie ein, gehe aber nur ganz selten außer Haus. »I mag's net, wenn mich die Leut anstarrn. Missgeburt, Krippl, hatscherte Gashaxn, Rauschkind ist noch das Netteste, was s' hinter meinem Ruckn über mich sagen. Das war schon von klein auf so. Als ob's meine Schuld wär, dass ich so auf die Welt 'kommen bin«, beschwerte sich Sophie Brand.

Sandra erinnerte sich an ein sogenanntes Rauschkind in ihrem Heimatdorf. Seine Mutter war Alkoholikerin gewesen und hatte auch während der Schwangerschaft exzessiv getrunken. Äußerlich sah man dem kleinen, zarten Buben kaum etwas an, dafür zeigte er geistig-intellektuelle Defizite und psychische Auffälligkeiten. Zudem litt er an einem angeborenen Herzfehler. Ständig war er den Hänseleien einiger Kinder sowie den bösen Zungen mancher Erwachsener ausgesetzt. Inklusion, die heutzutage selbst schwerstbehinderte Menschen in die Gemeinschaft miteinschließen sollte, gab es damals noch nicht. Dafür Sonderschulen, in die Kinder wie er abgeschoben wurden, um die anderen möglichst nicht zu stören. Sandra tat der Bub leid. Als sie zufällig mitbekam, wie er wieder einmal von zwei größeren Kindern drangsaliert wurde, machte sie sich stark für ihn und kassierte prompt ein paar Ohrfeigen. Kurze Zeit später wurde er von der Fürsorge abgeholt und in einem Kinderheim untergebracht. Danach sah sie ihn nie wieder. Im Dorf geriet er rasch in Vergessenheit. Wie alles, was den Leuten unangenehm war, wurde seine Existenz verdrängt. Und damit auch alles, was man ihm angetan hatte. Welche fatalen Auswirkungen Alkoholmissbrauch bei werdenden Müttern haben konnte, war Sandra seither bewusst.

»Haben Sie den Schuss in der vergangenen Nacht gehört?«, tauchte sie aus ihren Kindheitserinnerungen auf. Einige Zeugen hatten die nächtliche Ruhestörung am nächsten Tag bei der Polizei gemeldet, zumal Schüsse in waldreichen Gegenden nichts Ungewöhnliches waren. Erst als sie morgens von dem Mord erfahren hatten, hatten sie zum Telefon gegriffen, doch wollte keiner von ihnen darüber hinaus etwas Verdächtiges beobachtet haben.

»Aber woher denn? Mich können S' nach dem Einschlafen wegtragen, ohne, dass ich was davon merk«, antwortete Sophie. »Erst in der Früh, so zwischen drei und vier, schlaf ich nimmer ganz so fest«, erklärte sie, als ihr Bruder mit der Großmutter den Raum betrat.

Die zierliche alte Dame mit den schlohweißen aufgesteckten Haaren hatte sich bei ihm eingehakt. Langsam schlurfte sie in ihren gewalkten Hauspatschen auf den Tisch zu.

Sandra stand auf, um Agnes Haidegger zu begrüßen, ihr Beileid auszusprechen und sich und Bergmann vorzustellen.

Die Alte sah mit geneigtem Kopf zu ihr auf, als müsse sie erst abschätzen, was sie von ihr halten sollte.

Auch Bergmann machte Anstalten sich zu erheben, sank aber auf halbem Weg wieder auf seinen Stuhl zurück. Was völlig reichte, um Agnes Haidegger, die noch immer beim Tisch stand, auf Augenhöhe zu begrüßen. Besonders groß war nämlich auch sie nicht. Wenngleich sie sich trotz ihres fortgeschrittenen Alters noch immer aufrechter bewegte als ihre Enkeltochter, die auf der Bank ein Stück beiseite rutschte, um der Großmutter Platz zu machen, während ihr Bruder die Kaffeekanne holte, um allen, außer Sandra, einzuschenken.

»Können Sie sich noch erinnern, was heute Nacht vorgefallen ist, Frau Haidegger?«, fragte Sandra.

»Was? Sie müssen ein bissl lauter redn, junge Frau. Ich hör nimmer so gut«, krächzte die Hochbetagte, als wäre ihr Hals ebenso entzündet wie Sandras.

Die Ermittlerin wiederholte ihre Frage so laut es ihre lädierten Stimmbänder zuließen.

»Natürlich erinner ich mich. I bin ja net deppert!«, antwortete Agnes Haidegger.

Sandra nickte ihr freundlich zu. Ohne sich anmerken zu lassen, wie sie beim letzten Satz zusammenfuhr, den sie schon so oft von ihrer Mutter gehört hatte. »Selbstverständlich sind Sie nicht dumm, Frau Haidegger«, beschwichtigte sie mit Engelszungen, obgleich ihr Kehlkopf beim lauten Sprechen höllisch schmerzte. »Wir müssten halt genauer wissen, was Sie beobachtet haben. Ihre Zeugenaussage ist sehr wichtig für uns, damit wir dem Täter möglichst rasch auf die Spur kommen. Bevor er über alle Berge ist.«

Die alte Dame nickte und legte ihre knorrigen Hände auf den Tisch. Unter der dünnen Papierhaut, die von Pigmentflecken übersät war, schienen die Adern blau durch. »Gibst mir ein Stück Striezel, Sepp?«

Während Josef Brand dem Wunsch seiner Großmutter nachkam und anschließend Milch in ihren und seinen Kaffee goss, steckte sich Sandra eine weitere Lutschtablette in den Mund.

»Erzählen Sie am besten, was gestern nach dem Abendessen passiert ist«, fuhr sie laut fort.

Die alte Dame zupfte ein kleineres Stück von ihrem Striezel, um es anschließend in den Milchkaffee zu tauchen. Schmatzend und kleckernd schilderte sie die Ereignisse, allerdings ohne sich an die Uhrzeiten zu erinnern.

Sandra merkte Bergmann an, wie sehr er sich vor der alten Frau ekelte, deren vergilbte Bluse im Laufe ihrer Aussage immer weitere Kaffeeflecken aufwies. Dass sie beim Sprechen spuckte, fand Sandra auch nicht besonders appetitlich, schrieb dies aber ihrem falschen Gebiss zu, das nicht fest genug saß. Die Unterkieferprothese wackelte beim Sprechen bedenklich. Blieb zu hoffen, dass sie der Greisin nicht aus dem Mund fiel und in ihren Kaffee plumpste. »Ich hab gestern nicht und nicht einschlafen können, weil's andauernd irgendwo 'pumpert und g'scheppert hat. Und am Dachboden hab ich Schritte g'hört. Dann hat auch noch der Sturm das Fenster aufg'stessn«, erzählte sie mit vollem Mund.

Hoffentlich langte sie nicht ein weiteres Mal zu, überlegte Sandra, während die Hochbetagte mit feuchter Aussprache weitererzählte.

»Der Sturm ist durch mein Zimmer gebraust. Fast hätt's mich umg'waht, wie ich zum Fenster 'gangen bin, um es wieder zuz'machen.«

»Haben Sie das Fenster denn offen gelassen, als Sie ins Bett gegangen sind?«

»Nie und nimmer. Das Fenster war zu, wie ich liegen 'gangen bin.«

»Und woher kamen das Klopfen und die Schritte? War jemand von Ihnen auf dem Dachboden?«, wandte sich Sandra an Josef und Sophie Brand.

Die Geschwister verneinten.

Die Haideggerin schluckte das letzte Stück von ihrem Striezel hinunter. »Das waren die verlorenen Seelen«, fuhr sie geheimnisvoll fort. »Meistens spuken sie nachts im Weingarten herum. Aber manchmal kommen s' auch zu uns eini. Gell ja, Sopherl?«

Bergmann blies Luft aus. Wohl kaum aus Erleichterung, dass die alte Frau endlich ihren Striezel verdrückt hatte, sondern eher, weil ihn das Thema nervte.

Sandra blickte wie die Großmutter zur Enkeltochter hinüber, die wie erstarrt dasaß. Täuschte sie sich oder war Sophie auf einmal deutlich blasser als zuvor?

»Wie ich dann beim Fenster war, hat's draußen einen Tuscher g'macht. Mir war sofort klar, dass da jemand g'schossn haben muss«, erzählte die Alte weiter. »Und dann hab ich sie im Weingarten g'sehn.« Ihre Stimme war beim letzten Satz noch einmal leiser geworden. Ihr Blick glitt in die Ferne.

»Wen haben Sie im Weingarten gesehen?«, fragte Sandra nach, wenngleich sie schon damit rechnete, dass nun wieder die mysteriöse Jägerstochter ins Spiel kam. Beziehungsweise deren Geist.

»Die Anna«, flüsterte Agnes Haidegger und blickte sich in der Küche um, als hätte sie Angst, von jemandem gehört zu werden, der sich nicht zeigte.

Bergmann stellte seine Kaffeetasse scheppernd auf die Untertasse zurück, was Josef Brand und Sandra zusammenfahren ließ. Die beiden anderen Frauen nahmen davon keine Notiz, wirkten seltsam entrückt.

»Anna … Und wie noch?«, hakte Sandra nach. Vielleicht kannte Agnes Haidegger ja ihren Nachnamen.

»Anna. Die Jägerstochter«, wisperte sie.

Bergmann verdrehte die Augen und stützte sein Kinn mit der Hand ab.

Sandra warf ihm einen strengen Blick zu, damit er weiterhin schwieg. Beim Mittagessen hatte sie ihm das Versprechen abgenommen, die Befragung der Frauen ihr zu überlassen. Falls ihm der Geduldsfaden riss, wollte er nicht dazwischenfunken. »Und wo wohnen Anna und ihr Vater?«, hakte sie nach. Wenn sie auf die Spukgeschichte einstieg, stieß sie womöglich doch noch auf einen realen Hinweis. Sie musste nur ganz genau hinhören und logische Erklärungen finden. Was ihr in ihrem angeschlagenen Zustand doch erheblich schwerer fiel als sonst. Wieder unterdrückte sie ein Gähnen.

Agnes Haidegger erhob ihre Hand und wies zittrig in Richtung Weingarten. »Die Anna hat mit ihrer Familie dort oben g'wohnt, gleich hinterm Hügel. Das Haus gibt's aber schon lang nimmer.«

»Und wo lebt die Familie jetzt?«, wiederholte Sandra ihre Frage.

»Alle tot. Auch die Anna lebt nimmer. Aber ihre Seele ist im Zwischenreich gefangen. Seit über 200 Jahren. Sie findet keine Erlösung, weil ihr Vater ihr die Gurgl aufg'schlitzt hat«, verriet ihnen die alte Frau leise.

»Der Jäger hat seine Tochter vor über 200 Jahren ermordet?«, krächzte Sandra, so laut es ihr noch möglich war.

Agnes Haidegger legte den Zeigefinger auf ihre schmalen, faltigen Lippen. »Hören Sie leicht auch schlecht, junge Frau?«, fragte sie noch immer flüsternd und sah Sandra dabei an, als wäre sie, wenn schon nicht schwerhörig, so doch zumindest begriffsstutzig.

»Nein, nein … Ich hab Sie schon gehört, Frau Haidegger«, antwortete Sandra etwas leiser, in der Hoffnung, dass die alte Frau sie dennoch verstand.

»Anna bringt die Männer um und hält ihre Seelen gefangen. Meistens holt sie sich ihre Opfer um Allerheiligen rum. Wenn die Geister mit dem Nebel übers Land ziehen. Meinen Sohn, den Mann und den ersten Schwiegersohn hat s' auch auf dem G'wissn. Und jetzt noch den Hermann. Gegen das böse Weib hat auch die Mutter Silbert nix machen können, wie sie im November 1927 bei uns war«, erzählte die alte Dame, die im besagten Jahr selbst noch nicht auf der Welt gewesen sein konnte.

»Mutter Silbert? War das Ihre Mutter?«, fragte Sandra nach.

Die Alte seufzte erneut und sah sie an, als wäre sie ein Kind, das im Unterricht nicht aufgepasst hatte. »Maria Silbert. Die Seherin von Waltendorf. Man hat sie auch Mutter Silbert g'nannt, weil sie zehn Kinder geboren hat, bevor sie ihrer Gabe und dem Nell gefolgt ist«, erzählte Agnes Haidegger. Einmal mehr sah sie ihre Enkeltochter an, die noch immer wie versteinert dasaß.

»Und wer ist Nell?«, wagte Sandra kaum noch nachzufragen.

»Der gute Geist, der die Mutter Silbert geführt und vor den bösen Geistern beschützt hat.«

Bergmanns Finger trommelten nun schon seit einer Weile ungeduldig auf der Tischplatte herum, was kaum zu hören war, Sandra aber dennoch störte. Sie warf ihm einen weiteren mahnenden Blick zu, damit er aufhörte.

Prompt griff er zu seinem Handy, um die Uhrzeit abzulesen oder nachzusehen, welche neuen Nachrichten ihn inzwischen erreicht hatten. Oder was auch immer.

»Die Seherin von Waltendorf war zu ihrer Zeit ein weltberühmtes Medium«, fuhr die Alte fort.

»Waltendorf in Graz?«, fragte Sandra nach.

»Damals war das noch ein Vorort von Graz«, wusste Agnes Haidegger zu berichten. »Erst später ist Waltendorf ein Stadtbezirk worn. Die Wohnung von der Mutter Silbert war in der Schörgelgasse …«

Lautes Poltern unterbrach die alte Dame abrupt. Alle fuhren zusammen und blickten erschrocken zum Fenster hinüber, das plötzlich aufgeflogen war. Ein kalter Wind fegte durch die Küche, in der es ebenso schlagartig noch düsterer und kälter geworden war. Woher kam dieser Kälteeinbruch auf einmal? Die Wetternachrichten hatten davon nichts angekündigt, überlegte Sandra fröstelnd. Der markerschütternde Schrei, den Sophie Brand im nächsten Augenblick ausstieß, verstärkte ihre Gänsehaut noch. Die Liste und Sandras Notizen segelten durch die Luft und landeten auf dem Boden.

»Sie sind wieder da! Geht's weg, lasst's mich in Ruh'!«, rief Sophie, den krummen Rücken gegen die Eckbank, die Hände gegen ihre Ohren gepresst. »Vater unser im Himmel …«, begann sie zu beten, schloss die Augen und murmelte ihr Gebet weiter vor sich hin. Ihr steifer Körper wippte währenddessen immer wieder vor und zurück. Die Atemluft bildete Nebelwölkchen vor ihrem Mund, so kalt war es in der Küche.

»Sprich mit ihnen, Sopherl! Frag sie, ob das böse Weib den Hermann g'holt hat«, redete die Großmutter auf sie ein.

Plötzlich verspürte Sandra wieder dieses Brennen in ihrer Brust. Zuerst verschlug es ihr den Atem. Sie versuchte möglichst ruhig weiter zu atmen, als auch aus ihrem Mund Nebelwölkchen entwichen.

Josef Brand erhob sich und ging seelenruhig zum offenen Fenster, um es zu schließen.

Bergmanns Blick wanderte von einer Frau zur anderen und blieb an Sandra hängen. Er sah ihr an, dass es ihr nicht gut ging.

Schweißperlen standen auf ihrer Stirn. Hatte sie jetzt doch noch Fieber bekommen, ging es ihr durch den Kopf. Oder stand sie kurz vor dem Herzinfarkt? Sollte sie die Befragung lieber sofort abbrechen und einen Arzt aufsuchen? Oder nach Hause fahren, sich ins Bett legen und auskurieren?

Kaum war das Fenster geschlossen, flaute mit dem eisigen Wind auch das Brennen in ihrer Brust wieder ab. Ihr war noch immer ein wenig schwindelig. »Könnte ich bitte ein Glas Wasser haben?«, sprach sie Josef Brand an, der sich gerade bückte, um ihre Zettel vom Boden einzusammeln.

»Sicher«, erwiderte er und reichte Sandra ihre Papiere.

Sophie Brand öffnete die Augen. Auch ihr stand der Schweiß auf der Stirn. Hatte sie sich ebenfalls eine Erkältung eingefangen? Wie so viele Menschen um diese Jahreszeit, wenn es kühler wurde und die Viren wieder auflebten, überlegte Sandra. Oder schwitzte sie vor Angst?

»Was ham sie denn von dir wolln, die Seelen?«, fragte die Großmutter ihre Enkeltochter, die zu beten aufgehört hatte.

Ihr Bruder stellte das Wasserglas vor Sandra auf den Tisch und setzte sich wieder hin.

Sandra trank ein paar Schlucke, was ihr gleichzeitig guttund wehtat.

»Sie ham alle durcheinander auf mich eing'redt. Einige ham g'schluchzt, andere ganz fürchterlich g'schrien. Es war entsetzlich … Der Hermann war auch da. Wir solln von hier fortgehn, hat er g'meint. Am besten jetzt glei'. Und dann war da noch einer, der grad erst g'storbn is. Bei einem Autounfall. Er wollt unbedingt wissen, wo der Gerald ist«, berichtete Sophie, noch immer etwas außer Atem, aber ohne Wölkchen vor dem Mund.

»Gerald?«, fragte die Großmutter nach.

»Der Orthaber Gerald«, antwortete Josef Brand.

Sandra vermutete, dass auch seine Schwester von dem tödlichen Autounfall der Polizisten erfahren hatte, während die Großmutter diese Neuigkeit verschlafen hatte.

»Das war die Anna, sag ich euch. Sie muss es g'wesn sein. Sie hat den Hermann erschossen. Ganz g'wiss«, stöhnte die Großmutter und bekreuzigte sich. »Weshalb sonst hat sich das böse Weib letzte Nacht in unserm Weingarten umanand'triebn? Sie hat sich die Seele vom Hermann gholt. Wie die der anderen Männer auch«, sagte die alte Frau aufgebracht.

»So beruhig dich doch, Oma«, redete ihr Enkelsohn auf sie ein. Er legte seine kräftige Hand auf ihre knöcherne Papierhand.

Bergmann rollte neuerlich mit den Augen. Wenn er so weitermachte, würden sie demnächst stecken bleiben, fiel Sandra ein Spruch aus ihrer Kindheit ein.

»Sie sollten Ihre Fenster überprüfen lassen«, sagte der Chefinspektor, lehnte sich zurück und verschränkte die Arme vor der Brust.

»Die Fenster sind keine drei Jahre alt«, erwiderte der Weinbauer. »Wahrscheinlich war's bloß nicht g'scheit verriegelt.«

Bergmanns Augen folgten der Stubenfliege, die gerade vom Allerheiligenstriezel abhob.

Sandra trank noch einen Schluck Wasser. Dann fuhr sie sich neuerlich mit dem Handrücken über die Stirn. Ihre anfallsartigen Beschwerden waren wieder verschwunden. Nur die Erkältung war noch immer da. Sie räusperte sich, was einmal mehr in der Kehle schmerzte. »Sind Sie sicher, dass Sie Anna letzte Nacht von Ihrem Fenster aus im Weingarten gesehen haben? Bei diesem Nebel?«, sprach sie Agnes Haidegger erneut an.

Die alte Frau nickte energisch. »Glauben S' mir etwa net?«

»Doch, doch …« Der Nebel hatte erst nach Mitternacht eingesetzt, erinnerte sich Sandra an Jörg Schöffmanns Worte. Höchstwahrscheinlich hatte die alte Dame dasselbe Mädchen gesehen, das auch ihr später begegnet war. Nur dass es sich dabei bestimmt um keinen Geist handelte. Weil es nun mal keine Geister gab. Eher um ein weiteres Opfer. Oder um die Täterin respektive eine Komplizin des Täters. Jedenfalls nahm Sandra an, dass das Mädchen etwas mit dem Verbrechen zu tun hatte. »Können Sie mir beschreiben, wie Anna aussieht?«, wollte sie wissen.

»Sie ist zaundürr, hat lange dunkle Haar und ist bleich wie a Leich«, antwortete Agnes Haidegger.

»Und was hat sie angehabt?«, fragte Sandra weiter.

»Ein langes weißes Kleid mit einer grünen Schleife unter der Brust …« Die alte Frau fasste sich an die befleckten Rippen.

Sandra blickte zu Bergmann hinüber.

Seine Augenbraue wanderte nach oben.

So verrückt die Aussagen der Alten auch klangen, die letzte bestätigte doch zumindest, dass sich Sandra die nächtliche Begegnung mit dem Mädchen nicht eingebildet hatte. Von dem weißen Kleid und der grünen Schleife unter der Brust hatte sie nur Bergmann, aber niemandem sonst erzählt. Woher sollte die alte Dame dieses Detail also wissen, wenn sie nicht dasselbe Mädchen in ihrem Weingarten gesehen hatte wie Sandra auf der Straße? »War Anna verletzt? Hat sie geblutet?«, fuhr sie fort.

»Mir ist nix aufg'falln«, sagte Agnes Haidegger.

Entweder hatte sie die Wunde am Hals aus der Entfernung nicht erkennen können, oder das Mädchen hatte sich erst später verletzt, folgerte Sandra.

»Manchmal blutet die Anna am Hals«, unterbrach Sophie ihre Überlegungen. »Dort, wo ihr der Vater die Kehle aufg'schlitzt hat«, wusste sie zu berichten.

»Gestern Nacht haben Sie die Jägerstochter aber nicht gesehen?«, vergewisserte sich Sandra.

Sophie Brand schüttelte den Kopf. »Ich hab doch g'schlafn, bis mich die Omi aufg'weckt hat«, wiederholte sie ihre Aussage von vorhin. »Ich kenn die Anna schon, seitdem ich klein bin …«

»Hatte Anna eine Waffe bei sich? Ein Gewehr oder eine Pistole?«, wandte sich Sandra wieder der Großmutter zu, die auch diese Frage verneinte.

»Hat außer Ihnen beiden schon mal jemand Anna gesehen?«, fragte Sandra weiter.

Die alte Dame sackte in sich zusammen. Jegliche Lebenskraft schien aus ihrem zerbrechlichen Körper zu weichen.

Sandra hoffte, dass sie nicht gleich an Ort und Stelle das Zeitliche segnete. Die Aufregung der letzten Stunden war wohl zu viel für sie gewesen. Vielleicht sollten sie die Befragung lieber ein andermal fortsetzen, überlegte sie, als die Greisin fortfuhr. »Meine Tochter, die Liesl, hat sie auch g'sehn. Die Anna hat sie ins Verderben g'stürzt.«

»Inwiefern?«, fragte Sandra nach.

Agnes Haidegger seufzte. Sichtlich bemüht, ihre Tränen zurückzuhalten, starrte sie durch die Tischplatte hindurch ins Leere.

»Meine Mutter hat sich oft bis zur Besinnungslosigkeit betrunken«, sprang Josef Brand für seine Großmutter ein. »Damit die Geister endlich schweigen. Das hat sie leider auch getan, wie sie mit der Sophie schwanger war. Der Alkohol hat die Mutter schließlich um'bracht. Sie war 49, wie sie g'storbn ist. Bauchspeicheldrüsenkrebs.«

»Das böse Weib ist schuld am Tod von der Liesl«, blieb die alte Frau beharrlich. »Dass sie mir meine beiden Kinder g'nommen hat, verzeih ich ihr am allerwenigsten. Du bist die Einzige, die sie aufhalten kann, Sopherl. Du musst die armen Seelen erlösen und sie ins Licht schicken. Du hast die Gabe, nutze sie zum Guten. Vollende das Werk von der Mutter Silbert! Bevor alles zu spät ist …«

Die Enkeltochter zuckte mit keiner Wimper.

»So lass doch die Geister endlich ruhn«, ermahnte Josef Brand seine Großmutter unerwartet forsch.

»Sie ruhn aber net. Solang sich das böse Weib bei uns umanand treibt. Und du bist der Nächste, den sie sich holt. Wirst schon sehn«, erwiderte die Alte aufgebracht.

»Unsinn, Oma. Mir passiert schon nix. Vielleicht solltets ihr beiden wirklich von hier wegziehen«, schlug Josef Brand vor. Das Thema überforderte ihn zusehends.

Bergmann war gedanklich längst wieder ausgestiegen und offenkundig mit seinem Smartphone beschäftigt.

»Ich soll mich geschlagen geben?«, echauffierte sich Agnes Haidegger. »Einfach das Feld räumen? Dem bösen Weib die Seelen meiner Lieben überlassen. Und drauf warten, dass sie sich auch noch dich holt? Nix da. Eher bring ich mich um …«

»Geh, Oma … Niemand holt mich. Ich versprech dir, dass ich am Hof bleib und auf euch schau. Auf mich sowieso. Egal, was kommt. Und bald zieht ja auch die

Veronika ein. Die kümmert sich dann um euch«, sagte der Weinbauer.

Der Name Veronika war bisher noch nicht gefallen. War sie eine Pflegerin? Eine Verwandte? Oder eine Freundin?

»Die Veronika, pah …«, erwiderte Agnes Haidegger geringschätzig, ehe Sandra nachfragen konnte. »Du willst mich und deine Schwester doch nur loswerdn. Jetzt, wo ich alt bin und nimmer so helfen kann, falln wir dir zur Last«, krächzte sie.

»Geh, du weißt doch, dass das net stimmt, Omi«, sprang Sophie für ihren Bruder in die Bresche und strich dabei über den Arm ihrer Großmutter. »Wir brauchen dich doch. Ich am allermeisten. Lass uns z'sammen von hier fortziehn. Bitte … Muss ja net so weit weg sein.«

»Wir zwei allein? Wie stellst dir das denn vor, Sopherl? Ich bin uralt und brauch doch selber immer mehr Hilfe. Außerdem bin ich hier geboren. Ich geh nimmer von hier weg. Da müsst's mich schon mit den Füßn nach vorn außitragn.« Die alte Frau lehnte sich erschöpft zurück und kreuzte die Arme vor ihrer bekleckerten Brust.

»Dürfen wir jetzt Ihre Fingerabdrücke nehmen?«, unterbrach Sandra die Diskussion, ehe sich diese weiter zuspitzte.

Es dauerte keine 15 Minuten, bis die Papillarleisten der Fingerkuppen beider Frauen eingescannt waren. Währenddessen erfuhren die Ermittler, dass Veronika Weberhofer, die demnächst bei Josef Brand einziehen wollte, eine Tochter des Weinbauers am Demmerkogel war. Schon wieder dieser Alfred Weberhofer, den Sandra kürzlich mit Andrea besucht hatte. Im kommenden Frühjahr wollte Josef Brand Veronika Weberhofer also heiraten. Sehr zum Unmut seines nunmehr toten Stiefvaters, der auch mit dem Vater seiner Verlobten zerstritten gewesen war. Wieder ein Motiv, ihn loszuwerden, damit der Weg für seine Hochzeit geebnet war, überlegte Sandra. Doch Josef Brand konnte Hermann Schneider ebenso wenig erschossen haben, wie es seine Schwester oder die Großmutter, die ganz offensichtlich körperlich nicht in der Lage dazu waren, getan hatten.

Vielleicht hatte der Weinbauer jemanden angeheuert, um den streitlustigen Stiefvater, der seinem Glück im Weg stand, zu töten. Aber wen? Seinen Freund Laurenz Novak? Seine Verlobte? Das Mädchen auf der Straße? Waren die beiden jungen Frauen womöglich ein und dieselbe Person? »Darf ich Sie fragen, wie alt Veronika Weberhofer ist?«, fragte Sandra.

»Sie wird demnächst 27«, antwortete Josef Brand.

Damit konnte Sandra ihre letzte Theorie getrost wieder verwerfen. Selbst wenn das Mädchen auf der Straße älter war, als sie glaubte, konnte sie sich nicht um ganze zehn Jahre und mehr verschätzt haben. Oder etwa doch? »Haben Sie ein Foto von Ihrer Verlobten?«, fragte sie.

Josef Brand griff zu seinem Handy und zeigte ihr das Foto einer hübschen blonden Frau, die eindeutig älter war als das Mädchen, das bei Nacht und Nebel aus dem Wald aufgetaucht war. »Das ist sie, meine Vroni. Sie war mal steirische Weinkönigin«, sagte er stolz.

Sandra erinnerte sich an das Gesicht der Frau, die während ihrer zweijährigen Amtszeit Stammgast in den steirischen Medien gewesen war. Heute war sie noch in der Galerie der Weinköniginnen im Weinmuseum in Kitzeck zu bewundern. »Wissen Sie, weswegen Ihr zukünftiger Schwiegervater und Ihr Stiefvater zerstritten waren?«, hakte sie nach.

Josef Brand schwieg.

»Jetzt erzähl's halt«, unterbrach Sophie die Stille. »Oder soll ich?«

»Na schön, die beiden sind sich mal vor Jahren wegen meiner Mutter in die Haare geraten. Im Buschenschank vom Weberhofer. Die Mutter war wieder mal betrunken und ist wohl ziemlich laut und ausfallend worn. Daraufhin wollt ihr der Alfred nix mehr ausschenken und hat vom Hermann verlangt, dass er sie heimbringt. Auf das hinauf hat die Mama erst recht randaliert. Und der Alfred hat s' außig'schmissn und ihr Lokalverbot erteilt. Die beiden warn dann auch nie mehr wieder beim Weberhofer. Aber die G'schicht ist ja schon über zehn Jahr her. Und mein zukünftiger Schwiegervater hat den Hermann ganz bestimmt net um'bracht. Nach so vielen Jahren, in denen Gras über die Sache g'wachsn ist …«

Allzu sicher durfte man sich da niemals sein, wusste Sandra aus Erfahrung. Nur weil ein Konflikt lange zurücklag, konnte er dennoch wieder aufflammen und eskalieren. Etwa, wenn die Tochter und der Stiefsohn der Kontrahenten einander das Ja-Wort geben wollten. Ein Mordmotiv hatte dieser Weinbauer vom Demmerkogel allemal. Auf alle Fälle stand er damit auf ihrer Verdächtigenliste.

»Kann es sein, dass Ihr zukünftiger Schwiegervater eine antike Schusswaffe besitzt? Ein Vorderladergewehr oder auch eine -pistole? Beziehungsweise, dass er mit so etwas schießt? In einem Schützenverein zum Beispiel?«, fragte Sandra.

»Nicht, dass ich wüsst.«

»Ihr Nachbar vielleicht? Oder Herr Novak?«

»Der Laurenz, ganz bestimmt net. Bei unserm Nachbarn kann ich nix ausschließn. Wenn ich nicht dazwischen

’gangen wär, hätt der den Hermann womöglich schon vor zwei Wochen um’bracht. So fuchsteufelswild wie der auf ihn war …«

Jetzt auf einmal also doch, dachte Sandra. »Interessant. Fällt Ihnen sonst noch jemand in Ihrem Umfeld ein, der Zugriff auf historische Waffen haben könnte? Wie sieht es denn mit Herrn Lenart aus?«

Der Weinbauer überlegte eine Weile und sah seine Schwester an.

Die wiederum blickte zu ihrer Großmutter, deren Kopf vornüber gefallen war. »Die Omi is eing’schlafn«, flüsterte Sophie Brand.

»Lass ma s’ halt schlafen«, meinte ihr Bruder ebenfalls leiser, ehe er Sandras Frage verneinte. »Ich kann natürlich nicht ausschließen, dass jemand im Ort eine alte Schusswaffe hat, von der ich nix weiß«, schränkte er ein. »Sicher bin ich mir nur, dass es bei uns im Haus keine gibt.«

Ebenso wenig wie Josef Brand konnte seine Schwester zu diesem Thema etwas beitragen. Die alte Dame, die inzwischen vor sich hin schnarchte, sowieso nicht.

Am liebsten hätte es Sandra ihr an Ort und Stelle gleichgetan.

6.

Der kühle Wind trieb dunkle Wolken über den bedeckten Himmel und wirbelte das Herbstlaub über die Wiese. Lautes Krächzen ließ Sandra zum nahen Lindenbaum blicken. Ein ganzer Schwarm schwarzer Rabenvögel hockte in der gelichteten Baumkrone und krähte aufgeregt durcheinander, kaum, dass die Ermittler das Herrenhaus verließen. Diese Spezies hatte seit jeher etwas Unheimliches, beinahe schon Bedrohliches an sich. Sandra hatte immer das Gefühl, von diesen Vögeln beobachtet zu werden, die etwas Böses im Schilde führten wie im Hitchcock-Klassiker. Instinktiv beschleunigte sie ihre Schritte.

Nach der Zeitumstellung würde es bald finster werden, überlegte sie auf dem Weg zum Dienstwagen, der keine fünf Meter entfernt von ihnen parkte. Gähnend öffnete sie die Türschlösser mit der Fernbedienung. Wenigstens würde sie heute eine Stunde früher ins Bett kommen und hoffentlich bis morgen früh durchschlafen können. Fröstelnd zog sie den Reißverschluss ihrer Jacke bis obenhin zu. Es war tatsächlich spürbar kälter als bei ihrer Ankunft am Weingut. Die Atemluft vor ihrem Mund kondensierte. Aber wie hatte es vorhin im Haus zu dieser physikalischen Reaktion kommen können? Bestimmt gab es eine logische Erklärung dafür, wenngleich ihr diese unbekannt war. Sie war aber auch keine Physikerin oder Meteorologin. Gerade wollte sie den Chefinspektor darauf ansprechen, als dieser zuerst das Wort an sie richtete.

»Das war ja das reinste Bauerntheater da drin … Kannst du dich noch an die Löwinger-Bühne erinnern?«

»Freilich kann ich mich erinnern. Meine Mutter hat sich die Aufzeichnungen immer im Fernsehen angeschaut. Auch den Musikantenstadl. Beide waren bei uns daheim Pflichtsendungen.«

Bergmann kam neben dem Auto zu stehen. »Im Ernst? Du bist der erste Mensch, den ich kenne, der den Musikantenstadl angeschaut hat. Grauenvoll, diese Umtata-Musik …«

»Jeder am Land hat das geschaut. Auch wenn es manche vielleicht nicht zugeben«, verteidigte sich Sandra.

»Was bin ich froh, dass ich ein Stadtkind bin. Auch wenn ich mittlerweile in einer Provinzstadt lebe.« Bergmann streckte seine Nase in die Höhe, sog die frische Landluft ein und schüttelte sich beim Ausblasen demonstrativ.

»Graz ist immerhin die zweitgrößte Stadt Österreichs«, erinnerte Sandra ihn. Sie öffnete die hintere Autotür, um ihren Schal von der Rückbank zu holen, während Bergmann in den Wagen stieg. »Weana Bazi«, murmelte sie, während sie sich ihren Schal um den Hals wickelte. Wenn ihm Graz zu provinziell war, warum zog er dann nicht nach Wien zurück?

Beleidigt nahm Sandra hinterm Lenkrad Platz und drückte eine weitere Lutschtablette aus der Blisterpackung. Die schwerhörige alte Dame hatte ihren Stimmbändern spürbar zugesetzt. Ihre Halsschmerzen waren mit der Befragung stärker geworden. »Aber die Löwinger-Bühne hat sich der kleine Schnösel aus der Stadt schon angeschaut?«, sprach sie ihren Beifahrer dennoch an.

»Ich hatte ja keine Wahl, wenn ich bei meiner Großmutter im Waldviertel auf Besuch war«, antwortete Bergmann nach seinem Sicherheitsgurt tastend.

»Ach, daher kommt also dein Landtrauma.« Sandra schnallte sich ebenfalls an. Dass Bergmann eine Großmutter in Niederösterreich hatte oder gehabt hatte, war ihr neu.

»Dir scheint es ja schon wieder viel besser zu gehen«, stellte er fest, ihre letzte Bemerkung ignorierend.

Sandra reagierte nicht.

»Lass uns doch noch bei diesem Nachbarn ohne Baugenehmigung vorbeischauen, wo wir schon mal hier sind. Vielleicht haben wir Glück, und er ist unser Mann. Ein handfestes Tatmotiv hatte er jedenfalls.«

Das hatten anscheinend mehrere Leute, die sie nicht alle an einem Tag vernehmen konnten. Sandra seufzte und zupfte demonstrativ an ihrem Schal. »Von mir aus. Aber diesmal übernimmst du die Befragung. Meine Stimme ist schon ziemlich lädiert.«

Bergmann nickte zum Einverständnis.

Sandra startete den Motor. Wie gut, dass Josef Brands Freund erst spätabends nach der Arbeit nach Hause kam. Sonst hätte Bergmann ihn womöglich auch noch am selben Tag befragen wollen. Laurenz Novak hatte zugesagt, ihnen am folgenden Nachmittag im LKA einen Besuch abzustatten, als sie mittags mit ihm telefoniert hatte. Er musste am nächsten Tag ohnehin einen Termin in Graz wahrnehmen. Den Schuldner des Opfers hatte sie bislang noch nicht erreicht. »Wenn wir mit diesem Nachbarn fertig sind, muss ich aber nach Hause. Sonst liege ich morgen flach«, sagte Sandra, während der Wagen über den Zufahrtsweg holperte.

Bergmann wandte sich ihr zu. »In diesem Fall schau ich sehr gerne bei dir vorbei …« Sein Blick war alles andere als jugendfrei. »Möchtest du vielleicht noch ein Zuckerl haben?«, spielte er auf ihre Halswehtabletten an.

Sandra schnaubte und trat aufs Gaspedal. »Hast du von ›MeToo‹ noch nichts mitbekommen?«

»Wie? Du willst es auch?«, zeigte sich Bergmann hocherfreut.

Genervt schüttelte Sandra den Kopf. »Der Weinstein-Skandal sagt dir wohl auch nichts?«

»O ja, der Weinskandal sagt mir schon etwas. War das nicht Mitte der 1980er-Jahre? Damals habe ich noch keinen Alkohol getrunken«, erwiderte Bergmann mit ernster Miene.

Das durfte doch nicht wahr sein! Zog er sie etwa noch immer auf? »Ich rede doch nicht vom Glykolwein-Skandal, Sascha! Sondern von diesem amerikanischen Filmproduzenten Harvey Weinstein. Dem werfen aktuell zahlreiche Frauen in Hollywood sexuelle Belästigung und Missbrauch vor. Auch von Vergewaltigung ist die Rede.« Sandra blieb an der Ausfahrt stehen, setzte den Blinker und hielt nach dem Verkehr Ausschau.

»Und was hat das mit mir zu tun? Weder kenne ich diesen Typen, noch war ich jemals in Hollywood«, meinte Bergmann grinsend.

Sandra bog auf die Landstraße ab. »Es hat mit deinen anzüglichen Bemerkungen zu tun, mit denen du mich ständig drangsalierst.«

»Ich drangsaliere dich doch nicht ständig. Ich necke dich höchstens ab und zu ein bisschen«, rechtfertigte Bergmann sein Verhalten.

»Ansichtssache … Nenn es, wie du möchtest, Sascha. Auf alle Fälle nerven mich deine sexistischen Kommentare. Immerhin bist du mein Vorgesetzter.«

»Was ich nie und nimmer ausnützen würde, wenn ich dich daran erinnern darf.«

Sandra zog prompt etwas Farbe auf. Unmissverständlich spielte der Chefinspektor auf den einzigen schwachen, verzweifelten Moment nach der Trennung von ihrem letzten Freund an. Damals hatte sie sich ausgerechnet bei ihrem

Vorgesetzten ausgeheult, viel zu viel von seinem Rotwein getrunken und anschließend in seinem Bett übernachtet, was ihr heute noch peinlich war. Tatsächlich hatte Bergmann ihr unprofessionelles Verhalten damals nicht ausgenützt, was sie ihm insgeheim zwar hoch anrechnete, dennoch lieber unter den Teppich kehrte. Sie hätte die Diskussion mit ihm gar nicht erst anfangen sollen, ärgerte sie sich einmal mehr über sich selbst. Aus langjähriger Erfahrung wusste sie doch, dass dies zu nichts führte. Bergmann war nun einmal Bergmann. Und würde es bis an sein Lebensende auch bleiben. Ganz egal, wie oft sie ihm noch ins Gewissen redete. Weitaus sinnvoller war es, ihre Stimme und den schmerzenden Hals zu schonen und für heute zu schweigen.

Ohne weiteren Kommentar bremste sie den Wagen vor dem nächsten Haus ab, das unweit von Josef Brands neuem Wohnsitz direkt an der Straße stand. Im dichten Nebel war es ihr in der vergangenen Nacht gar nicht aufgefallen. Sandra stellte den Motor ab und löste den Sicherheitsgurt.

»Na, schön«, sagte Bergmann und ließ seinen Gurt zurückschnalzen. »Nehmen wir uns diesen Herrn noch vor, falls er zu Hause ist. Dann fahren wir zurück nach Graz und kurieren dich aus.«

Sandra schloss ihre Augen und öffnete sie erst wieder, nachdem Bergmann ausgestiegen war. Dann verließ sie wortlos den Wagen und warf die Tür umso lauter ins Schloss.

7.

»Franz, die Kriminalpolizei möcht sich mit dir unterhalten«, sagte die Frau mit den rot gefärbten, kurz geschnittenen Haaren, der die Ermittler in den Keller ihres Wohnhauses gefolgt waren. Sandra schätzte sie auf Mitte, Ende 40.

Der kaum ältere Mann im längs gestreiften Hemd unter dem rostbraunen Pullunder blickte von seinem Lötkolben auf und nahm seine Brille ab.

»Er muss ständig an seiner Modelleisenbahn umadum basteln«, entschuldigte ihn die Frau achselzuckend, noch ehe er zu Wort kam. »Ich darf hier unten höchstens noch sein Klumpert abstauben.« Sie machte keinen Hehl daraus, dass ihr das Hobby ihres Mannes, das den größten Teil des Kellerraumes einnahm, zuwider war.

Sandras Blick folgte dem weit verzweigten Schienennetz, das über Stock und Stein vorbei an Häuschen, Bäumchen, Bächlein und kleinen Figuren führte. Freilich allesamt im Miniaturformat. Augen auf bei der Partnerwahl, dachte sie. Erwachsene Männer, die mit der Eisenbahn spielten, fielen nicht unbedingt in ihr Beuteschema. Aber wenn sonst alles passte, warum nicht? Jedem Tierchen sein Pläsierchen.

»Bergmann, LKA Steiermark«, stellte sich der Chefinspektor vor.

Der Mann mit Halbglatze erhob sich vom Tisch, um die Kriminalisten mit Handschlag zu begrüßen.

»Mohr«, krächzte Sandra, der Franz Zach zuerst die Hand entgegenstreckte, um sie anschließend kraftvoll zu drücken. Kaum zu glauben, dass in diesen Pranken das nötige Feingefühl steckte, um an seinen Miniaturen herumzubasteln.

»Wir würden Sie gerne zu den Vorfällen der gestrigen Nacht befragen«, übernahm Bergmann das Wort.

Franz Zach nickte und schob sein Werkzeug beiseite. »Hocken Sie sich her da.«

Alle vier nahmen am Tisch Platz.

»Ich hab nicht viel mitbekommen. Außer, dass mich die Herta mitten in der Nacht aufg'weckt hat. Wegen dem Polizeieinsatz«, erzählte der Mann.

»Er hat weder den Schuss noch die Sirenen g'hört«, bestätigte Herta Zach. »Im Gegensatz zu mir. Ich wach ja schon beim leisesten Geräusch auf. Seit meine Tochter auf der Welt ist.«

»Wohnt Ihre Tochter auch hier?«, hakte Bergmann nach.

Die Frau verneinte. »Die Ältere hat vor zwei Jahren nach Sankt Stefan ob Stainz g'heiratet. Und die Jüngere studiert in Graz. Sie wohnt dort bei ihrem Freund und kommt an den Wochenenden öfters heim«, erzählte sie stolz.

»Waren sie gestern Nacht auch hier?«

Die Frau verneinte. »Die Jüngere und ihr Freund sind nach dem Mittagessen wieder nach Graz auf'brochen. Wollen S' wirklich nix trinken?«, fragte sie noch einmal, was sie die Ermittler gleich nach der Begrüßung schon gefragt hatte.

Wieder lehnten sie ihr Angebot ab. »Was genau haben Sie denn gestern Nacht mitbekommen?«, fragte Bergmann.

»Es hat einen Klescher g'macht ganz in der Nähe«, erzählte die Frau weiter. »Hundertprozentig sicher war ich mir net, ob ich das nicht nur geträumt hab. Oder ob ein Jäger g'schossen hat. Ich hab dann aus'm Fenster g'schaut, aber nix entdecken können. Draußen war's stockfinster. Alles war ruhig. Also bin ich wieder liegn 'gangen.«

»Wie spät war es da?«

»Ich hab net auf die Uhr g'schaut. Ungefähr zehn Minuten später hab ich die Sirenen g'hört und bin noch einmal aufg'standn, um außiz'schaun, ob's womöglich brennt. Da ist grad der nächste Polizeiwagen vorbei'pledert. Zum Glück net die Feuerwehr, hab ich mir noch 'dacht, bei der dritten Funkstreife aber dann doch ein mulmiges G'fühl 'kriegt. Heutzutag treibt sich ja so viel G'sindl umanand …«

»Und deshalb haben Sie Ihren Mann aufgeweckt?«

Die Frau nickte. »Unmittelbar vorher war ich noch am Klo und hab auf die Uhr g'schaut. Da war's eine Minute nach elf.«

»Ich hab ang'nommen, dass in der Nähe ein Unfall passiert ist, hab meine Frau beruhigt und sie wieder zu mir ins Bett g'holt«, berichtete der Mann.

»Mehr haben Sie vom Mord an Ihrem Nachbarn nicht mitbekommen? Auch draußen niemanden gesehen? Eine junge Frau vielleicht? Ein Mädchen oder jemand anderen?«, fragte Bergmann weiter.

»Ein Mädchen? Nein. Nur die Funkstreifen. Heut in der Früh hab ich dann von meiner Schwester erfahren, dass unser Nachbar erschossn worn is. Und dass es später einen Autounfall 'geben hat. Der Schagerl Patrick soll dabei ums Leben 'kommen sein. Net wahr? Ein so ein netter junger Mann …« Herta Zach seufzte. Um ihren Nachbarn tat es ihr offenkundig weniger leid als um den jungen Polizisten.

»Hatten Sie Streit mit Ihrem Nachbarn?«, sprach Bergmann ihren Mann direkt an.

Mit schuldvoller Miene blickte Franz Zach seine Frau an.

»Erzähl's ihnen ruhig. Sie erfahren's ja doch«, ermunterte Herta Zach ihren Mann zum Reden.

»Unser Nachbar war a richtige Oaschkrot«, wusste Franz Zach zu berichten.

»Jetzt red net so schirch daher«, rügte ihn seine Frau.

»Lassen Sie Ihren Mann doch ausreden«, wies Bergmann sie in die Schranken. »Solange er bei der Wahrheit bleibt …« Sein strenger Blick wanderte zum Hausherrn zurück.

Dessen Mundwinkel verrieten, dass ihn die Zurechtweisung seiner Frau amüsierte.

»Und wie das der Wahrheit entspricht: Der Hermann war ein richtige Oaschkrot«, wiederholte der Mann genüsslich. »Ich hab gartenseitig an meinem Haus a bissl was an'baut. Net so, dass es wen störn tät. Den Josef, den Hermann sein Stiefsohn, hab ich vorher g'fragt, ob er was dagegen hat.«

»Warum nur ihn?«

»Weil er als Einziger zu mir umischaun kann. Und das auch nur im Winter, wenn er von oben außischaut. Im Sommer ist ja eh das Laub von den Bäumen dazwischen.«

»Und Herr Brand hatte nichts dagegen?«

»Nein. Es war ihm wurscht. Also hab ich ang'fangen zu bauen.«

»Ohne Baugenehmigung …«

Franz Zach druckste herum. »Na ja … unser Bürgermeister is da a bissl haglich …«

»Ach so, ja dann«, meinte Bergmann süffisant.

»Wie ich fast fertig war mit dem Zubau, hab ich erfahrn, dass mich der Hermann an'zeigt hat. A so a Oaschkrot«, schimpfte Franz Zach noch einmal.

Seine Frau verdrehte die Augen. »Franz, der Hermann ist tot«, ermahnte sie ihn neuerlich.

Der Mann zuckte mit den Schultern. »Na und? Da hat's endlich mal den Richtigen dawischt«, nahm er sich kein Blatt vor den Mund.

»Wann haben Sie erfahren, dass Herr Schneider Sie angezeigt hat?«

»Vor zwei, drei Wochen. Einer vom Gemeindeamt is es außig'rutscht, und mich ham's dann am Stammtisch drauf ang'redt.«

»Haben Sie Herrn Schneider zur Rede gestellt?«

»Fraliwull. Einen anständigen Marsch hab ich dem 'blasn.« Zachs rechte Faust traf klatschend seine linke Handfläche.

»Sind Sie handgreiflich geworden?«

Erneut zögerte der Mann seine Antwort hinaus.

Diesmal hielt sich auch seine Frau zurück.

»War es nicht so, dass Josef Brand eine Rauferei zwischen Ihnen beiden gerade noch verhindern konnte?«

Franz Zach seufzte. »Na ja, könnt man so sagen«, gab er kleinlaut zu. »Danach hab ich den Hermann aber nie wieder g'sehn. Sonst …« Seine Faust traf noch einmal seine Handfläche.

»Sonst was?«, fragte Bergmann mit eindringlichem Blick. »Hätten Sie ihn sonst umgebracht?«

»Mein Mann ist doch kein Mörder«, nahm Herta Zach ihren Mann in Schutz.

»Bewahren Sie Schusswaffen in Ihrem Haus auf?«, fragte Bergmann weiter.

Wieder blickte der Mann zu seiner Frau, ehe er antwortete. »Nur ein altes Jagdgewehr von mei'm Großvater. Selbstverständlich registriert.«

Sandra horchte auf. Ihr Gegenüber war um die 50. Sein Großvater konnte unter Umständen um 1900 geboren worden sein, rechnete sie überschlagsmäßig zurück. Zu dieser Zeit waren längst Mehrladewaffen und Patronengeschosse üblich gewesen, kramte sie die Reste ihres Waffenkundewissens hervor, das noch aus der Polizeischule stammte. Freilich konnte der Großvater auch schon damals eine antike Waffe besessen haben.

»Ihr Gewehr würden wir dann mitnehmen und überprüfen lassen, wenn Sie nichts dagegen haben«, sagte Bergmann.

»Das können Sie gerne tun. Ich hab seit Jahren nimmer damit g'schossn.« Franz Zach erhob sich. Er zog einen Schlüsselbund aus seiner Hosentasche und ging zum nahen Kasten, um diesen aufzusperren und das Gewehr herauszuholen.

Währenddessen fischte Sandra die Einweghandschuhe aus ihrer Tasche, zog sie an und stand auf. »Ist die Büchse geladen?«, fragte sie und nahm die Mannlicher an sich.

»Selbstverständlich nicht.«

Sie betrachtete das österreichische Repetiergewehr aus der Nähe. Wenn der Ballistikbericht, der noch ausstand, nicht allen Fakten widersprach, die bisher auf dem Tisch lagen, konnte es sich hierbei unmöglich um die Tatwaffe handeln.

Bergmann stand ebenfalls auf. »Halten Sie sich in den nächsten Tagen zu unserer Verfügung«, sagte er.

Dann verabschiedeten sich die Ermittler, um den Heimweg anzutreten.

RÜCKBLENDE 4

DER SPUK VON TREBIAN

März 1927

Mutter Silbert hatte sich gerade von ihrer Krankheit erholt, als sie der Ruf eines Bekannten ins Sausal ereilte. Der Herr Direktor Macourek hatte sein Anwesen in Trebian unterhalb von Kitzeck erst kürzlich erworben und berichtete ihr, dass es im alten Weingarthaus arg spuke. Selbst bei völliger Windstille höre man den Wind durch die Räume brausen, Stöhnen und Klopfgeräusche in den Zimmern sowie schwere Schritte auf dem Dachboden. Der alte Winzer, der in dem Wirtschaftsgebäude wohnte, wusste von einem Geist zu berichten, der ihm regelmäßig erschien: ein hübsches Bauernmädel mit langen blonden Zöpfen, das ihn traurig ansah und sich dann wieder in nichts auflöste.

Mutter Silbert begab sich also nach Trebian, wo sich die Gesellschaft im Weingarthaus um sie herum versammelte. Es dauerte nicht lange, da war ein Atmen und Seufzen aus der Ofenecke zu vernehmen, begleitet von Sturmesbrausen, wobei sich kein Luftzug im Zimmer oder draußen regte. Im nächsten Augenblick klopfte es in der Kredenz. Laut und vernehmlich. Eine der anwesenden Frauen begann das Alphabet aufzusagen, eine andere protokollierte das folgende Klopfdiktat: »Ein stürmischer Frühlingstag, ein Tag voller Leid und Not. O helft mir, helft mir die Schuld zu gestehen! Erlösung, Erlösung gebt mir!*« Und wieder waren schwere, leidvolle Atemzüge und Wehklagen zu hören.

Mutter Silbert wollte mehr erfahren, stellte so lange ihre Fragen, bis das dunkle Geheimnis gelüftet war, das sich am 18. März 1809 an einem stürmischen Frühlingstag in diesem Zimmer zugetragen hatte. In der nun so unheimlichen Ofenecke saß ein Bauernmädchen, die langen, blonden Haare zu zwei Zöpfen geflochten, neben ihrem Liebsten. Unvermittelt flog die Tür auf und ein französischer Soldat stürmte ins Zimmer herein. Er packte das erschrockene Mädel, wollte es mit sich hinauszerren. Der junge Bauernbursche schrie und schlug auf den Soldaten ein. Das Mädchen wehrte sich mit Händen und Füßen, sodass der Eindringling schließlich aufgab und das Weite suchte. So nahmen die Liebenden an und fielen einander in die Arme. Das Mädel weinte bitterlich, der Bursche strich ihr tröstend übers Haar, als plötzlich ein Fenster klirrend zerbarst und ein ohrenbetäubender Knall folgte. Die Kugel, die der wutentbrannte Franzose direkt vor dem Fenster aus seinem Vorderlader abfeuerte, traf das Liebespaar. Beide brachen auf der Stelle zusammen, starben blutüberströmt, noch immer eng umschlungen.

In den folgenden Tagen holte der Herr Direktor Erkundigungen ein, und es bestätigte sich, dass im Jahre 1809 französische Truppen St. Nikolai im Sausal besetzt hatten, die von dort aus ihr Unwesen in der Umgebung trieben. Einheimische wussten auch von einem Massengrab in St. Nikolai zu berichten, in dem französische Soldaten beerdigt worden waren, dem Betacker, den sie auch Franzosenacker nannten.

---

* Zitat aus »Mutter Silbert. Tatsachen, Berichte, Dokumente« von Rudolf Sekanek, Der Leuchter Otto Reichl Verlag 1959 – Seite 210

Einige Wochen später wiederholte sich das Diktat vom stürmischen Frühlingstag, an dem die Tragödie geschehen war. Wieder vernahmen die Anwesenden Sturmesbrausen im Zimmer, dazu Atmen und Ächzen aus der Ofenecke. Es folgten Klopfzeichen: sieben an der Zahl, nach einer Pause dann noch eines und nach einer weiteren Pause wieder eines. Keiner der Anwesenden wusste mit dem Diktat etwas anzufangen. Man fragte einige Male nach, doch das Klopfen lautete immer wieder gleich: 7 – 1 – 1.

Als sie die Sitzung schon abbrechen wollten, folgte ein weiteres Diktat: »Und wenn die Stunde der Erlösung schlägt, öffnet nicht dem Grauen und Entsetzen Tür und Tor …*« Zwar wusste niemand so recht, was das zu bedeuten hatte, doch war man sich einig, dass wohl noch allerlei Unheil bevorstand. Und weiter hieß es: »Meine Mission wird erfüllt und Zeit steht still und Zeit wird künden, dass alle Stunden eins werden müssen – sie kommen und geben, was sie geben müssen. Nach Erlösung ringt die Schuld. Darum führte Vorsehung deinen Pfad in das Haus, das überfüllt ist mit unbändigen Trieben, Sühne der Schuld zu gewähren. Nehmet euch der Schuld an, tausendfach wird Sühne vergelten. Geduld, Mut und Vertrauen eure Waffen. Mit ihnen voran!*«

Ohne dem Spuk ein Ende bereitet zu haben, reiste Mutter Silbert wieder aus Trebian ab. Noch war nicht aller Tage Abend.

* Zitat aus »Mutter Silbert. Tatsachen, Berichte, Dokumente« von Rudolf Sekanek, Der Leuchter Otto Reichl Verlag 1959 – Seite 211

KAPITEL 6

Dienstag, 31. Oktober 2017 (Halloween), Graz

Als Sandra den Besprechungsraum in der Landespolizeidirektion betrat, lehnte Bergmann am Fensterbrett, ins Gespräch mit Jörg Schöffmann vertieft, das obligate Kaffeehäferl in der Hand. Sie beachtete die beiden Männer nicht weiter, begrüßte ein paar umstehende Kolleginnen und steuerte auf einen der U-förmig angeordneten Tische zu. Die Aktenmappe aus blassrosa Karton legte sie vor sich hin und stellte ihren Ingwerzitronentee ab. Kaum hatte sie Platz genommen, kam Miriam zur Tür herein, die sich kurz umblickte und lächelnd auf sie zustrebte.

Einige der Anwesenden verfolgten die hübsche Blondine im knallroten Pulli mit ihren Blicken. In den schwarzen Skinny-Jeans wirkten ihre Beine noch länger, als sie ohnehin schon waren. An Miriam prallten derlei Blicke freilich ab. Im Gegensatz zu Sandra, die sich lieber unauffällig, vor allem aber weniger figurbetont kleidete, war sie daran gewöhnt. Böse, vorwiegend weibliche Zungen behaupteten, dass die groß gewachsene, gertenschlanke Kollegin absichtlich mit ihrer Kleidung provozierte und die Aufmerksamkeit genoss. Doch Sandra kannte sie mittlerweile gut genug, um zu wissen, dass dies nicht der Fall war. Miriam hatte schlichtweg ein Faible für Mode. Früher hatte sie sogar von einer Modellkarriere geträumt. Doch ihr Vater hatte diese zu verhindern gewusst. Wenn seine Tochter schon nicht am elterlichen Apfelhof mitarbeiten wollte, so sollte sie doch zumindest einen anständigen Beruf ergreifen. Und so war Miriam ausgerechnet bei der Mordgruppe des Landeskriminalamts Steiermark gelandet, wo sich die vorwiegend männlichen Kollegen wohl auch nach ihr umgedreht hätten, wäre sie in Sack und Asche gehüllt erschienen.

»Morgen, Sandra! Ist der noch frei?« Miriam deutete auf den Platz zu ihrer Rechten.

Sandra nickte.

»Geht's dir wieder besser?« Die Kollegin setzte sich neben sie.

Sandra bejahte auch diese Frage und lächelte zurück. Ihre Halsschmerzen hatten sich bereits am vergangenen Abend gebessert, kaum, dass sie das Sausal hinter sich gelassen hatten. Vom Brennen in ihrer Brust war gar nichts mehr zu spüren. Dennoch hatte sie sich vorgenommen, die Beschwerden so rasch wie möglich von einem Arzt abklären zu lassen. Derlei Symptome durfte man keinesfalls auf die leichte Schulter nehmen, wollte man keinen frühen Herztod riskieren, der ab und zu sogar jüngere Spitzensportler überraschend traf. »Ich bin nur noch ein bisschen verschnupft«, berichtete sie der Kollegin, heilfroh, dass sie sich wieder einigermaßen fit fühlte. Anscheinend hatten ihr die Medikamente geholfen, sich über Nacht gesund zu schwitzen. Ihre klatschnasse Bettwäsche hatte sie in aller Früh abgezogen und zusammen mit einigen schmutzigen Geschirr- und Handtüchern in die Waschmaschine gesteckt. Sobald sie abends heimkam, würde die saubere Wäsche in den Trockner wandern, ehe sie das Bett frisch bezog. Blieb zu hoffen, dass dieser Arbeitstag nicht wieder wesentlich länger dauern würde, als ihr lieb war. Bei einem neuen Mordfall war das nämlich zu befürchten.

»Dem Stefan geht's heute auch schon ganz gut«, berichtete Miriam. »Er hat vor, morgen wieder in die Arbeit zu kommen.«

»Fein. Wir können jeden Mann gut gebrauchen. Und jede Frau«, erwiderte Sandra.

»Können wir dann loslegen, meine Herrschaften?«, unterbrach Bergmann das Gemurmel im Raum. Er stellte sein Kaffeehäferl neben dem Laptop ab, der mit dem Beamer verbunden war. Während er darauf wartete, dass die letzten Kollegen die freien Plätze einnahmen, blieb er stehen, beide Daumen in den Hosentaschen eingehängt.

Einige Stühle blieben leer. Ein Nachzügler huschte noch zur Tür herein.

»Du kannst gleich hinter dir zumachen, Martin«, sagte der Chefinspektor und blickte dem jungen Kriminaltechniker hinterher, bis sich dieser ebenfalls niedergesetzt hatte. »Zuallererst möchte ich euch um eine Schweigeminute für unseren Kollegen bitten«, fuhr er mit angemessener Trauermiene fort.

Damit waren auch die letzten unausgeschlafenen Kollegen schlagartig wach, und alle Anwesenden erhoben sich wieder von den Stühlen.

Einige ratlose Blicke verrieten Sandra, dass noch nicht jeder im Team wusste, wem diese Gedenkminute gelten sollte. Die meisten hatten jedoch mitbekommen, dass tags zuvor ein Polizeibeamter im Einsatz ums Leben gekommen war.

Bergmann öffnete eine Bilddatei auf dem Desktop, wandte sich zur Seite und richtete den Blick auf die Leinwand, die nun ein Porträt des Landpolizisten in Uniform zeigte. »Revierinspektor Patrick Schagerl ist gestern früh unmittelbar nach unserem Einsatz in Kitzeck im Sausal bei einem Verkehrsunfall tödlich verunglückt«, verkündete er. »Sein Beifahrer, Gruppeninspektor Gerald Orthaber, wurde dabei schwer verletzt. Nach den letzten ärztlichen Prognosen hat er recht gute Überlebenschancen. Patrick Schagerl ist im 33. Lebensjahr, in seinem 12. Dienstjahr, verstorben. Er hinterlässt eine Frau und zwei kleine Kinder. Wer ihm die letzte Ehre erweisen oder für seine Familie spenden möchte, findet alle Informationen am Server. Wir danken dir für deinen Einsatz, Patrick! Ruhe in Frieden!« Bergmann verstummte, senkte den Blick und stand still.

Alle anderen Anwesenden folgten seinem Beispiel, sodass man im Besprechungsraum eine Stecknadel hätte fallen hören können.

Nach einer knappen Minute bedankte sich der Chefinspektor und wandte sich wieder dem Laptop zu.

Sandra blieb stehen, während alle Kollegen bis auf ihren Vorgesetzten Platz nahmen. »Darf ich gleich auf diesen Unfall im Sausal zu sprechen kommen?«, fragte sie noch ins allgemeine Sesselrücken hinein. »Ich hätte dazu eine Frage an Jörg.«

Bergmann sah sie wenig begeistert an. »Von mir aus«, willigte er dennoch ein.

»Haben wir schon einen Unfallbericht?«, wandte sich Sandra an den leitenden Kriminaltechniker.

»Nein. Warum? Sollten wir einen bekommen?«, lautete dessen Gegenfrage.

»Mich würde interessieren, weshalb Schagerl von der Fahrbahn abgekommen ist. Er muss die Strecke doch gekannt haben wie seine Westentasche.«

»Es war sehr nebelig gestern Nacht. Du warst ja selbst vor Ort«, sagte Jörg Schöffmann.

»Ja, schon. Mich würde trotzdem interessieren, ob es Bremsspuren gibt. Ich meine, ist Schagerl einem Hindernis ausgewichen oder einfach wegen der schlechten Sicht beziehungsweise wegen überhöhter Geschwindigkeit gegen den Baum geprallt?«

Jörg Schöffmann zuckte mit den Achseln. »Der Unfall hat zwar nichts mit unserem Mordfall zu tun, ich kann aber gerne mal bei den Kollegen von der Verkehrsunfall- und KFZ-Untersuchung nachfragen«, sagte er.

»Ich bin mir eben nicht so sicher, dass der Unfall nichts mit dem Mord zu tun hat«, wandte Sandra ein.

Bergmann verlagerte sein Gewicht von einem Bein auf das andere und verschränkte die Arme vor der Brust.

Bevor er sie unterbrechen konnte, berichtete Sandra von dem verletzten Mädchen auf der Straße, das sie beinahe angefahren hätte. Immerhin bestand ja die Möglichkeit, dass es den Unfall des Polizisten, der ihm vielleicht ausweichen wollte, verursacht hatte. Außerdem erwähnte sie noch, dass die Hauptzeugin, die das Mordopfer entdeckt und den Notruf abgesetzt hatte, dasselbe Mädchen kurz nach dem Todesschuss in ihrem Weingarten gesehen haben wollte – in unmittelbarer Nähe zum Tatort. Sandra räusperte sich, um den Frosch in ihrem Hals loszuwerden, ein Überbleibsel des grippalen Infekts, ehe sie fortfuhr. »Agnes Haidegger will in diesem Mädchen eine Jägerstochter wiedererkannt haben, deren Identität und Wohnort aber noch nicht geklärt werden konnten.« Die Spuklegende von Anna ließ Sandra vorerst unerwähnt, galt es doch, die Fakten auf den Tisch zu legen. Dafür berichtete sie, dass es noch immer keine passende Abgängigkeitsanzeige gab. Auch sei bisher kein solches Mädchen in ein Krankenhaus eingeliefert worden.

»Solange wir nicht ausschließen können, dass sie etwas mit dem Mord zu tun hat, und sei es nur als Zeugin, fahnden wir nach ihr«, sagte Bergmann. »Da du sie aus nächster Nähe gesehen hast, lass gleich ein Fahndungsbild von ihr anfertigen, Sandra«, meldete sich Bergmann wieder zu Wort. »Darf ich jetzt fortfahren?«

Sandra setzte sich. Wenigstens schien ihr der Chefinspektor endlich zu glauben, dass die nächtliche Begegnung auf der Straße tatsächlich stattgefunden hatte und das Mädchen nicht nur ein Hirngespinst war.

Bergmann wandte sich wieder dem Laptop zu, um den gerichtsmedizinischen Befund vor versammelter Mannschaft zusammenzufassen, während der Beamer die Fotos der Leiche am Tatort auf die Leinwand projizierte.

»Hast du etwas über diese Jägerstochter herausgefunden?«, flüsterte Sandra ihrer Nachbarin zu.

»Nein. Ich hab die Sterbebucheintragungen in den Matrikelbüchern der Diözese Graz-Seckau von Beginn der Aufzeichnung an durchgeackert, aber zwischen 1788 und 1927 keine einzige passende Eintragung der Pfarrgemeinde Kitzeck gefunden. Weder für eine Anna noch für einen anderen weiblichen Vornamen gibt's einen Sterbefall, bei dem das Alter und die Todesursache auch nur annähernd hinkommen«, antwortete Miriam ebenso leise.

Sandra nickte. Sie hatte von Anfang an bezweifelt, dass dieser Mord in Kitzeck tatsächlich so stattgefunden hatte. Falls diese Jägerstochter überhaupt je in Gauitsch existiert hatte, war sie Teil einer Schauergeschichte, die irgendjemand erfunden hatte, und die im Laufe der Zeit vermutlich noch ausgeschmückt worden war. Solche Legenden lebten weiter, solange jemand daran glaubte und sie verbreitete. »Warum denn bis 1927?«, fragte sie dennoch nach. Wenn sie sich recht erinnerte, hatte Agnes Haidegger bei ihrer Einvernahme dieselbe Jahreszahl erwähnt.

»Ach so, das weißt du ja noch gar nicht«, antwortete Miriam. »Dieser Journalist von der ›Kleinen Zeitung‹, von dem ich dir erzählt hab, hat mir einen interessanten Hinweis auf das Jahr 1927 geliefert: den Spuk von Trebian …«

»Hast du uns etwas zu sagen, Miriam?«, unterbrach Bergmann das Getuschel der Frauen.

Miriam sah Sandra aus dem Augenwinkel an.

»Nicht jetzt«, raunte sie ihr hinter vorgehaltener Hand zu. Für Spukgeschichten war nach dem Meeting noch Zeit. Zuerst wollte sie sich mit den Recherchen der Kollegin vertraut machen, ehe Bergmann sie wieder mit vermeintlichen Geistern aufzog.

Miriam winkte ab, ein engelsgleiches Lächeln auf den Lippen, das Bergmann prompt versöhnte.

Er wandte sich wieder der Wand zu, auf der nun eine Großaufnahme des tödlichen Geschosses zu sehen war, das im Gerichtsmedizinischen Institut aus der Brust des toten Weinbauers entfernt worden war. Unmittelbar daneben verdeutlichte eine Millimeterskala die Dimension der deformierten Kugel. »Das führt uns zur Tatwaffe, die bisher noch nicht aufgefunden wurde. Wir gehen aber davon aus, dass es sich um einen historischen Vorderlader handelt. Auch die tödliche Kugel dürfte ein Originalgeschoss aus grauen Vorzeiten sein«, leitete Bergmann zum Ballistikbericht über.

Jörg Schöffmann erhob sich auf sein Stichwort, um nach vorne zu treten, während Bergmann Platz nahm. »Danke, Sascha. So ist es. Alle ballistischen Spuren sprechen für eine historische Tatwaffe. Zum einen wären da die spezifischen Verletzungsmerkmale an der Leiche, zum anderen das Geschoss selbst, das aus dem Thorax entfernt wurde.« Er streckte den Arm aus und zeigte mit seinem Bleistift auf die

Nahaufnahme der Kugel. »Es handelt sich um eine Rundkugel aus Blei mit einem ursprünglichen Geschossdurchmesser von 16,5 Millimetern. Laut chemischer Zusammensetzung dürfte es sich um eine Originalkugel französischer Herkunft handeln. Diese wurde beim Aufprall stark deformiert, aber die individuellen Kerben, die üblicherweise im Inneren des Laufes entstehen, wenn das Geschoss Züge und Felder passiert, fehlen. Was bedeutet, dass die Tatwaffe über einen glatten Lauf verfügen muss, keinen gezogenen. Tatsächlich gehen wir davon aus, dass das Opfer mit einem Vorderlader erschossen wurde, wie er bis etwa Mitte des 19. Jahrhunderts zum Einsatz kam. Entweder mit einer solchen Pistole oder mit einer Muskete.« Wieder wechselte das Bild auf der Leinwand und zeigte einige historische Modelle, die als Tatwaffe in Frage kamen.

»Ist ja voll gruselig«, murmelte Miriam vor sich hin.

Die Wahl der historischen Tatwaffe war tatsächlich ungewöhnlich, fand Sandra. Was Miriam allerdings jetzt noch so gruselig daran fand, wo sie doch wusste, dass die Jägerstochter Anna niemals existiert hatte, konnte sie nicht ganz nachvollziehen. Während sie noch nachdachte, hob Miriam ihre Hand.

»Ja bitte?«, erteilte ihr der Vortragende das Wort.

»Wurden solche Musketen zur Zeit der Franzosenkriege auch für die Jagd verwendet?«, fragte Miriam, was kaum noch relevant war.

»Nein. Bei Jägern und Scharfschützen kamen zu dieser Zeit längst Vorderlader mit gezogenen Läufen zum Einsatz. Schon im 15. Jahrhundert erkannte man, dass rotierende Kugeln stabiler fliegen. Also wurden Züge und Felder entwickelt, die dem Geschoss einen Drall verleihen, es stabilisieren und die Präzision und Reichweite der Waffe erhöhen. Der Nachteil daran: Waffen mit gezogen Läufen sind deutlich schwieriger zu laden und der Vorgang kostet mehr Zeit, als dies bei glattrohrigen Waffen der Fall ist. Bei der Jagd nahm man dieses geringere Übel in Kauf. Auf dem Schlachtfeld, wo sich Mann und Mann gegenüberstanden, entschied jedoch die höhere Schussfrequenz über Leben und Tod. Von dem her rückten die Präzision und die Reichweite in den Hintergrund.«

Sandra war nicht viel schlauer, nachdem der Kriminaltechniker über weitere technische Details der mutmaßlichen Tatwaffe referiert und die typische Verteilung der Blutspuren am Tatort erläutert hatte. Ob dieses Blut, wie er annahm, ausschließlich vom Opfer stammte, würde der DNA-Abgleich zeigen, der ihnen erst in einigen Tagen vorlag. Dafür bestätigte sich ihre Vermutung, dass das Mannlicher-Gewehr, das sie Franz Zach abgenommen hatten, als Tatwaffe ausschied. Doch damit war der Nachbar des Mordopfers noch lange nicht aus dem Schneider. Immerhin hatte er ein Motiv und die Gelegenheit gehabt, seinen Erzfeind zu töten. Zudem war das Alibi, das ihm seine Ehefrau verschaffte, nicht das allerstärkste. Dass keine andere Waffe auf ihn registriert war, wie sie mittlerweile herausgefunden hatten, entlastete ihn auch nicht hundertprozentig. Zwar befanden sich die meisten historischen Vorderlader offiziell im Besitz österreichischer Museen und Sammler, wusste Jörg Schöffmann weiter zu berichten, es war aber keineswegs auszuschließen, dass die eine oder andere nicht registrierte Waffe in diversen privaten Kellern, Dachböden oder Scheunen versteckt war und leise, still und heimlich von Generation zu Generation weitervererbt wurde. Einen nennenswerten Schwarzmarkt gab es für solche Waffen in Österreich offenkundig nicht.

Als Nächstes standen die Tonaufnahmen vom Tatort auf der Agenda, die die Kollegen der KPU mittlerweile bearbeitet und analysiert hatten. Sandra war gespannt, was die Kriminaltechniker über die letzten Lebensstunden von Hermann Schneider und über dessen Ermordung herausgefunden hatten. Vielleicht kam der entscheidende Hinweis auf den oder die Täter diesmal aus dem technischen Assistenzbereich des LKA. Diese Hoffnung erschien ihr zumindest berechtigt.

»Die Tonaufzeichnung von der Tatnacht beginnt um 20.21 Uhr und endet mit der letzten Abschaltung des Gerätes, die Jörg nach dem Eintreffen am Tatort um 00.17 Uhr vorgenommen hat«, erläuterte der zuständige Tontechniker. »Wir gehen davon aus, dass die Tondokumente am sichergestellten USB-Stick Originalaufnahmen sind, wobei die Aufzeichnung zwischendurch viermal, jeweils einige Minuten lang, unterbrochen wurde. Eine Manipulation der Uhrzeiten und Timecodes am Rekorder kann ich ausschließen. Wir haben das gesamte Tonmaterial mehrfach angehört, und, soweit es machbar war, modifiziert, um den Tathergang bestmöglich zu rekonstruieren. Aus Zeitgründen werde ich ausschließlich die potenziell tatrelevanten Schlüsselsequenzen vorspielen. Vorerst unkommentiert, sodass sich jeder von euch selbst ein Bild machen kann, was in der Mordnacht am Tatort vorgefallen ist. Alle Tondateien zum Nachhören findet ihr dann auf dem Server. Die Stimme, die wir gleich hören werden, war die des Mordopfers Hermann Schneider. Das hat uns sein Stiefsohn bereits in der Tatnacht bestätigt.« Martin griff zur Maus und öffnete die erste mp3-Datei.

»Ich bin hier«, sagte eine Männerstimme laut und deutlich. »Allein. Wie du's verlangt hast.«

Stille.

»Bist du da?«, fragte er.

Weiterhin Stille. Einige Kollegen blickten konzentriert, andere grinsten einander zu. Wieder andere sahen sonst wohin. Sandra musste gähnen, als sie ein dumpfes Klopfen aufhorchen ließ.

Der Mann auf dem Tondokument reagierte. »Bist du da?«, wiederholte er lauter.

Neuerlich ein Klopfen. Dann ein Scheppern, das Sandra und Miriam zusammenfahren ließ. Als würden einige Gegenstände zu Boden fallen. Dann wieder Stille.

Schritte auf knarrenden Dielen. Ächzen und Stöhnen aus einer anderen, weiter entfernten Ecke des Raumes.

Einige Kollegen sahen einander ratlos an. Andere grinsten oder kicherten, bis der Mann wieder zu hören war.

»Wer bist du?«, fragte er.

Eine andere Stimme antwortete. Höher, gedämpft, schleppend. Dann wieder abgehackt. M-aa-wa, verstand Sandra. Oder Ma-ma?

»Anna«, flüsterte Miriam mit großen Augen.

Anna? Konnte das tatsächlich Anna heißen, grübelte Sandra, während die mutmaßlich weibliche Stimme wie in einer Dauerschleife weitersprach, um dann abrupt zu verstummen.

»Wer bist du?«, fragte der Mann noch einmal.

Wieder dieselbe gedämpfte Stimme, eine unverständliche Antwort stammelnd. Dann noch immer schleppende, aber doch deutlichere Laute, bis sich auch Sandra sicher war, ebenfalls »Anna« verstanden zu haben.

Nicht nur sie und Miriam schreckten noch einmal hoch, als plötzlich ein lautes fauchendes Geräusch ertönte. Dem folgte Poltern, Sessel- oder Tischrücken.

»Foort …« Wieder dieselbe gedämpfte Stimme. »Töö-ten!«

»Töten? Wen willst du töten?«, fragte der Mann.

»Foort … Hoo-fi …«

»Hoo- fi …? Du meinst Sophie?«

Ein lautes Klopfen. »Foort! Sonst töö-ten …«

Rumpeln. Stöhnen.

»Du willst, dass ich Sophie fortschicke?«

Wieder ein deutliches Klopfen. Dann Klirren. Das war wohl das Fenster, das zu Bruch ging.

»Was zum Teufel …? Nein!«, rief Hermann Schneider. Erst Schreck, dann Todesangst in seiner Stimme.

Sandra kroch die Gänsehaut über den Rücken. Die feinen Härchen in ihrem Nacken und an den Armen richteten sich unwillkürlich auf.

Plötzlich ein Schuss.

»Um Gotts wülln …« Eine Männerstimme. War das der Täter? Röcheln. Das musste das Opfer sein. Dann wieder Totenstille. Sandras und Bergmanns Blicke trafen sich, als Martin die Datei schloss.

Das Kichern war längst auch dem letzten anwesenden Kollegen vergangen.

»Das Fenster zerbirst um 22.46 Uhr und 41 Sekunden«, erläuterte Martin. »Vier Sekunden später folgt der Schuss. Und die zweite männliche Stimme. Der mutmaßliche Täter aus der Richtung des Fensters. Sie war fast vollständig vom Schussgeräusch überlagert, daher nicht verständlich. Wir haben das Hauptgeräusch so gut es ging herausgefiltert und die Stimme durch den Kompressor gejagt. Sehr vereinfacht gesprochen. Da gibt es so ein fantastisches neues Programm, mit dem auch das FBI arbeitet«, berichtete er begeistert.

»Und was wurde noch aufgezeichnet?«, wollte Bergmann wissen.

»Um 22.50 Uhr ist eine weitere Stimme am Tatort zu hören.« Martin öffnete das nächste Tondokument.

»Hallo?«, war eine Frauenstimme, anscheinend von weiter weg zu vernehmen. Zaghaft, bange.

Unverkennbar Agnes Haidegger, war sich Sandra auf Anhieb sicher.

»Hallo? Ist da jemand?«, krähte die alte Frau etwas forscher.

»Marandjosef!« Ein spitzer Schrei. Schritte. »Jössas! Was ist denn …? Hilfe! Zu Hilfe! Jössas … Hermann?«

Tätschelnde Schläge. »Hermann! Zu Hilfe!« Wimmern, Klagen, eilige Schritte, die sich entfernen. Eine Tür, die ins Schloss fällt. Danach wieder Stille.

Martin schloss auch dieses Tondokument. »Weiter geht's um 23.03 Uhr«, fuhr er fort, die nächste mp3-Datei öffnend.

»Da drin liegt er!« Sandra erkannte Patrick Schagerls Stimme.

Schritte. Waren das zwei Personen?

»Hermann?« Gerald Orthaber, glaubte Sandra auch diese Stimme zu erkennen, war sich aber nicht ganz sicher.

»Der is tot.« Wieder Schagerl.

»Vorsicht! Greif nix an. Wegen den Spuren. Funk die Zentrale an, Patrick. Bestätig ihnen den Leichenfund. Dann lass uns hier verschwinden und den Tatort absichern.«

Ja, das war eindeutig Orthaber, war sich Sandra nunmehr sicher.

Schagerl folgte seiner Anordnung. Knacken, dann eine Stimme aus dem Funkgerät.

Martin stoppte die Wiedergabe. »Das waren die Kollegen aus Heimschuh, die zuerst am Tatort waren«, kommentierte er das Offensichtliche. Dass es sich bei den beiden Männern um die späteren Unfallopfer handelte, wusste er wohl nicht. Oder er ließ es an dieser Stelle unerwähnt, weil es nichts zur Sache tat. »Das Audiogerät hat weiter aufgenommen, bis wir im Weingartenhaus eingetroffen sind«, fuhr er fort. »Da war es 00.17 Uhr. Das ist aber nicht mehr tatrelevant. Hört euch die Aufnahmen am besten selbst noch mal an«, meinte er zum Chefermittler.

»Aufschlussreich«, erwiderte Bergmann. »Was den Tathergang und den mutmaßlichen Täter beziehungsweise den Tatzeugen anbelangt, die wir gehört haben.«

Martin nickte. »Dem Dialekt nach handelt es sich beim mutmaßlichen Schützen um einen Südsteirer«, konkretisierte er, was der Wiener Chefinspektor nicht so präzise zuordnen konnte. »Ob er tatsächlich geschossen hat oder jemand anders, der ebenfalls am Fenster stand, lässt sich anhand der Tonaufnahme leider nicht feststellen. Wir sind schon froh, dass wir die Sprache überhaupt soweit herausfiltern konnten, dass sie nunmehr verständlich ist.«

»Auf alle Fälle gilt es diesen Mann und die andere Person zu finden«, sagte Bergmann. »Ob es sich nun um den Täter, Komplizen oder Zeugen handelt. Das sollte doch nicht allzu schwer sein. Wenn die Personen aus der Gegend des Tatorts stammen, muss die Stimmen doch irgendjemand erkennen«, zeigte er sich zuversichtlich.

»Das gilt aber keinesfalls für den mutmaßlichen Schützen«, widersprach Martin. »Durch unsere Bearbeitung klingt seine Stimme verändert und lässt sich auch nicht eins zu eins rekonstruieren. Und im Original ist nur ein verstümmeltes Wort zu hören, das euch bestimmt nicht weiterhilft.«

»Nicht so gut«, meinte Bergmann. »Hab ich den Mann wenigstens richtig verstanden? Hat er ›um Gottes willen‹ gesagt?«

Martin nickte. »Es klingt, als wäre er von der Tat überrascht.«

»Oder aber erschrocken, als hätte er nicht damit gerechnet, dass das Opfer getroffen oder getötet würde«, warf Jörg Schöffmann ein.

»Vielleicht ist der Täter ja gar nicht über den Mord, sondern über die Geistererscheinung erschrocken«, meldete sich Miriam zu Wort. »Der Geist, den wir gehört haben, könnte sich materialisiert haben und für ihn sichtbar gewesen sein.«

Einige der Anwesenden lachten über den vermeintlichen Scherz.

Bergmann runzelte die Stirn. »Du glaubst doch nicht ernsthaft, dass ein Geist am Tatort war?«

Miriam zuckte mit den Schultern, als wäre diese Annahme naheliegend, schwieg jedoch.

»Wir sind uns aber schon einig, dass Hermann Schneider einen Geist angerufen hat, der ihm scheint's auch geantwortet hat«, meinte Sandra.

»Euer Geist hat für mich eher wie eine Frau mit einer Sprachstörung geklungen«, sagte Bergmann.

»Die Stieftochter des Opfers ist behindert, aber sprachlich bei Weitem nicht so stark beeinträchtig wie die Frau, die auf der mp3-Datei zu hören ist«, erklärte Sandra den Anwesenden, die Sophie Brand nicht kannten. »Und als Täterin kommt sie schon allein wegen ihrer körperlichen Defizite nicht in Betracht. Einen Vorderlader kann sie genauso wenig wie ihre Großmutter bedienen.«

Bergmann stimmte ihr zu.

»Möglicherweise haben wir auf der Aufnahme gar keine Frau gehört, sondern einen Mann, der seine Stimme verstellt hat, um vorzutäuschen, dass eine Frau anwesend war«, sagte Martin. »Respektive der Geist einer Frau.«

»Spiel uns doch noch mal diese Sequenz vor, in der Anna antwortet«, sagte der Leiter der Kriminaltechnik.

»Ach, das soll Anna geheißen haben?«, unterbrach Bergmann ihn. »Hat für mich eher wie ein Gähnen in Dauerschleife geklungen.« Er riss seinen Mund auf. Aa-nn-aa«, gähnte er mit verstellter Stimme. »Aa-naa …«

Wieder lachten einige Kollegen. Andere gähnten unwillkürlich lautlos mit.

»So in etwa. Nur höher«, bestätigte Martin grinsend.

Bergmann gähnte weiter mit noch höher verstellter Stimme.

»Besser«, grinste nun auch Jörg Schöffmann.

»Na schön. Gehen wir mal davon aus, dass Hermann Schneider eine Geisterscheinung im Weingartenhaus inszenieren wollte«, sagte Bergmann.

»Das sehe ich auch so«, bestätigte Jörg Schöffmann. »Die Aufzeichnungen wurden zwischendurch mehrfach unterbrochen. Da stellt sich doch die Frage, warum.«

»Ja, warum?«, fragte Bergmann.

»Na ja, die Pausen sind ähnlich lang wie die jeweiligen Tonsequenzen zuvor. Das könnte bedeuten, dass er die Aufnahmen erst angehört und dann fortgesetzt hat.«

»Du meinst, Schneider hat kontrolliert, was er aufgenommen hat, eher er weiter aufzeichnete?«, wiederholte Bergmann die Theorie des Kriminaltechnikers in eigenen Worten.

»Könnte sein. Oder jemand anderer hat das alles aufgezeichnet, und Schneider wusste nichts davon«, meinte Martin.

Bergmann fuhr sich nachdenklich über die unrasierten Wangen.

»Hätte der- oder diejenige dann das Tonbandgerät einfach am Tatort liegen lassen, damit wir es finden?«, wandte Sandra ein.

»Wenn das die Absicht war, schon«, sagte Martin.

»Wozu?«, fragte Bergmann noch einmal nach dem Grund.

»Um von etwas abzulenken, das uns zu ihm führt«, sagte Sandra. »Aber das Audiogerät hat sich Hermann Schneider doch von seinem Stiefsohn ausgeborgt.«

»Stimmt. Also hat er es vermutlich selbst bedient.«

»Auf dem sichergestellten USB-Stick befinden sich auch noch frühere Tonaufnahmen«, sagte Martin. »Am Sonntagvormittag wurde damit Sturm Herwart aufgenommen.«

»Sturm Herwart? Ist das ein Fußballverein?« Bergmanns spontane Assoziation löste eine Lachsalve unter den Anwesenden aus, von denen einige Anhänger des SK Sturm Graz waren.

»Nein. Kein Fußballverein«, erklärte Jörg Schöffmann, als wieder Ruhe einkehrte. »Das Sturmtief am Wochenende hat den Namen Herwart getragen.«

»Ach so …« Jetzt musste auch Bergmann grinsen.

»Möglicherweise wurde dieser Sturm aufgenommen, um die Geisteranrufung später effektvoll mit Sturmgeräuschen zu untermalen und den Gruselfaktor zu erhöhen«, mutmaßte Martin. »In den letzten Wochen hat Hermann Schneider einige Webseiten aufgesucht, deren Inhalte sich mit übersinnlichen Phänomenen und Geisterjagd beschäftigen.«

»Und warum sollte jemand eine Geistererscheinung vortäuschen?«, fragte Bergmann weiter.

»Um sich wichtig zu machen. Es gibt doch immer wieder Gruselberichte von Geisterjägern in den Medien«, sagte Jörg Schöffmann.

Martin nickte. »Lauter Spinner und Scharlatane«, kommentierte er.

Jetzt platzte Miriam der Kragen. »Und was, wenn es doch ein Geist war? Eine unerlöste Seele, die keine Ruhe findet?«, brauste sie auf. »Für mich hat das sehr wohl nach einem Poltergeist geklungen.«

Alle Augen richteten sich auf die junge Kollegin, was dieser die Röte in die Wangen und die Ohren trieb.

Wieder lachten einige, während Bergmanns Augenbrauen nach oben wanderten.

»Ja, lacht nur«, fuhr Miriam unbeirrt fort. »Ich bin überzeugt davon, dass es Geister und paranormale Phänomene gibt, weil ich Ähnliches schon erlebt hab. Und solange mir keiner das Gegenteil beweisen kann, bleib ich auch bei meiner Meinung. Basta.«

»Deine private Meinung tut hier aber nichts zur Sache, Miriam«, entgegnete Bergmann. »Wir müssen uns schon an die Fakten halten.«

»Ja genau. Wenn ich etwas ganz klar hören und sehen kann, ist das doch ein Fakt, oder etwa nicht?« Miriam verschränkte sichtlich beleidigt ihre Arme vor der Brust.

Bergmann warf Sandra einen irritierten Blick zu.

Die verzog keine Miene. Die junge Kollegin hatte ihre Recherchen wohl etwas zu ernst genommen. Hoffentlich nicht so ernst, dass sie einen Geist als Täterin in Betracht zog, so wie Agnes Haidegger und ihre Enkeltochter. Nach Miriams Geschichte mit ihrer Großmutter konnte Sandra das jedoch nicht ausschließen. Sie hätte die Kollegin rechtzeitig zurückpfeifen müssen, ehe sich diese in einer übernatürlichen Theorie verrannte, warf sich Sandra nun insgeheim vor.

Bergmann rückte auf seinem Stuhl nach vorn, stützte die Ellenbogen auf der Tischplatte auf und verschränkte seine Finger ineinander. »Ich habe lediglich Stimmen und Geräusche gehört. Was willst du denn gesehen haben?«

Wieder lachten einige Kollegen.

Miriam zuckte schweigend mit den Schultern, die Arme noch immer vor der Brust verschränkt, die Wangen und Ohren hochrot. »Gar nichts«, sagte sie beleidigt.

Sandra hatte sie ausdrücklich davor gewarnt, den Chefinspektor mit Geistern zu konfrontieren. Dennoch regte sich jetzt ihr Schutzinstinkt. »Manchmal gibt es schon merkwürdige Phänomene, die einen ins Grübeln bringen können«, lenkte sie die Aufmerksamkeit von Miriam auf sich. »Einmal abgesehen von dem geisterhaften Mädchen auf der Straße, das du nicht gesehen hast, Sascha. Ist dir gestern der eiskalte Wind aufgefallen, der auf einmal durch die Küche gefegt ist, als Sophie Brand angeblich diese Stimmen aus dem Jenseits gehört hat?«

Bergmann löste seine verschränkten Hände und strich mit den Fingerspitzen über seine Stirn. »Mir ist aufgefallen, dass der Wind ein schlecht verriegeltes Fenster aufgestoßen hat«, erwiderte er, als er wieder aufblickte. »Was ist daran bitteschön mysteriös oder geisterhaft? Es war höchstens geistesgestört, wie sich die beiden Frauen verhalten haben. Oder hast du etwa auch Stimmen gehört, Sandra?«

Miriam schnaubte empört, aber so leise, dass es nur ihre Sitznachbarin mitbekam, an der Bergmanns Frage abprallte.

»Stimmen habe ich keine gehört, Sascha«, erwiderte Sandra gelassen. »Allerdings war da schon etwas, was ich mir noch immer nicht recht erklären kann.«

Bergmann sah sie an. »Was denn noch?«, fragte er ungeduldig.

»Wie konnte es in dieser Küche so blitzartig abkühlen, dass Atemwölkchen aus meinem Mund kamen? Hast du eine logische Erklärung dafür, Jörg?«, sprach Sandra den leitenden Kriminaltechniker direkt an.

»Aber es war doch schon vorher saukalt in diesem Haus«, wandte Bergmann ein.

Sandras Aufmerksamkeit blieb auf Jörg Schöffmann gerichtet.

»Nun ja, ich kann dir das schon erklären«, antwortete er. »Da in unserer Lunge das ganze Jahr über tropische Verhältnisse bei rund 37 Grad Celsius und einer relativen Luftfeuchtigkeit von 100 Prozent herrschen, atmen wir Wasserdampf aus. Trifft dieser auf kältere Umgebungsluft, die keine Feuchtigkeit mehr aufnehmen kann, kondensieren die gasförmigen Wassermoleküle zu feinsten flüssigen Tröpfchen. Und diese sind dann als Nebel sichtbar, was auch den Zellpartikeln zu verdanken ist, die wir mit ausatmen: abgestorbene Körperzellen, Proteine und DNA-Moleküle. Diese sogenannten Kondensationskeime treffen auf die vorhandenen Verunreinigungen in der Umgebungsluft – etwa Rußpartikel, Feinstaub und Schmutzkörner. Um sie herum ballen sich die Wassermoleküle zusammen, und so entsteht das Atemwölkchen vor unserem Mund. Bei perfekten Bedingungen kann das sogar bei Außentemperaturen im zweistelligen Plusgradebereich passieren.«

Physik hatte noch nie zu Sandras Lieblingsfächern gezählt. Und dieses Thema hatte sie in der Schule wohl verschlafen oder es im Laufe der Jahre aus Desinteresse vergessen. Wenn sie den Kriminaltechniker eben richtig verstanden hatte, dann war Kondensation das Gegenteil von Verdampfen. Bei der einen Reaktion verflüssigte sich Gasförmiges, bei der anderen wurde Flüssigkeit zu gasförmigem Dampf. Auf alle Fälle aber gab es eine naturwissenschaftliche Erklärung dafür, was gestern vorgefallen war. Und damit war nicht nur der Geist der mysteriösen Jägerstochter vom Tisch, die offenkundig niemals existiert hatte, sondern auch die Frage nach den bislang unerklärlichen Atemwölkchen beantwortet. Wenn sich jetzt noch die Identität des Mädchens auf der Straße klärte, konnte sie die letzten nagenden Zweifel, die immer wieder hochkamen, endgültig verwerfen.

Miriam gab sich mit den Ausführungen des Kriminaltechnikers nicht zufrieden. »Es gibt aber auch noch eine andere Erklärung für dieses Phänomen«, meldete sie sich zu Wort. »Wenn Geister das elektromagnetische Feld der Erde durch ihre Frequenzen stören, entsteht ein sogenanntes Ektoplasma, eine nebelartige Substanz, die sie für uns Menschen sichtbar macht. Oftmals dringt dieses aus dem Mund von Medien, was dann so aussieht wie die Atemwölkchen, die du dir nicht erklären konntest …« Wollte sie damit schon wieder andeuten, dass in Sandra mediale Fähigkeiten schlummerten?

»Es reicht jetzt, Miriam. Kehren wir zu den Fakten zurück«, setzte Bergmann ihren pseudowissenschaftlichen Ausführungen ein Ende. »Ist dir unter den Altfällen in der Region einer untergekommen, der Parallelen mit unserem Mordfall aufweist?«

Miriam blätterte in ihren Unterlagen. »Es hat einmal in der ehemaligen Gemeinde Glanz, die heute zu Leutschach an der Weinstraße gehört, einen ungeklärten Mordfall gegeben. Das Opfer hieß Fritz Knapp, ein Maurer aus Pößnitz, der am Morgen des 31. August 1931 auf einer frisch gemähten Wiese tot aufgefunden wurde. Mit einem einzigen Steckschuss in der Brust, direkt über dem Herzen. Die Tatwaffe konnte genauso wenig aufgefunden werden wie der Täter, obwohl es einige anonyme Hinweise und Verdächtige gegeben hat. Es könnte sich damals auch um einen Raubmord gehandelt haben, weil kein Bargeld im

Haus des Opfers gefunden worden ist, das Bekannte und Verwandte dort vermuteten. Es hat auch noch eine Pistole der Marke Browning, Kaliber 6,35 gefehlt, für die Knapp Munition besaß. Mit einem Projektil desselben Kalibers wurde er auch erschossen.«

»Knapp daneben ist auch vorbei«, spielte Bergmann auf die offensichtliche Diskrepanz der Fälle und den Namen des damaligen Opfers an.

»Von dem Vorderlader und der Bleikugel hab ich vorhin zum ersten Mal was gehört«, rechtfertigte sich Miriam.

»Schon gut. Sonst noch was?«, lenkte Bergmann ein.

»Ein weiterer Mord, der gewisse Parallelen zu dem von Sonntagnacht aufweist, ist in einer Nebelnacht am 13. September 1974 im südsteirischen Vogau geschehen. Der bosnische Gastarbeiter Sulejman Nuhanovic war wie viele andere Jugoslawen seinerzeit auf der stark befahrenen Gastarbeiterroute unterwegs, die über die B 67 zur jugoslawisch-österreichischen Grenze führte. Die Autobahn hat es damals ja noch nicht gegeben. Nuhanovic wurde in dieser Nacht auf einem Acker niedergestochen und hat sich von dort splitterfasernackt und mit durchtrennter Kehle noch bis zum nächsten Bauernhof geschleppt. Dort hat er gegen 3.30 Uhr an die Tür geklopft. Die aufgeschreckten Bewohner haben alles versucht, dem Schwerverletzten das Leben zu retten. Doch der ist an Ort und Stelle verblutet. Zwar wurde er erstochen und nicht erschossen, aber die durchtrennte Kehle hat mich an das verletzte Mädchen erinnert, das Sandra auf der Straße gesehen hat.«

»Und von dem uns nach wie vor jede Spur fehlt«, sagte Bergmann.

»Es gibt aber Zeugenhinweise auf Anna, die Jägerstochter, deren Vater ihr die Kehle aufgeschlitzt haben soll«, fuhr

Miriam unbeirrt fort. »Das ist doch zumindest eine merkwürdige Parallele. Und es gibt eine Tonaufnahme, auf der sich eine Anna zu Wort meldet, wie wir gehört haben. Dazu kommt eine unauffindbare historische Tatwaffe und eine Kugel, die aus derselben Zeit stammen könnte. Außerdem wäre da noch ein Doppelmord, der am 18. März 1809 am selben Tatort geschehen sein soll. Zwei junge Menschen wurden damals angeblich mit einem Vorderladergewehr durchs Fenster im Weingartenhaus erschossen. Das sind schon verdammt viele Zufälle, findest du nicht?« Obwohl Miriam riskierte, wieder ausgelacht zu werden, erzählte sie den Anwesenden, was sie über den Spuk von Trebian herausgefunden hatte, der über die Jahrhunderte weitestgehend in Vergessenheit geraten war. Genau wie das Medium Mutter Silbert, die diesem Spuk über 100 Jahre später ein Ende setzen sollte. Die Jägerstochter Anna hatte sie jedoch nicht erlösen können, die dort noch immer herumgeisterte. Ein ungarisches Medium namens Aniko berichtete, dass es im Juni 2013 auf den Spuren von Maria Silbert nach Trebian gereist war. Prompt hatte die Besucherin eine geisterhafte Begegnung mit Anna gehabt, war mit rasenden Herzschmerzen und Kreislaufproblemen zusammengebrochen und hatte den schauerlichen Ort nur mit letzter Kraft verlassen können.

Sandra rieselte es kalt über den Rücken. Sie verstand nun, warum Miriam die Geschichte so gruselig fand.

RÜCKBLENDE 5

DER SPUK VON TREBIAN GEHT WEITER

5. November 1927

Die Weinlese stand an. Mit ihr folgte die nächste Einladung nach Trebian. Mutter Silbert kränkelte seit Wochen, fühlte sich zu schwach zum Reisen. Kurz vor 16 Uhr wurde sie auf einmal unruhig. Etwas zog sie förmlich aus dem Bett und nach Trebian hin. Mit dem Abendzug brach sie schließlich doch noch gen Süden auf.

Als die Nachzüglerin den Sitzungsraum betrat, flog ihr zur Begrüßung aus dem Nebenzimmer ein Zahnstocherbehälter aus Porzellan durch die offene Tür entgegen, als wäre er von unsichtbarer Hand geschleudert worden. Noch wundersamer war, dass sich die Zahnstocher auf dem Boden fein säuberlich zu einem Pentagramm formierten.

Zuerst einmal nahm die Gesellschaft das Abendessen im Nebenzimmer ein, ehe man weiterhin plaudernd im Sitzungsraum Platz nahm. Umgehend setzten die Atem- und Klopfgeräusche wieder ein. Ein unbekanntes Wesen aus dem Jenseits verlangte nach Verdunkelung des Zimmers. Die Stehlampe in der Fensterecke und die kleinen Klavierlampen auf den zwei Kredenzen wurden den Wänden zugewandt. Man unterhielt sich, als es wieder klopfte und ein Diktat anstand.

»Stunde ruft!*«, notierte einer der Anwesenden.

Dann wurden die Gespräche fortgeführt. Keiner bemerkte, dass Mutter Silbert indessen in Trance fiel. Erst als sich das Medium erhob und alle aus dem Zimmer drängte, nahmen sie ihren Zustand wahr.

Man wartete gespannt im Vorzimmer, was nebenan geschehen würde. Niemand sprach mehr ein Wort. Erst waren die Schritte des Mediums im Zimmer zu hören. Dann lange Zeit nichts mehr. Und plötzlich ein Schuss. Gefolgt von einem zweiten und dritten. Bestürzt sahen sich die Ohrenzeugen an und stießen die Tür auf. Im Raum war es stockdunkel. Mit Taschenlampen leuchteten sie ihn ab und fanden Mutter Silbert mit starrem, gläsernen Blick in der Ofenecke kniend, andächtig ins Gebet versunken. Nach einer Weile erhob sie sich und drängte die Zeugen, die diese heilig anmutende Szene stumm und gebannt beobachtet hatten, neuerlich aus dem Zimmer.

Wieder verging einige Zeit, in der keine Geräusche mehr aus dem Zimmer drangen. Schließlich schlich der besorgte Hausherr noch einmal hinein, um Mutter Silbert neuerlich betend in der Ofenecke kniend vorzufinden. Und plötzlich fiel ein weiterer Schuss in dieser Ecke. Das Medium sprang erschreckt auf, wanderte eine Weile durchs Zimmer und sank schließlich erschöpft auf einem Stuhl nieder.

Der Direktor rief seine Gäste herein und schaltete die Beleuchtung wieder ein. Das Medium befand sich noch immer in Trance, als ein unvollständiges Diktat folgte: »Die Stunde in Leid geboren, sie bedeutet einen Kampf, den kein Mensch gekämpft …**« Das Medium setzte flüsternd hinzu: » … und

* Zitat aus »Mutter Silbert. Tatsachen, Berichte, Dokumente« von Rudolf Sekanek, Der Leuchter Otto Reichl Verlag 1959 – Seite 211

** Zitat aus derselben Quelle – Seite 212

der Sieg in Geduld.*« Maria Silbert hob die Hand, um etwas zum Schreiben einzufordern. Also reichte man ihr einen Bleistift und Papier. Die einzigen leserlichen Worte in Französisch waren: »La, quand, sprit.*«

Gegen Mitternacht begab sich die Gesellschaft zur Ruhe. In dieser Nacht geschah nichts mehr. Der im Diktat angekündigte Schrecken und das drohende Entsetzen sollten erst am nächsten Abend folgen.

6. November 1927

Den prachtvollen Herbsttag verbrachte die Gesellschaft mit Spaziergängen, anregenden Gesprächen und Musik. Bis zum Abend hatte niemand an eine Séance gedacht, als nach dem Nachtmahl wiederum das bekannte Sturmesbrausen und Stöhnen im Zimmer einsetzte. Augenblicklich fiel Mutter Silbert in Trance. Ihr Kopf sank auf die Tischplatte.

Alle warteten gespannt, was als Nächstes geschehen würde. Da hob sie unvermittelt den Kopf und sah völlig verändert aus. Ein junges, blondes Mädchen blickte der erschrockenen Runde aus seinen blauen Augen entgegen. Abermals sank der Kopf des Mediums zum Tisch. Das Sturmesbrausen wurde lauter, als es sich wieder aufrichtete.

Diesmal erschraken die Anwesenden noch mehr als bei der ersten Verwandlung, blickten sie nun doch in das finstere Gesicht eines Mannes mit schwarzem Knebelbart und Schirmmütze, wie Napoleons Soldaten sie dereinst getragen hatten.

---

* Zitat aus »Mutter Silbert. Tatsachen, Berichte, Dokumente« von Rudolf Sekanek, Der Leuchter Otto Reichl Verlag 1959 – Seite 212

Neuerlich sank der Kopf auf die Tischplatte, bis er sich wieder erhob und Mutter Silbert aus ihrer Trance erwachte. Wie üblich ohne sich daran zu erinnern, was vorgefallen war.

Nach einigen Minuten ging ein Fenster klirrend zu Bruch. Mutter Silbert packte ihren Nachbarn am Arm. »Da ist er!*«, rief sie, als sich der Oberkörper des kurz zuvor erschienenen Franzosen durch das zerbrochene Fenster hereinbeugte. Die finstere Gestalt legte das Gewehr an und schoss. Dem ohrenbetäubenden Knall folgte ein Feuerschein über den Tisch hinweg in die Ofenecke. Blitzartig sprangen alle von ihren Stühlen und warfen sich unter den Tisch. Schwerer Pulverdampf lag im Zimmer, als einer nach dem anderen wieder hervorkroch.

Bis auf Weiteres hatten sie genug von okkulten Erscheinungen und Vorfällen und beschlossen, die sternenklare Mondnacht auf der Terrasse ausklingen zu lassen. Draußen nahmen sie Platz, eingehüllt in warme Decken und Mäntel. Nur Mutter Silbert war nicht mehr unter ihnen. Da sie schon des Öfteren verschwunden war, alles Suchen nach ihr aber stets vergeblich gewesen und sie immer wieder von allein zurückgekehrt war, sorgte sich niemand um sie.

Erst als einer der Männer aufsprang und zum steilen Weingartenweg hinübereilte, folgten ihm alle Augen. Etwa einen halben Meter über dem Erdboden schwebte Mutter Silbert regungslos auf sie zu – leichenblass ihr Gesicht, die Augen weit aufgerissen auf den hell leuchtenden Sirius starrend.

Der Mann griff nach ihrer Hand, die sich eiskalt anfühlte, wie er später berichtete, und führte sie zurück in das Haus. Noch einmal versammelte man sich um den Tisch herum, dar-

---

* Zitat aus »Mutter Silbert. Tatsachen, Berichte, Dokumente« von Rudolf Sekanek, Der Leuchter Otto Reichl Verlag 1959 – Seite 213

auf wartend, dass das Medium, dessen Pulsschlag und Atem nicht wahrnehmbar waren, aus seiner tiefen Trance erwachte.

Allmählich kam Mutter Silbert wieder zu sich und jemand fragte sie, wo sie denn gewesen sei.

»In St. Nikolai beim Franzosengrab ein Lichterl anzünden*«, antwortete sie, noch immer in leichter Trance.

Die Anwesenden mochten es kaum glauben, betrug die Entfernung nach St. Nikolai doch immerhin einige Kilometer Luftlinie. Dazwischen lagen Wälder, Hügel und Gräben. Auf der Straße benötigte man mit dem Pferdegespann ein bis zwei Stunden. Welche außerirdischen Kräfte diese Reise bewirkt haben mochten, wurde noch eifrig diskutiert, ehe man beschloss, am kommenden Morgen mit dem Wagen nach St. Nikolai zu fahren. Bei der Erwähnung dieses Ortes senkte Mutter Silbert gleich wieder ihren Kopf und drohte in Trance zu fallen, wurde aber wieder munter, sobald das Gesprächsthema gewechselt wurde.

Es sollte eine Nacht voller dämonischer, furchteinflößender Spukerscheinungen folgen, die keiner der Anwesenden, so tapfer er auch war, jemals wieder vergessen würde. Türschnallen wurden zu menschlichen Händen. Riesige, glühende Augen wandelten durch die dunklen Gänge. Teller wurden durch die Luft geschleudert. Die ganze Nacht hindurch waren Schritte und andere laute Geräusche vom Dachboden zu hören.

Einzig Mutter Silbert schlief so fest, dass sie von alledem nichts mitbekam.

---

* Zitat aus »Mutter Silbert. Tatsachen, Berichte, Dokumente« von Rudolf Sekanek, Der Leuchter Otto Reichl Verlag 1959 – Seite 213

KAPITEL 7

Dienstag, 31. Oktober 2017 (Halloween), Graz

1.

Das Mittagessen nahmen Sandra und Miriam zusammen in der Kantine der Landespolizeidirektion ein. Die Lauch-Kastaniensuppe schmeckte gar nicht mal so übel, fand Sandra. Dafür rührte sie die flachsigen Rindfleischstücke in ihrem Gulasch kaum an, sondern begnügte sich mit den Eierspätzle und dem Saft. Während die Kolleginnen aßen, redeten sie nicht viel miteinander. Jede hing den eigenen Gedanken nach.

Sandra schwirrte noch immer der Kopf von all den Informationen, die sie aus dem stundenlangen Meeting mitgenommen hatte. Zu den Fakten gesellten sich in diesem Fall immer weitere mysteriöse Hinweise, die sie nicht so ohne Weiteres ignorieren konnte, wie Bergmann es tat. Dass die vielen rätselhaften Begebenheiten, die so weit in die Vergangenheit zurückreichten, wirklich alle Zufälle waren, hielt sie für höchst unwahrscheinlich. Irgendeinen Zusammenhang musste es geben, war sie überzeugt. Wobei sie sich nach wie vor weigerte, an Geister zu glauben wie Miriam, Agnes Haidegger, Sophie Brand und anscheinend auch Hermann Schneider, der sich zumindest in den Wochen vor seinem gewaltsamen Tod mit Geistererscheinungen beschäftigt hatte. Auch wenn sein Stiefsohn nichts davon mitbekommen haben wollte. In jedem Fall musste auch sein Mörder mit den Spuklegenden vertraut sein und hatte die Spuren absichtlich gesetzt, um von sich abzulenken, war sie überzeugt.

Zurück im Büro besuchte Sandra einige der Webseiten, die Hermann Schneider zuletzt besucht hatte, sah sich unter anderem eine kurze Dokumentation über Geisterjäger auf YouTube an. Je mehr sie sich über paranormale Phänomene informierte, desto eher hoffte sie, eine Erklärung zu finden, was es mit dieser mutmaßlichen Geisterbeschwörung in der Mordnacht auf sich hatte. Solange Bergmann bei der Pressekonferenz und anschließend beim Landespolizeidirektor Hofrat Stickler war und nichts von ihren einschlägigen Recherchen mitbekam, konnte er sie deswegen auch nicht piesacken.

Die drei jungen Männer im Video benutzten für ihre Geisterjagd in einem verlassenen Krankenhaus ein Messgerät, wie Josef Brand eines besaß. Sobald elektrische, magnetische oder Radiowellen in der Nähe waren, schlug der Zeiger des Trifeldmeters aus, und es gab Signaltöne ab, was angeblich auf die Präsenz von fremden Energien hinwies. Zudem waren die Pseudowissenschaftler, die nachts durch die heruntergekommenen Klinikräume schweiften, mit Taschenlampen und einem Audiorekorder ausgerüstet, der sogenannte EVPs – Electronic Voice Phenomenon, zu Deutsch Tonbandstimmen – aufzeichnete, die vor Ort nicht zu hören waren, jedoch bei der Wiedergabe der Aufnahme. Zwischen Mitternacht und 3 Uhr morgens seien die meisten paranormalen Aktivitäten zu verzeichnen, erklärte der Off-Sprecher beiläufig. Warum das so sein sollte, blieb dahingestellt.

In einem der Räume hatten die Geisterjäger eine Videofalle mit Lichtschranken installiert, die mutmaßliche Wesenheiten aus der Zwischenwelt filmen sollte. Dabei kamen Vollspektrum-Kameras zum Einsatz, die das Licht in den UV- und Infrarot-Bereichen verstärkten und Geisterscheinungen visualisierten. Als sie ihr Bildmaterial später sichteten, entdeckten sie einen Schatten. Sandra betrachtete diese Stelle der Doku noch einmal genauer. Der Schatten konnte genauso gut von einem der Geisterjäger stammen, der nicht im Bild war, glaubte sie. Oder das Video war im Nachhinein manipuliert worden. Wer wusste das schon so genau? Zurück in der Geisterklinik schrie einer der Protagonisten erschrocken auf, geriet ins Stolpern, fing sich aber wieder. Sandra fuhr an ihrem Schreibtisch ebenfalls zusammen. Ihr Puls schnellte in die Höhe.

Miriam sah zu ihr herüber. »Alles okay mit dir?«, erkundigte sie sich.

»Ja, alles bestens«, erwiderte Sandra, weiterhin auf ihren Monitor konzentriert.

Der Geisterjäger versicherte seinen Kollegen aufgeregt, einen Stupser auf seiner Schulter gespürt zu haben, wobei niemand außer ihnen im Raum zu sehen war. Kaum wandten sich die Männer suchend um, flog vor laufender Kamera eine Tür wie von Geisterhand zu. Lautes Poltern drang aus dem Nebenraum. Einer der Männer fasste sich ein Herz und wollte die Tür öffnen. Doch sie war versperrt.

Der Mann mit dem Tonbandgerät versuchte Kontakt mit dem mutmaßlichen Geist aufzunehmen, indem er immer wieder laut Fragen stellte. »Wer bist du? Wie ist dein Name? Willst du uns etwas mitteilen?« Und so weiter und so fort. Bis sich eine schleppende, immer wieder abgehackte Stimme meldete, die Sandra an die Tonaufnahme erinnerte, die sie am Vormittag im Meeting gehört hatte. Wenngleich die Stimme in diesem Video tiefer und männlich klang. Zuerst waren nur undeutliche Laute zu vernehmen. Es folgte ein kurzer unverständlicher Satz. Der Geisterjäger musste mehrfach nachfragen, um einen Sinn hinter den Worten erkennen zu können, was am Ende auch den parapsychologischen Hobbyforschern nicht gelang. Warum das unsichtbare Wesen ausgerechnet nach Erdbeermarmelade verlangte, erschloss sich ihnen ebenso wenig wie Sandra. Wenn tatsächlich ein Geist zu ihnen gesprochen hatte, verfügte er zumindest über Humor. Oder er war schlichtweg ausgehungert, dachte sie in sich hinein grinsend.

Die Geisterjäger waren sich indes einig, einen eiskalten Luftzug zu verspüren. Zudem hatte es im Raum merklich abgekühlt. Das mitgebrachte Thermometer zeigte um fünf Grad Celsius weniger als zuvor an, was ebenfalls für die Anwesenheit eines Wesens aus der Zwischenwelt spreche, erklärte der Off-Sprecher. Möglicherweise fegte auch nur ein kalter Wind durch die kaputten Fensterscheiben der Klinik, überlegte Sandra. Wie letztens in der Küche des Herrenhauses. Vermutlich war deshalb auch die Tür zugefallen und das alte Schloss klemmte nun. Oder konnte ein solcher Temperatursturz, wie sie ihn neulich selbst miterlebt hatte, tatsächlich auch eine übernatürliche Ursache haben? Möglicherweise gab es doch Dinge zwischen Himmel und Erde, für die es noch keine wissenschaftlichen Beweise gab, regten sich neuerlich Zweifel in ihr. Auch wenn das Video die Skeptikerin in ihr nicht restlos überzeugen konnte. Stellenweise gruselig war es allemal, dann aber wiederum so absurd, dass sie hätte lauthals loslachen können. Wie an jener Stelle mit der Erdbeermarmelade. Wieder huschte ein Grinsen über ihre Lippen, ehe sie das World Wide Web weiter durchforstete.

Über den Spuk von Trebian und Maria Silbert, von denen Miriam im Meeting berichtet hatte, fand sie nur sehr spärliche Informationen. Dabei war das Medium zu Lebzeiten eine Berühmtheit gewesen. Sogar Madame Marie Curie und andere renommierte Wissenschaftler wie auch Geistliche hatten damals ihre Bekanntschaft gesucht. Mutter Silbert war eine gläubige Katholikin und ein guter Mensch gewesen, der nach bestem Wissen und Gewissen handelte, entnahm Sandra dem umfangreichsten Artikel über ihr Leben und ihren Kontrollgeist Nell, der das Medium führte und vor finsteren Mächten schützte. Die meisten Dokumente verschwanden nach dem Tod der Spiritistin. Zudem fand der Boom, den die Parapsychologie in den 1920er- und 30er-Jahre erfahren hatte, mit dem Anschluss Österreichs an Hitler-Deutschland und dem folgenden Zweiten Weltkrieg ein schreckliches Ende. Maria Silbert geriet in Vergessenheit. Daran vermochten auch die recht spärlichen Berichte, Erwähnungen und literarischen Werke über ihr Leben und Wirken kaum etwas zu ändern. Sandra fragte sich, auf welchem Wissensstand die Menschheit heute wohl wäre, hätte man auf dem Gebiet der Parapsychologie kontinuierlich weitergeforscht. Wäre die Welt eine bessere, weniger materialistische, dafür eine umso spirituellere geworden?

Der Vollständigkeit halber wollte sie sich noch Miriams Befragung des Grazer Journalisten anhören, die die Kollegin mit ihrem Handy aufgezeichnet hatte, als diese sie ansprach.

»Ich hab grad die Sterbedaten von Agnes Haideggers Angehörigen überprüft. Sowohl ihr Ehemann, als auch ihr gemeinsamer Sohn und ihr erster Schwiegersohn haben rund um Allerheiligen herum das Zeitliche gesegnet. Und jetzt auch noch der zweite Schwiegersohn«, berichtete Miriam. »Nur ihre Tochter Elisabeth ist am 20. Februar 2007 verstorben. Aber das war ja auch der einzige natürliche Todesfall in dieser Familie, der durch Alkoholmissbrauch verursacht war, wie wir wissen.«

»Und was schließt du daraus?« Sandra massierte ihre Schläfen. Kopfschmerzen kündigten sich an.

»Na ja, es erscheint mir nur logisch, dass Anna diese Männer auf dem Gewissen hat«, sagte Miriam zögerlich.

»Du glaubst also noch immer, dass die Jägerstochter existiert hat?«

Miriam nickte. »In den Matrikelbüchern der Erzdiözese Graz-Seckau sind die Sterbefälle für die steirischen Gemeinden erst ab 1788 verzeichnet. Anna könnte auch schon früher geboren worden und gestorben sein als das Bauernmädchen und ihr Freund, die der französische Soldat 1809 erschossen hat.«

»Zwei Tote mit nur einer Kugel?«, bezog sich Sandra auf den Vorderlader, der nur einen Schuss im Lauf hatte.

Miriam zuckte mit den Achseln. »Vielleicht war noch ein zweiter Soldat dabei. Auf alle Fälle war früher die Kirche für Personenstandeintragungen zuständig, und die waren nicht immer lückenlos. Denen sind einige Personen durchgerutscht. Manche wurden auch absichtlich vergessen. Leute, die nicht katholisch waren zum Beispiel. Oder wenn sich die Vorfahren etwas Gravierendes haben zuschulden kommen lassen, das sie von einem christlichen Begräbnis ausgeschlossen hat. Etwa einen Mord an einer hochherrschaftlichen Person oder so was …« Die Kollegin ließ nichts unversucht, um ihr paranormales Tatszenario zu untermauern.

»Na schön«, erwiderte Sandra. »Einmal angenommen, Anna hat tatsächlich gelebt, wurde von ihrem Vater getötet und ist nun in der Zwischenwelt gefangen. Wäre sie denn als Geist in der Lage, einen Mord zu begehen?« Ging man davon aus, dass vermeintliche Berührungen wie in dem Geisterjäger-Video möglich waren, ließen sich Gewalttaten auch nicht ausschließen, überlegte sie rein hypothetisch.

Miriam seufzte. »Ich weiß eh, dass ihr mich alle für deppert haltets«, antwortete sie verzagt. »Trotzdem war es voll lieb von dir, dass du mich vor Saschas Sprüchen beschützen wolltest.«

Sandra lächelte sie zaghaft an. Keinesfalls hatte sie Miriam aus inhaltlichen Gründen in Schutz genommen, sondern aus reiner Sympathie. Auch wenn sie ihre Meinung nicht teilte, so interessierte sie sich doch zumindest dafür. »Ich halte dich bestimmt nicht für deppert. Meine Frage eben war ernst gemeint. Könnte ein Geist einen Menschen verletzen oder töten?« Sandra ermutigte sie mit einer Geste, ihre Frage zu beantworten.

»Echt jetzt?«

Sandra nickte.

»Poltergeister sind traumatisierte Seelen von Verstorbenen, die nicht loslassen können und Schreck und Zerstörung verbreiten …« Miriam hielt inne und sah sie an, als bezweifelte sie noch immer, dass sie ihre Erklärung hören wollte. »Auf alle Fälle sind sie in der Lage, Gegenstände zu bewegen, sie verschwinden und an Ort und Stelle oder auch woanders wieder auftauchen zu lassen. Auch wenn es sehr anstrengend für sie ist, ihre Energie so stark zu konzentrieren, um solche Materialisationen zu bewerkstelligen«, fuhr sie fort, während Sandra ein Aspirin aus ihrem Schreibtisch hervorkramte und mit einem Schluck Ingwertee hinunterspülte, der längst kalt war. »Dass ein Poltergeist schon mal aus eigener Kraft einen Menschen verletzt oder getötet hätte, hab ich noch nie gehört. Allerdings stört ihre bloße Anwesenheit elektrische und elektronische Geräte, auch in Autos und Flugzeugen. Von dem her kann es schon zu Unfällen mit tödlichem Ausgang kommen.«

»Dann schließt du also aus, dass ein Geist auf Hermann Schneider geschossen hat. Immerhin war Anna doch die Tochter eines Jägers«, sprach Sandra einen ihrer ersten Gedanken in diesem mysteriösen Mordfall aus. Zum damaligen Zeitpunkt hatte sie allerdings nicht ernsthaft erwogen, dass es sich bei dem verletzten Mädchen auf der Straße um eine Geisterscheinung handeln könnte, wiewohl die nächtliche Begegnung und ihre starke körperliche Reaktion darauf schon unheimlich gewesen waren.

»Ich denke nicht, dass Anna in der Lage ist, auf jemanden zu schießen«, sagte Miriam im Brustton der Überzeugung. »Sie könnte aber von einem Menschen Besitz ergriffen und ihn zu dieser Tat gebracht haben.«

»Ach, das kann sie?« Sandra bemühte sich, ihre Frage nicht allzu skeptisch klingen zu lassen.

Miriam nickte. »Geister können in Form von Ektoplasma in Lebewesen fahren und sie als Medium im Diesseits auch missbrauchen«, erklärte Miriam. »Vielleicht hat sie den Täter unmittelbar nach dem Todesschuss wieder verlassen, und er hat deshalb so überrascht reagiert.«

»Um Gottes willen ...« Nachdenklich wiederholte Sandra die Aussage des mutmaßlichen Täters oder Tatzeugen, die der Tontechniker herausgefiltert hatte. »Und was war das Tatmotiv?«

Miriam zuckte noch erneut mit den Schultern. »Anscheinend rächt sich Anna für die Tat ihres Vaters, die sie traumatisiert hat und die sie in der Zwischenwelt gefangen hält. Deshalb beseitigt sie früher oder später jeden Mann, der auf diesem Weingut lebt. Aus irgendeinem Grund scheint sie an diesen Ort gebunden zu sein. Vielleicht hat ihr Vater sie ja im Weingarten ermordet.«

»Dann wäre Josef Brand auch in Lebensgefahr«, zog Sandra den logischen Schluss, den Agnes Haidegger bereits ausgesprochen hatte.

Miriam nickte. »Ich fürchte, schon. Wir könnten versuchen, Anna nach ihrem Motiv zu befragen«, schlug Miriam vor. »Zufällig kenn ich da ein Medium. Ich könnte auch versuchen, diese Aniko in Ungarn ausfindig zu machen. Anna hat sich ihr doch schon einmal gezeigt.«

Sandra starrte Miriam verdutzt an. Wollte die Kollegin allen Ernstes einen Geist vernehmen? War sie nun vollends übergeschnappt? Bergmann, sein gesamtes Team und der Staatsanwalt würden sie für verrückt erklären. Und Sandra gleich dazu, wenn sie ihr weiterhin aus Loyalität die Stange hielt. Sie schluckte ihre spontane Antwort hinunter, als ihr ein alter Fall in den Sinn kam, den sie vor einigen Jahren zusammen aufgeklärt hatten. Damals hatte ein junger Mann sein Opfer getötet, weil es angeblich vom Teufel besessen war. Ihn hatte Miriam für geistesgestört gehalten. Woher kam auf einmal ihr Geisterglaube, von dem damals noch nichts zu bemerken gewesen war? Der Vorfall mit ihrer Großmutter war doch schon in ihrer Kindheit passiert.

»Na, was hältst du davon, Sandra? Ein Medium könnte auch klären, ob Anna die Tür zum Weinkeller versperrt hat, in dem Peter Brand damals erstickt ist. Auch, ob sie den Traktorunfall verursacht hat, bei dem der alte Haidegger und sein Sohn ums Leben gekommen sind«, fuhr Miriam fort.

»Und den Autounfall, bei dem Schagerl gestorben ist«, murmelte Sandra nachdenklich.

Wieder nickte Miriam. »Die Kollegin aus der Verkehrsunfallabteilung hat deine Vermutung übrigens bestätigt. Die Ursache für diesen Autounfall dürfte aller Wahrscheinlichkeit nach ein Ausweichmanöver gewesen sein«, berichtete sie.

»Im Ernst?« Dann war Patrick Schagerl womöglich demselben Mädchen ausgewichen, das sie aus dem Wald kommen und Agnes Haidegger im Weingarten gesehen hatten? Wenn nicht ein Tier das Hindernis gewesen war. Oder ein Geist, was Sandra nach wie vor bezweifelte.

»Die Kollegin hat sich auch die Statistiken der Straßenverkehrsunfälle mit Personenschaden im Detail angesehen. Ihr ist aufgefallen, dass die meisten Verkehrsunfälle in dieser Region Ende Oktober, Anfang November passiert sind.«

»Das könnte am Nebel liegen«, gab Sandra zu bedenken.

»Sichtbehinderungen gibt's aber auch an anderen Tagen des Jahres. Ob durch Nebel oder tief stehende Sonne. Dazu kommen oft glatte oder nasse Straßen«, wandte Miriam ein. »Trotzdem häufen sich die Verkehrsunfälle in den meisten anderen Regionen im Juli und August. Einerseits wegen dem verstärkten Urlaubsverkehr, andererseits wegen der herabgesetzten Konzentrationsfähigkeit der Autofahrer, die durch die Hitze, oft auch durch Flüssigkeitsmangel verursacht wird.«

»Kommst du, Sandra?« Bergmann steckte seine Nase zur Tür herein. »Und nimm die Sausal-Akte mit«, fügte er hinzu.

14.02 Uhr, las Sandra von ihrem Bildschirm ab. Laurenz Novak musste zur Einvernahme im LKA eingetroffen sein, kam ihr der vereinbarte Termin in den Sinn. Ehe sie nachfragen konnte, war Bergmann schon wieder verschwunden. Sie schnappte sich ihren Notizblock samt Kuli und stand auf.

»Erzähl Sascha bitte nix von der Geschichte mit meiner Omi«, sagte Miriam kleinlaut, als Sandra sich den Akt von ihrem Schreibtisch holte, der inzwischen um einige Befunde und Protokolle angewachsen war.

»Ganz bestimmt nicht«, versprach sie. Auch ihren Vorschlag, ein Medium bei ihren Ermittlungen hinzuzuziehen, um einen Geist zu befragen, würde sie ihm ganz gewiss nicht unterbreiten.

Bergmann lehnte draußen an der Wand, an einem Fingernagel kiefelnd. »Novak wartet auf uns im Verhörzimmer«, erklärte er und setzte sich in Bewegung.

»Hab ich mir schon gedacht.« Sandra folgte dem Chefinspektor über den Gang zur Treppe.

2.

Laurenz Novak knipste gerade ein Selfie, als die beiden Ermittler das Verhörzimmer betraten. Er stand auf, um ihnen zur Begrüßung die Hand zu schütteln, behielt sein iPhone währenddessen in der anderen Hand. »Darf ich das noch g'schwind posten?«, fragte der groß gewachsene Mann im Hinsetzen. Der Mord an Hermann Schneider ging ihm anscheinend nicht besonders nahe.

Sandra sah Bergmann an. Dabei fiel ihr auf, dass beide Männer ähnliche Frisuren trugen. Während die dunklen, stellenweise ergrauten Haare des Chefinspektors zufällig in alle Richtungen abstanden, waren die des rotblonden Zeugen bestimmt absichtlich so gestylt.

»Unterstehen Sie sich«, sagte Bergmann forsch und ließ sich ihm gegenüber auf den Stuhl fallen. »Sie dürfen hier drin nicht einmal fotografieren ohne offizielle Genehmigung. Geschweige denn die Bilder veröffentlichen«, erklärte er.

»Schade. Wann wird man schon mal von der Kriminalpolizei verhört?«, erwiderte der Hüne gut gelaunt.

»Wenn man gegen die Hausordnung der Landespolizeidirektion verstößt zum Beispiel«, entgegnete Bergmann scharf. »Oder einen Mord begeht.«

»Was? Okay, dann lösch ich die Fotos halt wieder«, meinte Laurenz Novak perplex und wischte mit schnellen Fingern auf seinem iPhone herum.

Sandra nahm neben Bergmann Platz. Während sie ihrem Vis-à-vis die Formalitäten erklärte und seine persönlichen

Daten überprüfte, ließ sie den 30-Jährigen nicht aus den Augen. Sie hätte schon im Vorfeld darauf wetten können, dass der Mediengestalter einer dieser zeitgeistigen Männer war, die mit ihrem Look signalisieren wollten, dass sie zu den Trendsettern zählten. Ein Vollbart gehörte da momentan ebenso zwingend dazu wie die Tätowierungen auf seinen muskulösen Armen. Bis etwas anderes daherkam, das hip war. Wobei das Pendel oftmals ins Gegenteil ausschlug und auch vor keinem eben noch gültigen No-Go haltmachte. Wie war es sonst zu erklären, dass das internationale Hochglanz-Modemagazin, das Sandra am Sonntagnachmittag durchgeblättert hatte, während sie im Kaffeehaus auf Andrea wartete, die verpönten weißen Tennissocken zu dunkelblauen Plastikbadeschlapfen mit drei weißen Streifen als letzten Schrei propagierte? Statt diesem reichlich grotesken Look zu folgen, frönte Laurenz Novak dem ebenfalls angesagten Alpen-Chic, der hierzulande häufiger anzutreffen war. Auch Bergmanns Sohn bevorzugte diesen traditionell-lässigen Kleidungsstil, wenngleich David sich als Student und Musiker die teuren Teile namhafter Designer nicht leisten konnte. Jedenfalls noch nicht. Der Mediengestalter offenbar schon. Zur speckigen kurzen Hirschlederhose trug Laurenz Novak ein graues T-Shirt mit schwarzem Wappenaufdruck auf der Brust. Seine groben grauen Wollstutzen in den halb zugeschnürten schwarzen Lederstiefeletten waren bis zu den Knöcheln hinuntergerutscht. Die Kapuzenjacke aus grauem Walkloden, die über seiner Sessellehne hing, hätte Sandra privat auch gern angezogen. Wäre das Designerstück für sie denn erschwinglich gewesen und ein paar Nummern kleiner ausgefallen als für den breitschultrigen Mann, der gerade sein iPhone in der Jackentasche verschwinden ließ.

»Ist es Ihnen recht, wenn wir die Befragung aufzeichnen?«, fragte sie der Ordnung halber.

»Von mir aus. Ich bin da nicht so streng wie Sie.«

Bergmanns Rüffel hatte Laurenz Novak jedenfalls nicht nachhaltig beeindruckt, registrierte Sandra. Anscheinend wollte er nicht wahrhaben, dass er zu den Tatverdächtigten zählte. Entweder hatte er ein reines Gewissen oder gab sich absichtlich locker, gerade weil er etwas zu verbergen versuchte. Bei aller Kaltschnäuzigkeit war ihm ein gewisser Charme nicht abzusprechen. Irgendwie erinnerte er Sandra an ihren Exfreund Julius, bevor sich dieser bei einem Skiunfall eine Querschnittslähmung zugezogen, seine Lebensfreude kurzfristig verloren und sich von ihr getrennt hatte.

Die Aussagen des Zeugen zur Tatnacht deckten sich mit jenen von Josef Brand. Sein Freund Joe, wie Laurenz Novak ihn nannte, war von 19.30 Uhr bis zum Anruf seiner Schwester gegen 23 Uhr bei ihm gewesen, bestätigte er. Nach diesem Telefonat sei Joe umgehend nach Hause aufgebrochen. »Ich hab nur mitbekommen, dass dem Hermann was passiert sein muss. Dass er erschossen worden ist, hab ich erst am nächsten Tag erfahren.«

»Und Sie waren die ganze Nacht daheim?«

Laurenz Novak bejahte.

»Kann Ihre Frau das bestätigen?«, setzte Sandra nach.

Novak sah sie aus blassblauen Augen an. »Ja. Wegen der Sonja bin ich am Sonntag ja extra daheim geblieben, anstatt wie ausgemacht zum Joe zu fahren. Sie hat sich nach dem Mittagessen nicht gut gefühlt und ist liegen gegangen. Wahrscheinlich hat sie irgendein Virus erwischt. Also hab ich mich um unsere Kleine gekümmert. Am nächsten Tag ist es der Sonja aber eh schon wieder viel besser gegangen.«

Dasselbe Virus hatte sich Sandra offenbar auch eingefangen. Gerne hätte sie an dieser Stelle nachgefragt, ob Frau Novak ebenfalls ein Brennen in der Brust verspürt hatte, verwarf diesen Impuls aber gleich wieder. Die gesundheitlichen Beschwerden einer Ermittlerin, ob sie nun durch ein Virus oder eine Geistererscheinung ausgelöst worden waren, trugen schließlich nichts zur Aufklärung des Mordfalls bei. »Wann waren Sie das letzte Mal bei Ihrem Freund?«, erkundigte sie sich stattdessen.

Laurenz Novak holte sein iPhone aus der Jackentasche, um im Kalender nachzusehen. »Am Samstag vor einer Woche«, beantwortete er ihre Frage.

»Waren Sie damals auch im Weingartenhaus?«

»Nein. Dort war ich schon seit einer Weile nimmer. Lassen S' mich überlegen … Das letzte Mal vor zwei Monaten. Da war das Haus vom Joe noch eine Baustelle. Danach haben wir uns nur mehr bei ihm oben oder bei mir getroffen.«

»Haben Sie schon einmal etwas Außergewöhnliches in diesem Weingartenhaus erlebt?«, fragte Sandra.

»Was meinen Sie?«

»Geisterscheinungen oder andere Spukereignisse«, wurde Sandra konkreter. Dabei war sie überzeugt, dass ihr Gegenüber sie vorher schon verstanden hatte. Hoffentlich klinkte sich nicht auch noch Bergmann ein, um die Fragen auf Fakten zu beschränken. Schließlich versuchte auch sie, den Tatsachen auf die Spur zu kommen, wenn auch auf etwas unkonventionelleren Wegen als sonst.

Laurenz Novak grinste breit. »Sie meinen die Geister, von denen die Großmutter vom Joe immer redet. Nix für ungut, aber an so was glaubt doch kein vernünftiger Mensch. Die Alte hat sich da in was einig'steigert, und das Sopherl macht s' auch noch ganz narrisch damit«, meinte er.

Sandra nickte mit ernster Miene, während sie Bergmanns spöttisches Grinsen im Augenwinkel wahrnahm. Dennoch erkundigte sie sich bei Laurenz Novak, ob er schon einmal vom Spuk von Trebian und Maria Silbert oder dem ungarischen Medium Aniko gehört hätte.

Der Zeuge schüttelte den Kopf. »Kann schon sein, dass dem Joe seine Großmutter mal was davon erwähnt hat. Ich merk mir ihre G'schichtln schon lang nimmer. Ich hör ihr ja noch nicht mal mehr g'scheit zu. Für so was bin ich einfach nicht die richtige Zielgruppe.« Er grinste erst Sandra, dann Bergmann an. »Erzählen Sie mir jetzt nicht, dass die Polizei an Geister glaubt …«

Sandra beeilte sich, die Frage zu verneinen, ehe sich Bergmann vor dem Zeugen über sie lustig machen und das Thema vom Tisch wischen konnte. Zuzutrauen war es ihm. »Als Ermittler versuchen wir, uns ein möglichst präzises Bild vom Umfeld des Mordopfers zu machen, um das Tatmotiv aufzudecken und dadurch dem Täter auf die Spur zu kommen«, erklärte sie möglichst allgemein. »Sollte Ihnen noch irgendetwas einfallen, das Ihnen seltsam erscheint, nur raus damit. Wir haben immer ein offenes Ohr für Hinweise jeglicher Art.« Und neuerdings auch für Geistergeschichten, dachte sie ironisch. Seltsam, dass die Vertreter der jüngeren Generation nichts mehr von den Spuklegenden ihrer Heimat zu wissen schienen, überlegte sie weiter. Es sei denn, sie hatten Großmütter wie Josef Brand oder Patrick Schagerl, der die Geister im Weingarten als Erster erwähnt hatte, was seinem Kollegen augenscheinlich missfiel. Warum auch immer. Falls Gerald Orthaber eines Tages wieder ansprechbar war und sich erinnern konnte, würde sie den Grund für seine merkwürdige Reaktion herausfinden, nahm sich Sandra vor. Auch wenn der Mord bis dahin hoffentlich längst aufgeklärt war. »Was hat Hermann Schneider eigentlich von diesen Geistergeschichten gehalten?«, fragte sie weiter.

»Gar nix. Unter uns: Die Alte ist dem Hermann damit fürchterlich auf'n Geist 'gangen.«

Jetzt grinste Bergmann über den unabsichtlichen Wortwitz, den Laurenz Novak nicht bemerkte.

»Am liebsten hätt der Hermann seine Schwiegermutter ins Heim abg'schoben. Und das Sopherl gleich dazu. Aber das wär für den Joe nie und nimmer in Frage gekommen. Dafür mag er die beiden viel zu gern. Sie sind die einzigen Verwandten, die er noch hat«, sagte Laurenz Novak.

Wieder ein Tatmotiv, diesmal für die Frauen, überlegte Sandra. Beide hätten die Gelegenheit gehabt, Hermann Schneider loszuwerden, ehe er dies umgekehrt tun konnte. Die körperlichen Voraussetzungen, um eine solche Tat auszuführen, fehlten jedoch beiden. Ebenso unwahrscheinlich schien Sandra, dass die alte Dame oder ihre behinderte Enkeltochter jemanden mit dem Mord beauftragt hatten.

»Ich wünsch dem Joe so sehr, dass er mit der Vroni voll happy wird«, fuhr Laurenz Novak fort. »Und dass die beiden einen Haufen pumperlg'sunde Kinder kriegen. Familie ist doch das Allerwichtigste im Leben.«

Das kam ganz auf die Familie an, dachte Sandra bitter, ehe sie ihre nächste Frage stellte.

Laurenz Novak bestätigte ihr, dass Hermann Schneider gegen die Hochzeit seines Stiefsohns mit Alfred Weberhofers Tochter gewesen war. Die beiden Männer waren schon seit Langem zerstritten, wusste er ebenfalls zu berichten. Den Grund dafür kannte er jedoch nicht.

»Und war Alfred Weberhofer auch gegen die Hochzeit seiner Tochter?«

Der Befragte zuckte mit den Schultern. »Nicht, dass ich wüsste. Aber fragen S' ihn am besten selber. Der Alfred ist ein netter Kerl …«

Sandra hatte den Weinbauer bei ihrem privaten Besuch am Demmerkogel auch sympathisch gefunden. Was noch lange nicht ausschloss, dass er den Mord an seinem Todfeind begangen haben konnte. Bisher sprach jedenfalls nichts dagegen. »Haben Sie irgendeinen Verdacht, wer Herrn Schneider getötet haben könnte?«

»Mich dürfen S' das nicht fragen.«

»Wir fragen Sie aber, Herr Novak«, meldete sich Bergmann zu Wort.

»Ich hab leider wirklich keine Ahnung, wer den Hermann erschossen haben könnt.«

»Sehr beliebt war er aber nicht«, hakte Bergmann nach.

»Na ja, er war schon ein recht schwieriger, dominanter Mensch und konnte ziemlich unangenehm sein, wenn ihm jemand nicht gepasst hat.«

»Haben Sie ihm denn *gepasst*?«

Laurenz Novak zuckte mit den Schultern. »Soweit ich weiß, hat er nix gegen mich g'habt.«

»Er war doch aber auch in Sachen Weinetiketten recht schwierig und dominant, nicht wahr?«, bezog sich Bergmann auf die vorangegangene Zeugenaussage.

»Ja, das stimmt.«

»Hatten Sie deshalb Streit mit ihm?«, bohrte Bergmann weiter nach.

»Ich? Nein … Diese Weinetiketten hab ich für den Joe entworfen, nicht für seinen Stiefvater. Ich hab die Ideen und Wünsche vom Joe umgesetzt. Mit dem Alten hab ich so gut wie nix zu tun g'habt. Streng genommen hatte der ja auch gar nix mehr zu melden, seit er das Weingut offiziell übergeben hat. Obwohl ihn der Joe trotzdem immer wieder in seine Entscheidungen eingebunden hat. Wegen dem Hermann seiner großen Erfahrung. Das mag bei manchen Dingen sinnvoll gewesen sein, aber bei den Weinetiketten war es völlig unnötig. Der Joe hat es dann ja auch bereut, den Hermann überhaupt um seine Meinung dazu gefragt zu haben.«

»Besitzen Sie eine Schusswaffe?«, fragte Bergmann. Wenngleich auch er wusste, was Miriam längst herausgefunden hatte. Dass auf Laurenz Novak keine Schusswaffen zugelassen waren.

»Mir kommt ganz bestimmt keine Waffe ins Haus. Mein Großvater hat sich mit seinem Jagdgewehr erschossen. Damals war ich zwölf und hab ihn in der Scheune gefunden.«

»Das tut mir leid«, erwiderte Sandra.

Laurenz Novak schluckte. Den bitteren Zug um seinen Mund konnte sein heller Bart nicht verbergen.

»Waren Sie beim Bundesheer?«, fragte Bergmann weiter.

»Zivildiener beim Grünen Kreuz«, antwortete Novak. »Falls Sie mich verdächtigen, können Sie gerne auch bei mir so einen Schmauchspurentest machen«, bot er an. Offenkundig hatte ihm sein Freund davon erzählt.

»Nicht nötig«, lehnte Sandra ab. Aus ihrer Sicht bestand kein Tatverdacht mehr gegen ihn.

»Zwingend ist ein solcher Test natürlich nicht. Ohne richterlichen Beschluss«, sagte Bergmann. »Aber wenn Sie sich freiwillig anbieten, soll es uns recht sein. Ihre Fingerabdrücke nehmen wir dann auch gleich, wenn Sie nichts dagegen haben.«

Laurenz Novak willigte ein.

Bergmann griff zum Telefon, um einen Kriminaltechniker ins Verhörzimmer zu beordern, der die Spuren abnahm.

Anschließend nahm er sein Smartphone zur Hand. »Würden Sie sich bitte die folgenden Stimmen anhören und uns dann sagen, ob Sie diese Personen erkennen?« Der Chefinspektor setzte seine Brille auf und suchte nach den Tondateien, die er aufs Handy geladen hatte, um dem Zeugen die entscheidenden Stellen vorzuspielen.

Schon nach wenigen Worten identifizierte Laurenz Novak den Mann, der die Fragen stellte, zweifelsfrei als Hermann Schneider. Die hellere, mutmaßlich weibliche Stimme, die ihm antwortete, erkannte er nicht. Auch das blasse dunkelhaarige Mädchen auf dem Phantombild, das nach Sandras Beschreibung entstanden war, sagte ihm nichts.

»Ich kenn zwei Annas. Nein, wartn S', sogar drei«, beantwortete er ihre nächste Frage. »Eine ist Anfang 20, blond und arbeitet bei mir in der Agentur. Die andere ist in meinem Alter und sitzt im Gemeindeamt in Kitzeck. Sie hat kurze schwarze Haare und deutlich mehr Speck auf den Rippen als das Mädel auf dem Bild. Und die dritte war mal Kellnerin beim Schubert im Buschenschank, bevor sie nach Graz zu ihrem Freund gezogen ist.«

»Wie heißt diese Dame noch?«

»Welche Dame?«

»Na, die letzte, die sie gerade erwähnt haben.«

»Ach so … Zach Anna.«

Sandra und Bergmann tauschten Blicke aus. Hatte das Ehepaar etwa gelogen, um seiner jüngeren Tochter ein Alibi zu verschaffen?

»Wie alt ist Anna Zach?«, wollte Sandra wissen.

»23. Genau so alt wie meine kleine Schwester. Die Anna und sie sind z'sammen Schul 'gangen.«

»Und diese Freundin Ihrer Schwester sieht dem Mädchen auf dem Phantombild ganz bestimmt nicht ähnlich?«

Laurenz Novak betrachtete den Ausdruck des Phantombilds noch einmal, schüttelte dann seinen Kopf. »Das Mädchen hier sieht viel jünger aus. Außerdem hat die Anna hellbraune Locken, nicht so lange, dunkle Haare und ihr Gesicht ist auch ganz anders. Ihr Kinn und die Stirn sind breiter.«

Bergmann startete die letzte Tonaufnahme der dritten Stimme, die zugunsten der Verständlichkeit verändert worden war. Nur für alle Fälle.

Laurenz Novak kam sie zwar irgendwie vertraut vor, er konnte sie aber keiner bestimmten Person zuordnen. Auf alle Fälle klang der mutmaßliche Schütze wie ein Einheimischer, bestätigte er.

Wie viele andere Dialekte war wohl auch der Sausaler Dialekt im Aussterben begriffen, überlegte Sandra. Heutzutage wurde den Kindern bereits im Kindergarten die Sprache ihrer Vorfahren abgewöhnt und Hochdeutsch eingeimpft. Fernsehen und Videostreamings taten ein Übriges, sodass immer mehr Kinder in der Steiermark sprachlich eher einem bundesdeutschen als einem steirischen Elternhaus hätten zugeordnet werden können. In einer globalisierten Welt diente das zwar der besseren Verständigung, jedoch ging mit dem Verlust der Muttersprache auch ein wesentlicher Teil der regionalen Identität verloren, was Sandra schade fand. Obwohl sie ihren Grogga-Dialekt selbst auch abgelegt hatte, als sie mit 18 Jahren aus der steirischen Krakau nach Graz gezogen war. Weniger, um ihre Herkunft aus der Provinz zu verleugnen, als um sich auch sprachlich von ihrer Familie zu distanzieren. Dennoch kamen ihr Begriffe wie »lecker«, »Laden« oder »Kissen« ganz bewusst nicht über die Lippen. »Falls Ihnen noch etwas einfällt, rufen Sie uns bitte umgehend an«, kehrte sie gedanklich zum Fall zurück und schob ihrem Gegenüber eine Visitenkarte zu, als es an der Tür klopfte.

»Immer hereinspaziert!« Bergmann nahm seine Brille ab und musterte die junge Kriminaltechnikerin, die das Verhörzimmer betrat, von oben bis unten.

Dass er ein bestimmtes Beuteschema hatte, konnte man ihm bestimmt nicht vorwerfen, ärgerte sich Sandra nicht zum ersten Mal über die anzüglichen Blicke des Chefinspektors. Auch wenn sie diesmal nicht ihr galten. Hauptsache weiblich, nicht allzu üppig und einigermaßen adrett. Mehr brauchte es nicht, um das Opfer seiner Begierde zu werden.

Die junge Frau, die ihren Dienst im LKA 9 erst seit wenigen Wochen versah, wirkte entsprechend verunsichert, als sie die Spezialtücher aus der Packung nahm. Damit wischte sie die Finger und den Bart des Zeugen sowie einige Stellen an seiner rechten Hand und am Unterarm ab, um die Proben danach mit der Reagenzflüssigkeit zu beträufeln.

Weder ließen sich Nitrate noch Schwermetalle nachweisen, die in Schmauchspuren zwangsläufig vorhanden waren. Erst recht, wenn ein Vorderlader mit Schießpulver abgefeuert worden war, der zig-fach mehr Rückstände hinterließ als ein modernes Patronengeschoss. Somit konnten sie auch Laurenz Novak als potenziellen Todesschützen ausschließen.

Für den Spurenabgleich nahm ihm die Kriminaltechnikerin noch die Fingerabdrücke ab, ehe die beiden Ermittler allein im Verhörraum zurückblieben.

Bergmann lehnte sich auf dem Stuhl zurück, die Hände hinter dem Kopf verschränkt.

Sandra überlegte noch, ob sie ihn auf sein ungebührliches Verhalten der jungen Mitarbeiterin gegenüber ansprechen sollte, als er zuerst das Wort ergriff.

»Kannst du dir diese Anna Zach mal ansehen? Nur, um auf Nummer sicher zu gehen, dass sie wirklich nicht das Mädchen ist, das du in der Nacht gesehen haben willst.«

»Du meinst, das Mädchen, das ich in der Nacht gesehen *habe*«, korrigierte ihn Sandra und willigte ein, die junge Frau zu kontaktieren, obwohl sie mit 23 um einige Jahre älter war als die gesuchte Person.

»Was ist eigentlich mit diesem Bekannten des Opfers, der ihm Geld beziehungsweise einen Weingarten schuldet? Haben wir den schon vorgeladen?«, erkundigte sich Bergmann.

»Luis Lenart. Der ist bis auf Weiteres nicht vernehmungsfähig«, berichtete Sandra.

»Ist er verreist?«

Sandra verneinte. »Er hat einen Schlaganfall erlitten und wurde ins LKH Graz Süd-West eingeliefert.«

»Noch einer? Die können ja bald eine Party dort feiern«, sagte Bergmann.

»So bald ganz bestimmt nicht. Gerald Orthaber ist noch immer im künstlichen Tiefschlaf und Luis Lenart in der Stroke Unit.« Sie verzichtete darauf zu erwähnen, dass die Ärzte den Kollegen erst aufwecken wollten, wenn die Schwellungen in seinem Gehirn weiter zurückgegangen waren. Jedoch wusste niemand, wann genau dies der Fall sein würde. Ebenso wenig, ob er bleibende Gehirnschäden davontrug.

»Hat ihn der Schlaganfall vor oder nach dem Mord ereilt?«, wollte Bergmann wissen. Im ersten Fall hätte Luis Lenart ein wasserdichtes Alibi gehabt, und sie hätten ihn ebenfalls von der Liste der Tatverdächtigen streichen können.

»Heute früh«, sagte Sandra.

»Scheiß Timing«, zeigte sich Bergmann wenig empathisch, dafür umso ärgerlicher, dass sie den Mann nicht längst überprüft hatten. Er erhob sich, um das Verhörzimmer zu verlassen.

Sandra klappte die blassrosa Aktenmappe zu, nahm ihre restlichen Sachen und folgte ihm hinaus. »Ich hab schon mit Frau Lenart telefoniert«, berichtete sie Bergmann, während sie ihm am Gang hinterherhetzte. »Sie hat ausgesagt, dass ihr Mann in der Tatnacht daheim geschlafen hat. Angeblich ist es ihm schon am Sonntag schlecht gegangen. Nachdem er am Samstag über die Stränge geschlagen hat. Er ist am Sonntag vollrauschig im Morgengrauen heimgekommen. Um einige Hunderter ärmer.«

»Ist der Mann spielsüchtig?«, fragte Bergmann, als sie die Treppe erreichten.

Sandra bestätigte ihm, was sie von Frau Lenart wusste. »Das ist auch der Grund für seine Schulden, die er bei Hermann Schneider, bei der Bank und bei einigen anderen Leuten hat.«

»Ist Lenart vorbestraft?«, fragte Bergmann, als sie ihr Stockwerk erreicht hatten.

»Niemand auf der Liste, die uns Josef Brand übergeben hat, ist vorbestraft«, erwiderte Sandra, während sie weiter über den Gang auf ihr Büro zueilten.

Bergmann blieb vor der Tür stehen und griff zur Klinke.

»Warte, Sascha«, hielt Sandra ihn auf. »Ich hab um 17 Uhr einen Arzttermin. Geht leider nicht anders. Sonst hätte ich wieder eine Woche warten müssen, bis mein Arzt von einer Fortbildung zurückkommt. Kannst du für heute auf mich verzichten?«

Bergmann blickte von ihr auf sein brummendes, vibrierendes Smartphone, hielt es weiter weg, um die Schrift auf dem Display lesen zu können. »Von mir aus kannst du Feierabend machen. Oder gibt es etwas, dass du unbedingt heute noch erledigen musst?«, wandte er sich wieder ihr zu.

Sandra schüttelte den Kopf. »Ich check nur rasch noch meine E-Mails. Dann geh ich. Hast du für morgen früh ein Teammeeting anberaumt?«

»Nein.« Der Chefinspektor öffnete die Tür und betrat das Büro als Erster. Miriam blickte kurz von ihrem Bildschirm auf. »Morgen ist Allerheiligen.«

»Und heute ist Halloween«, fügte er hinzu und grinste die junge Kollegin an.

»Das kann uns doch egal sein.« Sandra ließ sich auf ihren Drehstuhl fallen. Sowohl sie als auch der Chefinspektor hatten am Feiertag Dienst.

»Aber Miriam freut sich bestimmt, dass heute Halloween ist. Die Nacht des Grauens. Nicht wahr, Miriam?« Bergmanns boshaftes Grinsen ließ nichts Gutes erahnen.

Miriam suchte Sandras Blick, ehe sie hinter ihrem Bildschirm verschwand. So gut kannte sie den Chefinspektor, um zu wissen, dass er sie gleich wieder aufziehen würde.

Sandra versuchte genau das zu verhindern. »Wir wollten doch morgen Alfred Weberhofer befragen«, sagte sie, ehe Bergmann weitersticheln konnte. »Hast du ihn erreicht, Miriam?«

»Ja, ich hab vorhin mit ihm telefoniert«, griff die Kollegin dankbar das Thema auf. »Wenn es euch morgen passt, könnt ihr ihn zwischen neun und dreiviertel elf im Buschenschank besuchen. Um elf Uhr sperrt er auf. Ins LKA könnte er erst am Montag kommen.«

»Morgen Vormittag also …« Sandra sah zu Bergmann hinüber.

Der fuhr gerade seinen PC hoch und reagierte nicht.

»Sascha?«, sprach sie ihn an.

»Ich hab's gehört, morgen«, brummte er auf einmal grantig.

Wenigstens war ihm die Lust vergangen, Miriam weiter zu sekkieren, registrierte Sandra und wandte sich ihrem Computer zu, um ihn aus dem Schlafmodus zu wecken.

»Soll ich dir die Adresse vom Buschenschank aufs Handy schicken?«, fragte Miriam.

»Nicht nötig. Ich war erst vor Kurzem privat dort«, erwiderte Sandra.

»Okay.« Miriam lächelte sie an und verschwand wieder hinter ihrem Monitor.

Sandra fiel die absurde Theorie der Kollegin wieder ein, dass Annas Geist den Täter dazu getrieben haben könnte, Hermann Schneider zu ermorden. Falls der Mörder oder sein Anwalt denselben Umstand eines Tages zu seiner Verteidigung vorbrachte, würde ihnen das bestimmt kein Gerichtsgutachter der Welt abkaufen, sondern höchstwahrscheinlich eine wahnhafte Störung diagnostizieren, war sie überzeugt. Als geistig abnormer Rechtsbrecher konnte der Täter für schuldunfähig erklärt werden. Dann durfte er für seine Tat auch nicht bestraft werden. Statt eines womöglich lebenslangen Gefängnisaufenthalts winkte der Maßnahmenvollzug, aus dem er entlassen wurde, sobald ihm die Gutachter attestierten, dass er keine Gefahr mehr für die Allgemeinheit darstellte. Konnte die Geisteranrufung im Weingartenhaus damit zusammenhängen? Das Telefonklingeln riss Sandra aus ihren Überlegungen.

Bergmann hob sein Handy ab.

Sandra widmete sich ihren E-Mails, die während Laurenz Novaks Einvernahme eingegangen waren. Das Unwichtige löschte sie sofort, den Dienstplan für November nahm sie zur Kenntnis und speicherte ihn ab. Ausdrucken konnte sie ihn auch noch morgen früh, bevor sie ins Sausal aufbrachen. Für heute war erst einmal Schluss.

RÜCKBLENDE 6

DER SPUK VON TREBIAN – DIE ERLÖSUNG

7. November 1927

Um 9 Uhr fuhr der Pferdewagen mit fünf Passagieren und einem Kutscher aus Trebian los. Der Hausherr selbst lenkte das Gespann an diesem sonnigen Herbsttag durch die malerische Landschaft des Sausals. Alle, bis auf Mutter Silbert, waren nach der schrecklichen Spuknacht übermüdet, dennoch guter Dinge. Die würzige, frische Luft weckte ihre Sinne. Ebenso waren sie gespannt, was die Fahrt nach St. Nikolai ergeben würde. Je näher sie ihrem Ziel kamen, desto unruhiger wurde Mutter Silbert, die dem Herrn Direktor die Richtung wies, in die sie sich unwiderstehlich hingezogen fühlte. In einem Gasthaus machten sie halt, um einen Imbiss einzunehmen, und fertigten eine Skizze des weiteren Weges an.

Gegen 11.30 Uhr brach die Gruppe dann zu Fuß auf, um nach dem mysteriösen Bet- oder Franzosenacker zu suchen. An der Kirche, dem Pfarrhaus und der Schule vorbei führte sie ihr Weg über Äcker, Wiesen und durch den Wald. Auf einmal fiel Mutter Silbert in Trance und hob vom Erdboden ab. Sie schwebte dermaßen geschwind von dannen, dass ihre Begleiter alle Mühe hatten, ihr zu folgen. Über ein Stoppelfeld und eine Wiese eilten sie ihr bis zu einem schmalen Acker hinterher, wo sie schließlich auf die Knie fiel. Gebannt beobachtete die abgehetzte Gefolgschaft, wie sie im Gebet versank, die Hände vor der Brust gefaltet, direkt vor einem abgebrannten Kerzenstumpen auf der Ackerscholle kniend. Nach einer Weile erhob sich Maria Silbert wieder. Noch immer abwesend blickte sie um sich, streckte ihre Hände himmelwärts, als wollte sie für die Seelen derer, die an diesen Ort gebunden waren, den Segen der Allmacht erflehen.

Schließlich kehrten sie ins Gasthaus zurück und nahmen wieder am selben Tisch Platz. Da drangen Klopfgeräusche an ihre Ohren, die zu dumpfen Schläge anschwollen, als marschierte eine Truppe Soldaten unter dem Fußboden hindurch. Immer lauter wurde das Stampfen, im Takt der Marseillaise, während sie die Nationalhymne der Franzosen mitsangen.

Auf der Rückfahrt nach Trebian wurde kaum gesprochen. Zu bewegend waren die Geschehnisse der letzten Tage gewesen, die eine Tragödie, die über ein Jahrhundert zurücklag, zu Tage befördert hatten. Endlich wusste man auch das Klopfdiktat »7 – I – I« zu deuten. Es hatte den Tag der Aufklärung, den 7. November, angekündigt.

Ein weiteres Diktat von Nell erwartete sie gleich nach ihrer Rückkehr in Trebian: »Liebeswerke an Schuldbeladenen getan – entsühnt zehn Schuldige und segnet Menschen, Ort und Tiere.*« Die Bemühungen schienen geglückt, die dereinst Verstorbenen aus ihrer Schuld und Ortsgebundenheit befreit zu sein, ihre Seelen erlöst, der Spuk vorbei. In diesem Sinne wollten sie den letzten gemeinsamen Abend in Trebian in entspannter Geselligkeit verbringen. Doch kam es noch zu einigen Störungen durch dämonische Kräfte, die durch Schuld und Fluch ebenfalls an diesen Ort gebunden waren. Während die Anwesenden beteten, nahm der Widerstand

* Zitat aus »Mutter Silbert. Tatsachen, Berichte, Dokumente« von Rudolf Sekanek, Der Leuchter Otto Reichl Verlag 1959 – Seite 215

dieser dunklen Mächte nach und nach ab und erlahmte schließlich vollends.

Die Atmosphäre entspannte sich fühlbar. Da drangen auf einmal helle Klopfgeräusche aus der Mauer, als würde ein silbernes Hämmerchen daran klopfen, das Folgendes diktierte: »Gesegnet sei dein Kommen. Nun ist das Haus durch dich befreit von seinem Fluch und die Seelen der Unglücklichen steigen auf in eine lichtere Sphäre.*«

Danach zeigten sich keinerlei Spukerscheinungen mehr. Trotz aller Strapazen und zähem Ringen mit finsteren Mächten, fühlte sich Mutter Silbert kräftiger und gesünder als bei ihrer Ankunft in Trebian, was auch sie selbst erstaunte.

* Zitat aus »Mutter Silbert. Tatsachen, Berichte, Dokumente« von Rudolf Sekanek, Der Leuchter Otto Reichl Verlag 1959 – Seite 215

KAPITEL 8

Mittwoch, 1. November 2017 (Allerheiligen)

1.

Es war stockfinster draußen. Wäre da nicht der dichte Nebel gewesen. Und das matte, weiße Licht der Scheinwerfer. Langsam kroch der Audi weiter bergauf über die schmale Straße. Als wäre er in Watte gepackt, die ihr die Sicht auf die Umgebung raubte.

Sandra blickte in den Rückspiegel. Hinter ihr lag nichts als schwarze Nacht. Bei diesem Tempo und der schlechten Sicht lief sie Gefahr, dass ihr ein nachkommendes Fahrzeug hinten auffuhr. Dennoch wagte sie es nicht, schneller zu fahren.

War sie überhaupt noch auf dem richtigen Weg? Sie hatte die Orientierung verloren, seit Ewigkeiten kein Schild mehr gesehen. Kein anderes Auto. Kein Haus, hinter dessen Fenstern noch Licht brannte.

Suchend blickte sie sich um. Da war nichts. Und niemand. Nur der weiße Nebel und die schwarze Nacht. Als wäre sie der einzige Mensch in dieser gottverlassenen Gegend, von der so gut wie nichts zu sehen war.

Sandra wünschte sich, Bergmann wäre neben ihr gesessen, sein Smartphone in der Hand. Oder auch schlafend. Völlig egal. Hauptsache, sie war nicht mehr allein.

Doch sie war allein. Mutterseelenallein. Und ihr war angst und bang wie schon lange nicht mehr. Sie krallte sich am Lenkrad fest, erinnerte sich an die Panikattacken, unter denen sie monatelang gelitten hatte, nachdem ihr Halbbruder sie in ihrer Wohnung krankenhausreif geprügelt hatte. War das wirklich schon sieben Jahre her?

Ein ohrenbetäubender Knall holte sie jäh in die Gegenwart zurück. Instinktiv trat sie aufs Bremspedal. Einen Moment lang setzte ihr Herzschlag aus. Bis der Wagen stillstand. Umso schneller schoss das Blut durch ihre Adern, als ihr Herz wieder weiterpumpte. Die Gedanken rasten durch ihren Kopf.

Was war das eben gewesen? War sie von hinten gerammt worden, wie sie es befürchtet hatte? Ein Reifenplatzer? Ein Schuss? Sie musste aussteigen. Nachschauen, was geschehen war. Womöglich war ein Tier unter ihre Räder gekommen, das sie nicht gesehen hatte. Oder gar ein Mensch? Das Mädchen kam ihr wieder in den Sinn, das schon in der letzten Nebelnacht auf der Straße herumgegeistert war. Hatte sie es diesmal überfahren?

Ihre Hände zitterten, als sie die Handbremse aktivierte und den Sicherheitsgurt löste. Den Motor ließ sie laufen. Angestrengt versuchten ihre Augen die weiße Nebelwand zu durchdringen, die sie umfing.

Sandra erschrak fast zu Tode, als die dunkle Gestalt plötzlich auf der Straße stand. Keine drei Meter von ihrer

Stoßstange entfernt. Ein Soldat. Ein Vorderlader-Gewehr in seiner linken Hand, der lange Lauf samt Bajonett an seine Schulter gelehnt. An der linken Hüfte blitzte ein Säbelgriff im Scheinwerferlicht auf. Dunkelblauer Gehrock, roter Stehkragen, rote Epauletten, registrierte Sandra. Dunkelblaue Hose, weiße Gamaschen über den schwarzen Stiefeln. Die hohe zylindrische Schirmmütze warf einen Schatten auf seine Augen. Nur der gezwirbelte Schnurrbart über seinen blassen Lippen und ein schmaler dunkelhaariger Streifen an seinem Kinn waren zu erkennen.

Sandra tastete nach ihrer Glock. Kein Holster, keine Waffe. Wo war ihre verdammte Dienstpistole? Sie konnte sich nicht erinnern, war viel zu verwirrt, um klar zu denken. Ihr Instinkt schlug Alarm, rief ihr lautstark zu, sofort Gas zu geben und den Feind niederzustrecken.

Seine rechte Hand griff nach dem Lauf der Muskete. Er legte an, zielte auf sie. Das Bajonett blitzte auf. Gleich würde er abdrücken. Sie hatte gar keine andere Wahl, als ihn zu überfahren. Keine Zeit mehr für deeskalierende Worte. Doch sie war Polizistin. Sollte sie es nicht zumindest versuchen? Mit erhobenen Händen aussteigen? Ihn ansprechen? Oder sich lieber ducken, in Deckung gehen? Er hatte nur eine einzige Kugel, um sie zu treffen. Doch die reichte aus, um sie zu töten.

Noch während Sandra überlegte, kniff sie die Augen zusammen und trat das Gaspedal durch. Der Knall war ohrenbetäubend. Sie riss ihre Augen weit auf. Sah direkt in das Mündungsfeuer. Die Windschutzscheibe zerbarst. Ein gläsernes Spinnennetz breitete sich wie in Zeitlupe auf der Fahrerseite aus. Sie roch Schwefel, fuhr weiter auf den Mann zu. Hätte sie nicht längst mit ihm kollidieren müssen? Doch da war nichts. Kein Aufprall. Kein Widerstand. Als wäre der Soldat aus Nebel. Unmöglich konnte er rechtzeitig ausgewichen sein.

Nur nicht stehen bleiben, nicht aussteigen, nicht nachschauen, überlegte sie panisch. Dann flammte der höllische Schmerz in ihrer Brust wieder auf. Ihr Herz brannte. Noch heftiger als beim letzten Mal. Hatte die Kugel sie getroffen? Der Schweiß brach ihr aus allen Poren. Gleichzeitig erfasste eine eiskalte Welle ihren Körper, die sie lähmte. Sie war noch nicht bereit zu sterben.

Wo zum Teufel steckte Bergmann? »Sascha«, stöhnte sie mit letzter Kraft, ehe sie im fahrenden Auto über dem Lenkrad nach vorne sackte.

RÜCKBLENDE 7

DER BESUCH

Juni 2013

Der alte Lada wirbelte eine Staubwolke auf, als die kleine, schwarzhaarige Lenkerin auf den privaten Forstweg abbog. Das hier musste die Zufahrt sein, die ihr die steinalte Frau aus der nahen Siedlung beschrieben hatte. Ein Freund in ihrer ungarischen Heimat hatte ihr von Maria Silbert – der Seherin von Waltendorf – und dem Spuk von Trebian erzählt. Seither ließ sie diese Geschichte nicht mehr los, war sie doch selbst ein Medium, das mit Wesen aus der Zwischenwelt kommunizierte. Auf den Spuren der hochgeschätzten, längst verstorbenen Kollegin war Aniko eigens in die Südsteiermark gereist und hatte sich bis hierher durchgefragt. Erst die achte oder neunte Anwohnerin, bei der sie sich unterwegs nach dem Anwesen erkundigt hatte, konnte ihr den Weg nach Trebian beschreiben. Auf modernen Straßenkarten war der Ort nicht mehr unter diesem Namen eingezeichnet. Nur auf historischen Kartografien, die die genaue Lage aber nicht exakt anzeigten. Den jüngeren Bewohnern von Kitzeck im Sausal sagte der Spuk von Trebian ebenso wenig wie die Seherin von Waltendorf, die den mysteriösen Erscheinungen im Weingartenhaus in Trebian im November 1927 ein Ende gesetzt hatte. Ein Weinbauer vermutete, dass Trebian mit dem heutigen Weingarten Trebien in Gauitsch identisch sein könnte.

Endlich war Aniko also am Ziel ihrer Suche nach der einstmals berühmten Seherin von Waltendorf angelangt, die zu Lebzeiten weltweit Beachtung gefunden hatte, doch keineswegs unumstritten gewesen war. Mehrfach hatte man Maria Silbert ins Ausland eingeladen, davon dreimal nach London. Immer wieder war sie von Wissenschaftlern und Bühnenmagiern auf Herz und Nieren überprüft worden. Einmal wurde sie für eine spiritistische Sitzung sogar in einen Sack eingenäht, mit Handschellen gefesselt und aus verschiedenen Perspektiven gleichzeitig fotografiert. Einige berufene Zeugen überwachten das Experiment mit Argusaugen und mussten schließlich zugeben, keine wissenschaftliche Erklärung für die beobachteten Phänomene parat zu haben. Niemand konnte Mutter Silbert jemals fundiert einen Betrug nachweisen. Und dennoch wurde sie auf das Übelste verleumdet. Auch noch nach ihrem Tod. Angeblich tauchte nach dem Kriegsende bei Entrümpelungsarbeiten im Keller ihres Wohnhauses in Waltendorf ein Tisch mit eingebauten Sprungfedern in den Tischbeinen auf. Unter der Tischplatte ein Knopf, der diese aktivierte und den Tisch tanzen und springen ließ. Wie aber hätte eine solche Mechanik den schweren Tisch mehrere Zentimeter über dem Boden schweben lassen sollen, wie es zahlreiche hoch angesehene und studierte Zeitgenossen bezeugt hatten? Wie hätten Gegenstände vor den Augen aller verschwinden und später wieder erscheinen sollen? Wie wären die vielen okkulten Gravuren während unzähliger Sitzungen entstanden? Die Lichtphänomene, die Berührungen aus dem Nichts und all die anderen psychokinetischen Ereignisse, von denen Zeitzeugen glaubhaft berichteten?

Diese selbstlose, gutherzige Frau, die mit ihrem Schutzgeist Nell so vielen Menschen geholfen und vor Unglück bewahrt hatte, wurde von ihren Gegnern hartnäckig verleumdet und –

was noch viel schlimmer war – bald nach ihrem Tod von der Öffentlichkeit vergessen. Vielleicht gelang es Aniko ja, Maria Silbert 81 Jahre nach ihrem Tod postum zu rehabilitieren. Einen Versuch war es dem Medium aus der Gegenwart allemal wert.

Der Ort wirkte düster, als sie aus dem Auto stieg, obwohl die Sonne ungetrübt vom Himmel schien. Ein wenig bange betrachtete sie das Weingartenhaus, vor dem sie nun stand. Bestimmt hatte es schon bessere, aber auch weitaus schrecklichere Tage erlebt. Die verwitterten Fensterläden mit den windschiefen Lamellen waren allesamt geschlossen. Wie sie auch ihren medialen Kanal vorerst geschlossen hielt, durch den sie mit den Wesen aus der Zwischenwelt kommunizierte. Ehe sie ihn öffnete, wollte sie sich einen objektiven Eindruck von diesem Ort verschaffen, an dem zurzeit niemand anwesend war. Nichts regte sich. Keine Menschenseele war weit und breit zu sehen. Auch kein Auto. Nur in der Ferne bellte ein Hund. Ihr Blick schweifte weiter über den wuchernden Weingarten. Da war niemand, war sie überzeugt und heilfroh darüber. Schließlich war sie nicht hierhergekommen, um mit Lebenden zu sprechen, sondern mit den Seelen der Toten. Sie streifte einmal um die Gebäude des Anwesens herum, spazierte zum Weingarten hinauf und kehrte schließlich zum Weingartenhaus zurück. Die Zeit war gekommen, um ihren Kanal für Signale aus der Zwischenwelt zu öffnen.

KAPITEL 9

Mittwoch, 1. November 2017 (Allerheiligen)

1.

Sandra schreckte aus ihrem Albtraum hoch. »Sascha …«, hatte sie sich im Aufwachen selbst noch stöhnen gehört. Im Dunkeln tastete sie nach der Nachttischlampe. Sie zwinkerte einige Male, bis sich ihre Augen an das Licht gewöhnten, und nahm ihr Handy vom Nachtkästchen. Das Display zeigte 3.03 Uhr an. Genau um diese Uhrzeit war Schagerl mit der Funkstreife in den Baum gekracht und auf der Stelle gestorben, erinnerte sie sich, während ihr die Gänsehaut über den Rücken lief. Noch immer war sie aufgewühlt von dem schrecklichen Traum, der sie tatsächlich hatte glauben lassen, sie würde gleich sterben. »Alles in Ordnung«, redete sie sich gut zu.

Erst vor wenigen Stunden hatte der Arzt nach einem Belastungs-EKG Entwarnung gegeben. Auch wenn das

Blutbild noch ausstand, ihr Herz schien völlig in Ordnung zu sein. Die Beschwerden waren offenbar stressbedingt gewesen. Psychosomatisch, meinte der Doktor. Sie solle kürzertreten, wollte sie kein Burn-out riskieren. Dasselbe Syndrom, mit etwas anderen Symptomen, hatte sie bereits vor einigen Jahren aus der Bahn geworfen und zu einer längeren Auszeit gezwungen. Wenn der Sausal-Mordfall erst einmal aufgeklärt war, würde sie sich zwei, drei Wochen Urlaub nehmen, hatte sie dem Arzt und sich selbst versprochen. Und wenn der Fall ungelöst blieb, hatte der Doktor sie gefragt und sicherheitshalber gleich einen Kurantrag zur Erholung überreicht, den sie ehestmöglich ausfüllen und bei der Sozialversicherungsanstalt einreichen sollte.

Sandra blickte noch einmal auf ihr Handy und beschloss aufzustehen, um sich einen Tee zu kochen. An Schlaf war vorerst ohnehin nicht mehr zu denken.

Im Wohnzimmer widerstand sie dem Impuls, den Fernseher einzuschalten. Stattdessen griff sie sich einen älteren hochgepriesenen Roman aus dem Bücherregal, den sie zwar schon dreimal angefangen, aber nie zu Ende gelesen hatte. Ja, sie hatte noch nicht einmal ein Drittel geschafft, verriet ihr das Lesezeichen.

Mit dem Buch in der einen und dem Teehäferl in der anderen Hand kehrte sie in ihr Bett zurück und fing zu lesen an, um bereits zwei Seiten später gedanklich abzuschweifen. Sie blätterte zurück und begann wieder von vorn. Doch es war sinnlos. Der Roman war so langweilig, dass er nicht einmal zum Einschlafen taugte, ärgerte sie sich und klappte das Buch nach wenigen Seiten wieder zu. Warum dieser brasilianische Schriftsteller dermaßen hochgelobt und weltweit millionenfach gelesen wurde, konnte sie beim besten Willen nicht nachvollziehen. Aber

Geschmäcker waren bekanntlich verschieden. Wenn sie endlich einmal Zeit fand, würde sie dieses und einige andere Bücher, alte Kleidung, Schuhe und sonstiges Zeug, das sie nicht mehr brauchte, aussortieren und der Carla spenden, nahm sie sich vor. Wohl wissend, dass dies vermutlich nicht allzu bald geschehen würde.

Sandra tauschte das Buch gegen ihr Häferl aus, trank noch einen Schluck Tee. Dann knipste sie das Licht aus. Vielleicht würde der Schlaf beim Schäfchenzählen kommen.

Nach dem zwölften Schaf kreisten ihre Gedanken wieder um den Albtraum, in dem ihr der Geist des französischen Soldaten aus der Spuklegende begegnet war. Keinesfalls wollte sie dort weiterträumen, wo er geendet hatte.

Bergmann hatte schon recht. Sie mussten diese Gespenstergeschichten vergessen und sich ausschließlich realen Indizien und Tatsachen zuwenden.

Fakt war, dass Hermann Schneider in der Tatnacht Tonaufnahmen im Weingartenhaus gemacht hatte. Und dass er sich zuletzt mit parapsychologischen Phänomenen beschäftigt hatte, deren Existenz er früher angeblich bezweifelt hatte. Wer oder was hatte den Sinneswandel bei ihm bewirkt, fragte sich Sandra nicht zum ersten Mal. Wenn es überhaupt einen gegeben hatte. Seine Schwiegermutter? Die Stieftochter? Aber warum ausgerechnet jetzt? Nach all den Jahren, in denen er ihnen keinen Glauben geschenkt hatte? Vielleicht war ja seine neue Freundin daran schuld? Möglicherweise glaubte sie an Geister und paranormale Erscheinungen und hatte es am Telefon nur nicht zugegeben.

In seinen E-Mails fanden sich keinerlei brauchbare Hinweise. Weder war er mit einem Geisterjäger noch mit einem Parapsychologen in Verbindung gestanden. Nur die Internetseiten, die er zuletzt besucht hatte, ließen auf sein neu erwachtes Interesse schließen. Bei den sozialen Medien war Hermann Schneider nicht angemeldet. Die Facebook- und Instagram-Accounts des Weinguts wurden von Sophie Brand verwaltet. Sandra hatte sich auch die Facebook-Seite von Anna Zach angesehen. Zweifelsfrei war sie nicht das Mädchen, das sie in der Tatnacht gesehen hatte.

Die Anruflisten des Opfers musste Miriam noch alle durchtelefonieren. Auf den ersten Blick war aber auch daran nichts Auffälliges zu entdecken. Die letzte Person, mit der Hermann Schneider am Handy gesprochen hatte, war sein Stiefsohn gewesen, rief sie sich in Erinnerung. Dabei wälzte sie sich von der einen auf die andere Seite und zog die Decke über ihre Schultern.

Es war tatsächlich viel wahrscheinlicher, dass Hermann Schneider die Geisteranrufung im Weingartenhaus inszeniert hatte. Im Vorfeld hatte er sich unter anderem über spiritistische Sitzungen schlaugemacht. Allerdings nicht, weil er damit öffentliche Aufmerksamkeit erregen wollte, wie Martin glaubte, sondern weil er ein ganz anderes persönliches Ziel damit verfolgte. Ja genau, das musste der Grund sein! Warum war sie nicht schon früher darauf gekommen?

Auf einmal hellwach knipste Sandra neuerlich die Nachttischlampe an. Lieber wollte sie die Gedanken aufschreiben, die ihr den Schlaf raubten, und nach neuen Ermittlungsansätzen suchen, anstatt sich im Bett hin und her zu wälzen. Zum zweiten Mal in dieser Nacht stand sie auf und nahm ihr halbvolles Häferl und das Buch mit, um sich ins Wohnzimmer zu begeben.

Mit einem Block und Stiften setzte sie sich an den Esstisch und fuhr ihren Laptop hoch. Hermann Schneider wollte die beiden Frauen loswerden, hatte Laurenz Novak ausgesagt, überlegte sie weiter. Deswegen hatte Schneider die Geisteranrufung vorgetäuscht, notierte sie sein mutmaßliches Motiv. Er wollte den geistergläubigen Frauen vorspielen, dass sie in Lebensgefahr schwebten.

»Sophie töten«, hatte die höhere Stimme auf der sichergestellten Tonaufnahme gedroht. Nicht nur dieses Indiz sprach dafür, dass vielleicht das Mädchen von der Straße in der Tatnacht am Tatort gewesen war. Agnes Haidegger hatte unmittelbar nach dem Mord dieselbe Person im Weingarten gesehen, die Sandra später auf der Straße begegnet war und die bis jetzt niemandem abging. Sie musste etwas mit diesem Mord zu tun haben, hatte den Täter zumindest gesehen, ihn wahrscheinlich sogar gekannt, war sich Sandra beinahe sicher. War sie seine Komplizin und deshalb wie vom Erdboden verschluckt? Dass das Mädchen verletzt war, bezweifelte sie inzwischen. Vielmehr glaubte sie, dass die Wunde am Hals zur Maskerade gehört hatte. Möglicherweise auch die leichenblasse Haut. Deshalb hatten sich auch keine Blutflecke auf dem blütenweißen Kleid befunden. Der Gedanke war Sandra erst gestern Abend wieder in den Sinn gekommen, als ihr auf dem Heimweg vom Arzt eine Gruppe verkleideter Kinder auf ihrem Halloween-Beutezug begegnet war. So manche vermeintlich blutige Wunde der kleinen Gespenster war dermaßen kunstvoll geschminkt gewesen, dass sie durchaus als echte Verletzung durchgegangen wäre.

Ja, einige Puzzlesteine fügten sich allmählich zusammen. Wenn sie recht hatte, würde sie das Phantombild kaum weiterbringen. Die Frisur des Mädchens konnte genauso gut eine Perücke gewesen sein. Niemand würde es damit erkennen. Außer Agnes Haidegger, die es für einen Geist hielt. Und ihrer Enkeltochter, die Anna schon einige Male gesehen haben wollte. Wahrscheinlich hatten sie Hermann Schneider beschrieben, wie die mutmaßliche Geistererscheinung aussah, sodass es für ihn ein Leichtes gewesen war, ein Mädchen für seine Zwecke zu engagieren und herzurichten. Aber wer würde so etwas für ihn tun? Und warum? Er selbst hatte keine eigenen Kinder oder Enkelkinder. Aber seine neue Freundin vielleicht. Sie war um die 40 Jahre alt, konnte demnach eine Tochter im Teenageralter haben, mit der sie vielleicht zu ihm ins Herrenhaus ziehen wollte, spekulierte Sandra munter weiter. Und deshalb war kein Platz mehr für die bucklige Verwandtschaft. Sie nahm ihr Handy zur Hand, um Miriam eine Nachricht zu schicken. »Bitte dringend checken, ob Lucija Kovacic eine Tochter im Alter zwischen 15 bis 19 hat. Wenn ja, brauchen wir ein Foto von ihr. Danke!«, schrieb sie und drückte auf Senden.

Hermann Schneider wollte den Frauen also Angst einjagen, kehrte sie zu seinem mutmaßlichen Motiv zurück. Damit sie freiwillig aus dem Herrenhaus auszogen, in dem er lediglich das Wohnrecht besaß. Sophie hatte diesen Wunsch bereits geäußert. Er musste nur noch ihre Großmutter davon überzeugen, dass ihr Auszug der einzige Ausweg war.

Sandra spürte, dass sie der Lösung ein Stück näher gekommen war. Doch fehlten ihr noch immer die entscheidenden Puzzlesteine, um ein Gesamtbild erkennen zu können. Vor allem aber fehlte ihr das Mordmotiv, ohne welches dieser mysteriöse Fall kaum aufzuklären sein würde.

Wer hatte Hermann Schneider wegen seines perfiden Planes töten wollen, fragte sie sich als Nächstes. Gab es jemanden, dem es lieber war, dass die Frauen am Weingut wohnen blieben und er stattdessen verschwand? Außer ihnen selbst und Josef Brand, der nachweislich als Täter nicht in Betracht kam. Auch diese Frage blieb vorerst unbeantwortet.

Sandra glaubte nicht nur, dass die Geisteranrufung fingiert war, sondern auch, dass sie mit dem Mord zusammenhing. Warum sonst hatte der Täter einen Vorderlader als Tatwaffe gewählt? An einen Zufall glaubte sie am allerwenigsten. Womit sie schon bei der nächsten Tatsache angelangt war.

Der mutmaßlich männliche Schütze hatte sein Opfer mit dem Vorderlader erschossen. Und dabei eine einzige Kugel abgefeuert, die prompt ins Schwarze traf. Auch wenn das nur ein Zufall gewesen war.

Wer besaß eine solche Waffe?

Oder hatte Zugriff darauf?

Wer konnte damit umgehen?

Die drei letzten Fragen waren nicht neu. Aber noch immer unbeantwortet. Weder das Zentrale Waffenregister noch der örtliche Jägerverband hatten ihnen bisher brauchbare Hinweise liefern können. Abgesehen davon, dass die alten Waffen schwer zu handhaben waren, gestaltete sich deren Pflege wesentlich aufwendiger, da die große Menge an Schwarzpulver die Waffe stärker verschmutzte.

Sandra markierte alle offenen Fragen mit einem grünen Leuchtstift. Dann lehnte sie sich auf ihrem Stuhl zurück, legte den Kopf in den Nacken und starrte zur Decke hinauf. Die gehörte auch längst wieder einmal ausgemalt, fiel ihr auf, ehe sie sich wieder auf den Fall konzentrierte.

Warum war das Mädchen in der nebeligen Nacht unterwegs gewesen? Damit hatte es sich in akute Lebensgefahr gebracht. War das Teil der Inszenierung gewesen, um das wahre Tatmotiv zu verschleiern? Bloß welches? Sandra richtete sich wieder auf, um weitere Fragen und mögliche Antworten aufzuschreiben.

Welche Tatmotive gab es, außer durch den Tod des Weinbauers zu verhindern, dass die Greisin und die behinderte Frau aus dem gemeinsamen Haus auszogen?

Die Anzeige des Nachbarn.

Die fälligen Schulden.

Der Widerstand gegen die Hochzeit.

Ebenfalls nichts Neues.

Oder gab es ein ganz anderes Tatmotiv, auf das die Ermittler bisher noch nicht gestoßen waren? Auch diese Punkte markierte Sandra.

Ein weiterer Fakt war, dass der mutmaßliche Täter einen ausgeprägten örtlichen Dialekt sprach. Er musste sowohl ein Mordmotiv als auch die Gelegenheit gehabt haben, die Tat zu begehen. Außerdem Zugriff zu einem Vorderlader, mit dem er auch umgehen konnte.

Und sie suchten nach dem Mädchen auf der Straße, das sie höchstwahrscheinlich zu diesem Mann und damit zur Aufklärung des Mordfalles führen konnte.

Oder etwa doch nicht? Was, wenn alles ganz anders war, als es schien? Es lag auf der Hand, dass jemand absichtlich falsche Fährten gelegt hatte, um vom Tatmotiv und damit von sich selbst abzulenken und die Ermittler in die Irre zu führen. Jemand, der die alten Legenden kannte und sie für seine mörderischen Zwecke missbrauchte. Auch die Geisteranrufung hatte er genutzt, um die Kriminalisten glauben zu machen, dass Hermann Schneider Opfer der Geister im Weingarten geworden war, die er anscheinend selbst gerufen hatte. Er legte es darauf an, dass die polizeilichen Ermittlungen zum Spuk von Trebian führten. Deshalb griff er zu einem historischen Vorderlader, schlug das Fenster ein und schoss dann auf sein Opfer, wie es der französische Soldat 1809 der Spuklegende nach getan hatte. Aber woher hatte er von der nächtlichen Sitzung im Weingartenhaus gewusst? Und warum hatte er bei der Schussabgabe so überrascht reagiert? »Um Gottes willen«, klang alles andere als Französisch. War das ebenfalls beabsichtigt gewesen? Unwahrscheinlich. Sonst hätte er das Tonbandgerät doch mitgenommen. Hatte er schlichtweg nicht daran gedacht? Oder gar nichts davon gewusst? Oder hatte die mutmaßlich anwesende Komplizin im Raum die Aufnahmen gemacht? Viel zu viele Fragen waren noch offen, um sich ein klares Bild zu verschaffen.

Dennoch glaubte Sandra, dass der Täter in die Inszenierung der Geisteranrufung eingeweiht oder daran beteiligt gewesen sein musste. Sonst wäre er wohl kaum mitten in der Nacht am Tatort gewesen. Vermutlich war etwas schiefgelaufen. Hatte er für die Tonaufnahme zwar schießen sollen, aber Hermann Schneider gar nicht tödlich treffen wollen? Oder hatte doch das Mädchen geschossen? Hatte der Mann deshalb so bestürzt reagiert? Vielleicht war der Mörder ja gar nicht unter den Feinden des Opfers zu finden, sondern unter seinen Freunden! Falls Hermann Schneider überhaupt welche gehabt hatte. Danach hatten sie noch niemanden gefragt.

Wenn also weder Mord noch Totschlag vorlagen, sondern ein Unfall mit Todesfolge, dann gab es auch kein Tatmotiv und sie mussten keinen Mörder, sondern einen Verbündeten suchen, der Hermann Schneiders Pläne unterstützt hatte.

Noch einmal kehrte Sandra gedanklich zu der Tatwaffe zurück. Höchstwahrscheinlich sollte die historische Kugel eine eindeutige Spur am Tatort hinterlassen, spekulierte sie weiter. Für ein akustisches Täuschungsmanöver auf der Tonaufnahme hätte vermutlich auch eine Schreckschusspistole oder eine Platzpatrone gereicht. Ein anderer vernünftiger Grund für die Waffenwahl fiel ihr nicht ein. Allerdings hätte man diese Kugel doch auch bereits vorher und woanders mit einem Vorderlader abfeuern und sie erst später im Weingartenhaus deponieren können, um zu simulieren, dass der französische Soldat wieder sein Unwesen im Weingarten treibt. Vielleicht war der Täter ebenso verkleidet gewesen wie die vermeintliche Jägerstochter. Damit ihn jemand in Uniform und bewaffnet sehen und bezeugen konnte, dass ein Soldat den Weinbauern auf dem Gewissen hatte. Oder vielmehr der Geist des Soldaten. Aber niemand hatte ihn in der Nacht gesehen.

Gähnend strich sich Sandra eine Haarsträhne hinters Ohr. Je mehr sie nachdachte, desto schwerer fiel es ihr, weitere logische Schlüsse zu ziehen. Das Puzzle war ins Stocken geraten. Kein Steinchen wollte mehr so recht zu den anderen passen. Sie war zu erschöpft zum Denken, fuhr ihren Laptop herunter und stand auf, um in ihr Bett zurückzukehren.

Heute Nacht würde sie den Fall sowieso nicht mehr lösen. Vielleicht morgen, wenn sie einigermaßen ausgeschlafen war. Und wieder klar denken konnte. Hoffentlich.

2.

Sandra folgte dem Schild, das zum Buschenschank Weberhofer wies, ohne dass sie es bewusst wahrgenommen hätte. An der Weggabelung bog sie scharf nach links ab, um auf die Zufahrtsstraße zu gelangen.

Bergmann, der unterwegs eingedöst war, schnarchte leise vor sich hin. Wirklich störend fand Sandra das monotone Geräusch ihres Beifahrers nicht, eher einschläfernd, war sie doch selbst nicht ganz ausgeschlafen. Sie gähnte nicht zum ersten Mal während der Fahrt von Graz ins Sausal. Dann schnalzte sie einige Male mit der Zunge, was den Chefinspektor prompt verstummen ließ. Zumindest so lange, bis sie ihr nahes Ziel erreichten, hoffte sie. Bei seinem Anblick musste sie grinsen. Als könnte er kein Wässerchen trüben.

Sandra wandte ihren Blick wieder der schmalen Straße zu, die an einem Weingarten der Familie Weberhofer vorbeiführte. »Riesling«, las sie auf einer Tafel, die ihr letztens gar nicht aufgefallen war. Ein ähnliches Schild, das die Rebsorte Chardonnay und die Lage Trebien auswies, hatte sie in der Nähe des Tatorts gesehen, als sie zuletzt das Weingut Haidegger-Brand aufgesucht hatten.

Sandra betätigte die Scheibenwaschanlage, um die Insektenkadaver von der Windschutzscheibe zu waschen, als ihr der Albtraum der vergangenen Nacht in den Sinn kam. Zum Glück hatte sie ihn nicht weitergeträumt, nachdem sie wieder eingeschlafen war. Dem Chefinspektor hatte sie heute Morgen nichts davon erzählt. Wozu auch? Vom bevorstehenden Kuraufenthalt hatte sie ebenfalls nichts erwähnt. Noch nicht. Nur, dass ihrem Herzen nichts fehlte.

Wenigstens nicht im organisch-pathologischen Sinn, hatte Bergmann die Gelegenheit genutzt, um wieder einmal auf ihre Kosten zu scherzen.

Sandra hatte ihn umgehend in seine Schranken verwiesen und ihm anschließend ihre neueste Theorie unterbreitet, wonach sie es womöglich gar nicht mit einem Mordfall, sondern mit einem Unfall zu tun hatten, bei dem das Opfer unabsichtlich erschossen worden war. Sowohl das vermeintliche Geistermädchen, als auch der spätere Täter waren Hermann Schneiders Komplizen gewesen, der seine Schwiegermutter und die Stieftochter hatte loswerden wollen. Möglicherweise auch, um Platz für seine neue Liebe zu schaffen. Sandras Vorschlag, ihre Suche auf Verbündete des Opfers auszudehnen anstatt auf Feinde und das mutmaßlich verkleidete Mädchen auf dem Phantombild zu beschränken, hielt der Chefinspektor für vielversprechend. Zumindest war es ein neuer Ermittlungsansatz. Nichtsdestotrotz wollte er zuerst einmal wie geplant Alfred Weberhofer aufsuchen, der seit Jahren mit Hermann Schneider zerstritten war.

Sandra blinzelte in die bereits tiefer stehende Herbstsonne, die den Morgennebel inzwischen verdrängt hatte, als das Weingut vor ihnen auftauchte. Noch herrschte Ruhe vor dem großen Ansturm am Feiertag. Derzeit hielten sich die meisten Leute wohl am Friedhof auf, wo sie ihren lieben oder auch weniger lieben Verstorbenen die Ehre erwiesen. Kaum öffneten die Buschenschänken und Wirtshäuser ihre Türen, setzte wieder der Trubel ein, der im Steirischen Weinland in der Herbstsaison am allergrößten war. Dafür sperrten viele Betriebe mit den Weihnachtsfeiertagen zu und öffneten erst im Frühjahr wieder ihre Pforten.

Sandra parkte den Dienstwagen neben dem schwarzen Kombi, der zum Weingut gehörte, wie ihr der Firmenschriftzug und die Webadresse am Heck verrieten. Sie stellte den Motor ab, löste ihren Gurt und stieß Bergmann sachte mit dem Ellenbogen an.

»Sind wir schon da?«, murmelte er schläfrig und rieb sich die Augen.

»Sind wir.« Sandra stieg aus dem Wagen aus und warf die Tür hinter sich ins Schloss. Im selben Moment kam eine junge blonde Frau mit einer Holzkiste aus dem Buschenschankgebäude. »Grüß Gott«, rief sie ihr über den Hof hinweg zu.

»Griaß eich! Wir sperren erst um elf Uhr auf«, rief die junge Frau zurück.

»Wir sind mit Herrn Alfred Weberhofer verabredet. Abteilungsinspektorin Sandra Mohr, Landeskriminalamt Steiermark.« Sandra zückte ihren Dienstausweis.

»Chefinspektor Bergmann«, vernahm Sandra den Kollegen hinter ihrem Rücken, ehe die zweite Autotür ins Schloss fiel. Sie blickte über ihre Schulter, den Schlüssel auf den Audi gerichtet, um ihn zu versperren.

»Ach so. Ja, dann … Ich glaub, der ist grad im Keller«, sagte die junge Frau mit der knielangen schwarzen Kellnerschürze über ihren Röhrenjeans, ohne sich vorzustellen.

Abgesehen davon, dass sie als steirische Weinkönigin eine kleine Berühmtheit gewesen war, erkannte Sandra sie auch vom Handyfoto, das ihr Josef Brand voller Stolz gezeigt hatte. »Sie sind Veronika Weberhofer, die Tochter des Hauses, nicht wahr?«, vergewisserte sie sich.

»Ja«, strahlte die junge Frau sie an, anscheinend hocherfreut, dass sie auch nach ihrer Amtszeit noch wiedererkannt wurde.

Sandra verzichtete auf eine Erklärung. »Dürfen wir Ihnen ein paar Fragen stellen?«

Veronika Weberhofer nickte und stellte die Kiste mit den leeren Weinflaschen vor sich auf dem Pflasterboden ab. Sie wischte ihre Handflächen an der Schürze ab und schob die Ärmel ihrer rauchblauen Trachtenstrickjacke hinauf.

Sandra musterte die schlanke Frau mit der Flechtfrisur, die sie um etwa fünf Zentimeter überragte. Zweifellos war sie älter und athletischer gebaut als das zarte Geschöpf, das ihr nachts auf der Straße begegnet war. Nicht einmal mit einer dunkelbraunen Langhaarperücke und mit weißer Schminke hätte eine Ähnlichkeit zwischen den beiden Frauen bestanden, glaubte Sandra.

»Was möchten S' denn von mir wissen?«, fragte Veronika Weberhofer.

»Haben Sie Hermann Schneider gut gekannt?«, kam Sandra direkt zur Sache.

Die junge Frau schüttelte den Kopf. »Nicht sehr gut. Ich hab ihn nicht so oft gesehen.«

»Sie sind doch aber mit seinem Sohn verlobt …«

»Der Joe ist sein Stiefsohn«, stellte ihr Vis-à-vis klar.

Als ob das etwas änderte, dachte Sandra. Immerhin waren sich die beiden Männer privat und beruflich näher gestanden als so mancher Vater und sein leiblicher Sohn. »War sein Stiefvater damit einverstanden, dass Sie beide heiraten wollen?«

Veronika Weberhofer schüttelte den Kopf und richtete den Blick auf ihren schwarzen Ballerinaschuh, mit dem sie einen unsichtbaren Halbkreis auf die Pflastersteine malte. »Nein, aber das war uns egal. Wir heiraten auch ohne seinen Segen.«

»Dann hatten Sie beide also keinen Grund, Herrn Schneider zu beseitigen«, bemerkte Sandra beiläufig.

Die junge Frau stand still und blickte erschrocken auf. »Trauen Sie mir und meinem Verlobten etwa einen Mord zu?«, fragte sie entsetzt.

Erst jetzt fiel Sandra auf, dass die grünen Augen der Frau ihren eigenen farblich stark ähnelten. »Gibt es denn außer Herrn Schneider noch jemanden, der etwas dagegen hat, dass Sie und Ihr Verlobter heiraten?«, fuhr sie fort. »Vielleicht Lucija Kovacic?«

»Wer? Ach so, die neue Freundin vom Hermann. Der bin ich noch nie im Leben begegnet. Sie soll aber eine ganz Nette sein, sagt der Joe.«

Dass Lucija Kovacic keine Tochter im fraglichen Alter hatte, wusste Sandra inzwischen von Miriam. »Für wann ist die Hochzeit denn geplant?«

»Wir wollen im kommenden Frühjahr heiraten.«

»Aber Sie ziehen schon vorher zu Ihrem Verlobten.«

»Sobald ich Zeit zum Packen und Übersiedeln finde. Momentan habe ich hier alle Hände voll zu tun.«

»In seinem Weingarten soll es ja ziemlich arg spuken«, sagte Sandra.

Veronika Weberhofer lachte. »Ich bitte Sie … Das sind doch alles nur Hirngespinste von ein paar leichtgläubigen Leuten. Mir ist dort noch nie ein Gespenst untergekommen. Und dem Joe auch nicht.«

»Seiner Großmutter und der Schwester aber angeblich. Und Herr Schneider hat sich auch für die Geisterjagd interessiert.«

»Der auch? Das ist mir aber neu. Der Joe hat schon alles Mögliche probiert, um seiner Schwester diesen Unsinn auszureden. Er hat sogar extra einen Schamanen kommen lassen, der das Böse vertreiben sollte. Eine Psychotherapie wollt er dem Sopherl auch bezahlen. Sie weigert sich aber, sich behandeln zu lassen. Er hat ihr sogar angeboten, sie finanziell zu unterstützen, wenn sie sich woanders eine Wohnung mieten will. Aber sie steht ja voll unter der Großmutter ihrer Fuchtel.«

»Gibt es außer Herrn Schneider noch jemanden, der gegen Ihre Heirat mit Josef Brand ist? Wie steht es denn mit Ihren Eltern?«, kehrte Sandra zum Thema Hochzeit zurück.

»Na ja, denen wär's auch lieber, wenn ich hier bleiben und später mal den Betrieb übernehmen tät«, gestand die Befragte. »Aber vielleicht legen der Joe und ich unsere beiden Betriebe irgendwann mal zusammen, konzentrieren uns auf den Weinbau und verpachten den Buschenschank. Mit den ganzen Auflagen, Personalkosten und Steuern ist die Gastronomie ja eh nur mehr voll mühsam. Mal sehen«, plauderte sie aus dem Nähkästchen.

»Aber Sie haben doch noch Geschwister?«

»Eine Schwester. Emilie. Die interessiert sich aber weder für Weinbau noch für den Buschenschank, sondern für Mode und Kunst. Die Emmi kann echt gut zeichnen, nähen und so was. Am liebsten wär sie ja in die Ortweinschule gegangen, aber der Papa möchte keine Künstlerin durchfüttern müssen. Sie soll jetzt erst mal im Buschenschank weiterarbeiten und Geld verdienen. Ihre Fetzen, wie der Papa ihre Mode nennt, kann sie ja auch nebenbei nähen, meint er. Wie sie es bis jetzt getan hat. Und wenn sie an ihrem 18. Geburtstag noch immer Modedesignerin werden will, lässt der Papa sie gehen. Dann bleibt ihm auch gar nix anderes mehr übrig. Ich glaub ja, dass er noch ziemlich stolz auf die Emmi sein wird. Wenn sie mit ihrer Mode später mal die Laufstege der Welt erobert. Als berühmte Designerin aus der Steiermark – wie die Lena Hoschek oder die

Eva Poleschinski. Ich trau das der Emmi volle Wäsch zu.« Die hübsche Blondine lächelte Sandra voller Stolz auf ihre Schwester an.

»Wer lebt denn sonst noch alles hier?«

»Mein Opa und die Mama. Sie ist die Küchenchefin. Die Emmi und ich arbeiten im Service. Der Opa und der Papa sind für den Wein zuständig. Wobei der Opa nimmer so viel arbeitet wie früher. In zwei Wochen wird er 71. Ansonsten beschäftigen wir noch Saisonkräfte. Mal mehr, mal weniger. Je nach Bedarf. Wobei es leider immer schwieriger wird, gute Leut zu finden.«

»Und wie hat sich Ihre Familie mit Herrn Schneider verstanden?«, fragte Sandra weiter.

»Leider gar nicht. Der Hermann hat sogar Hausverbot bei uns gehabt. Nach einem gröberen Wickel zwischen ihm, der Mama vom Joe und meinem Papa. Aber das ist schon ewig her.«

Sandra nickte wortlos.

Bergmann schwieg weiterhin, ohne die Befragte aus den Augen zu lassen.

Veronika Weberhofer räusperte sich, ehe sie fortfuhr. »Am besten fragen S' den Papa, was damals genau vorgefallen ist. Ich war ja nicht dabei. Und der Joe auch nicht.«

»Das werden wir tun«, sagte Sandra.

»Der Papa hat den Hermann ganz bestimmt nicht umgebracht«, fügte die junge Frau ungefragt hinzu. »Wir haben am Sonntag beide im Buschenschank gearbeitet. Bis zur Sperrstund um elf am Abend. Die Küche war schon geschlossen, die Mama seit ungefähr einer Stunde in ihrer Wohnung. Der Papa hat den letzten Gästen noch eine Runde aufs Haus spendiert, ich hab abkassiert und alle sind gegangen. Auch der Papa. So um viertel zwölf herum.

Ich hab hinter ihm zugesperrt, die Kassa abgeschlossen, den Gläserspüler eingeschaltet und bin danach auch liegen gegangen.«

»Haben Sie die Namen der letzten Gäste?«

Veronika Weberhofer nickte. »Waren alles Stammgäste. Soll ich sie Ihnen aufschreiben?«

»Ja, bitte.« Ein besseres Alibi für die Tatnacht hatte bislang keiner der Befragten vorzuweisen. Sofern die Zeugen dieses auch bestätigten.

Der Blick der Frau wanderte hinter den Rücken der Ermittler. »Ach, da kommt ja mein Vater … Haben Sie noch Fragen an mich?«

»Das wär's fürs Erste«, bedankte sich Sandra. »Wenn Sie mir noch die Namen und Kontaktdaten der letzten Gäste vom vergangenen Sonntag geben könnten?«

»Ja klar. Mach ich dann gleich. Ich bring nur rasch die Leerflaschen weg … Die Herrschaften sind von der Kriminalpolizei aus Graz«, wandte sich die Tochter an ihren Vater, der sich den Ermittlern von hinten genähert hatte. »Ich hab Ihre Namen vergessen, tut mir leid.«

Sandra stellte sich und den Chefinspektor noch einmal vor, während sich die Tochter des Weinbauers nach der Kiste mit dem Leergut bückte, um sie fortzuschaffen.

Alfred Weberhofer musterte Sandra aufmerksam. »Waren Sie nicht schon mal hier?«, erkundigte sich der glatt rasierte Mann, dem man seine 50 Jahre nicht ansah. Seine dunkelbraunen Haare waren etwas länger als bei ihrem letzten Besuch und bis auf die Geheimratsecken noch recht dicht. Nur an den Schläfen glänzten ein paar silberne Fäden.

»Ich war vor ein paar Wochen mit einer Freundin bei Ihrer Weinführung«, bestätigte Sandra. »Heute ist der Anlass aber leider beruflich und weniger erfreulich.«

»Wenn's um den Mord am Schneider geht, kann ich Ihnen leider nicht weiterhelfen. Wir ham seit Jahren keinen Kontakt mehr miteinand.«

»Dürfen wir Ihnen trotzdem ein paar Routinefragen stellen?«, fragte Sandra.

»Nur zu.«

Nach der Tatnacht befragt, gab der Weinbauer dieselbe Auskunft wie zuvor seine Tochter, die nun ohne die Kiste den Hof überquerte und auf den Buschenschank zustrebte.

»Wollen wir nicht hineingehen? Dann können wir Ihre Frau noch kurz befragen«, schlug Sandra vor.

»Ja, dann kommen S'.«

Die Ermittler folgten dem Weinbauer in den Schankraum, dessen Plafond diagonal gekreuzte Holzbalken zierte. Dasselbe Motiv fand sich auf der Schankverkleidung, den Bänken und den Stühlen wieder, die aus hellerem Holz gefertigt waren. Im Augenwinkel nahm Sandra gerade noch die kurzhaarige Blondine im knallig-bunten Bauernrock wahr, ehe diese im angrenzenden Gastraum verschwand. Hinter der Schank hantierte eine dunkelhaarige Frau im Dirndl, unweit von Veronika Weberhofer, die mit dem Reservierungsbuch beschäftigt war. Durch die offene Küchentür sah Sandra eine ältere Frau in Kochschürze, bis Alfred Weberhofer ihr die Sicht verstellte.

»Karin, kommst mal kurz außi?«, fragte er in die Küche hinein. »Die Kriminalpolizei hat ein paar Fragen an uns. Wegen dem Tod vom Schneider«, fügte er hinzu.

Die zwei Frauen hinter der Schank blickten auf und sahen zu den Ermittlern herüber. Die ältere Frau mit den halblangen blonden Haaren folgte dem Ruf ihres Mannes aus der Küche, legte die Schürze hinter der Schank ab und gesellte sich zu ihnen.

Noch einmal stellte Sandra sich und Bergmann vor. Bei ihrem letzten Besuch waren ihr weder die Chefin des Hauses noch deren Töchter begegnet. Andrea und sie hatten sich allerdings auch nicht im Buschenschank, sondern nur im Weinkeller, bei der Abfüllanlage und im Verkaufsraum aufgehalten. Und im Weingarten, wo ihnen ein älterer Herr mit Strohhut auf einem roten Traktor entgegengekommen war, erinnerte sie sich noch an den Seniorchef.

»Bittschön, nehmen S' doch Platz.« Lächelnd wies Karin Weberhofer zum Ecktisch hinüber, der wie die anderen dezent, aber umso geschmackvoller dekoriert war. Der cremeweiße Tischläufer war aus demselben groben Leinenstoff wie die Vorhänge gefertigt und vermutlich von Hand mit Weinrankengirlanden bedruckt. Auch die cremeweißen und dunkelroten Sitz- und Zierpölster passten zur Inneneinrichtung.

Sandra nahm mit dem Rücken zum Fenster auf der Bank Platz, damit sie die Schank und alle Türen überblicken konnte. Den Eingangsbereich der Küche hatte sie ebenfalls im Visier.

»Möchten S' was trinken? Oder jausnen? Wir sperren ja eh gleich auf«, sagte die Chefin mit einer solchen Herzlichkeit, dass Sandra sie auf Anhieb sympathisch fand. Die vielen kleinen Lachfältchen um ihre Augen herum kamen nicht von ungefähr.

Bergmann bestellte einen großen Espresso.

»Leider dürfen wir im Buschenschank keine warmen Speisen verkaufen. Auch keinen Kaffee«, erklärte ihm die Wirtin freundlich.

Für Bergmann hatte sie ihren Charme dennoch verwirkt. »Trinkt denn hier niemand privat Kaffee? Sie haben ja eh noch geschlossen«, meinte er grantig.

Das Lächeln der Wirtin wurde noch breiter, die Augenfältchen tiefer. »Wenn Ihnen ein lauwarmer Häferlkaffee recht ist, lad ich Sie gern privat drauf ein.«

»Dann lassen Sie aber die Milch weg. Dafür zwei Löffel Zucker«, entgegnete Bergmann einen Tick freundlicher.

»Gern. Darf's außer dem Zucker im Kaffee noch was Süßes dazu sein? Spagatkrapfen und einen Apfelstrudel hätt ich da – frisch aus 'm Rohr.«

»Einen Apfelstrudel«, orderte Bergmann.

»Mit Schlag?«

»Aber nicht zu viel.«

»Und für Sie, Frau Inspektor?«

»Ein Mineral, bitte. Und einen Apfelstrudel. Aber ohne Schlagobers«, gab Sandra ihre Bestellung auf. Bis auf eine Tasse Tee zum Frühstück hatte sie ohnehin noch nichts zu sich genommen.

»Kommt sofort.«

»Ist die junge Dame nebenan auch Ihre Tochter?«, hielt Sandra die Wirtin auf. Ihr Kinn wies zum Fenster zu ihrer Linken, durch das sie in den angrenzenden Gastraum blicken konnte.

»Ja, das ist unsere Jüngere, die Emilie. Sie richtet grad die Tische nebenan und dann draußen im Gastgarten her«, antwortete Karin Weberhofer.

»Könnten wir mit ihr auch kurz sprechen?«

»Mit der Emmi? Aber ja, ich hol sie Ihnen gleich.«

»Ist der Seniorchef auch hier?«, erkundigte sich Sandra.

»Mein Vater?«, antwortete Alfred Weberhofer anstelle seiner Frau.

Sandra nickte.

»Der Walter hat vorhin am Friedhof eine alte Bekannte getroffen. Er hat sie zum Mittagessen eingeladen und wird frühestens am Nachmittag heimkommen«, sagte Frau Weberhofer und wandte sich ab, um ihre Tochter zu holen.

»Gibt es Schusswaffen in Ihrem Haus?«, fragte Sandra den Mann. »Konkret: Besitzen Sie einen Vorderlader?«

Alfred Weberhofer kratzte sich am Hinterkopf. »Es hat mal so ein Erbstück in der Familie gegeben. Eine alte Muskete. Angeblich war die noch vom letzten Franzosenfeldzug. Nach dem Tod meiner Mutter war s' dann aber auf einmal verschwunden. Und ein paar andere Antiquitäten auch. Eine wertvolle Taschenuhr von meinem Ururgroßvater hat g'fehlt und alte Münzen.«

»Haben Sie das der Polizei gemeldet?« Sandras Blick folgte dem blonden Mädchen im bunten Tellerrock, das hinter ihrer Mutter aus dem Nebenraum kam, um gleich wieder in der Küche zu verschwinden. Die längeren Deckhaare ihrer asymmetrischen tief gescheitelten Pixie-Frisur verbargen ihr Profil.

Konnte das das Mädchen sein, dem sie in der Tatnacht auf der Straße begegnet war, überlegte Sandra, kurzfristig abgelenkt.

»Ja, mein Vater hat den Diebstahl damals bei der Polizei angezeigt«, holte Alfred Weberhofer sie gedanklich wieder zurück.

»Gab es Einbruchsspuren im Haus?«

Alfred Weberhofer schüttelte den Kopf. »Nicht, dass ich wüsst. Wir ham damals den Verdacht g'habt, dass uns eine unserer Hilfskräfte bestohlen hat. Und dass wir es eine Weile nicht bemerkt ham. Erst wie wir die Sachen von der Mutter und vom Vater durchg'schaut ham, ist es uns aufg'falln. Ich weiß gar net, ob Ihre Kollegen alle Arbeiter, die wir damals beschäftigt ham, befragt ham. Da waren nämlich auch einige Slowenen und Rumänen dabei. Soweit ich weiß, ist der Dieb auch nie g'schnappt worn.

Sei's drum, für den materiellen Schaden ist eh die Versicherung auf'kommen.«

»Haben Sie diese Diebstahlsanzeige noch? Oder die Korrespondenz zum Schadensfall?«

Alfred Weberhofer kratzte sich noch einmal am Kopf. »Das müssen S' den Vater fragen. Der hat sich damals um die Angelegenheit gekümmert. Ich bezweifel aber, dass er die Unterlagen noch wo aufbewahrt. Ist schließlich schon eine ganze Weile her«, meinte er.

»Demnach war die Waffe gemeldet beziehungsweise registriert?«

»Das nehm ich schon an.«

»Gibt es Fotos von den gestohlenen Gegenständen?«

Alfred Weberhofer zuckte mit den Achseln. »Keine Ahnung.«

»Aber die Versicherung gibt es noch?«

Der Weinbauer bestätigte das und nannte Sandra die Versicherungsgesellschaft. Die Polizzennummer wollte er mit etwaigen anderen Unterlagen nachreichen, sobald sein Vater sie herausgesucht hatte.

Sandra hoffte, dass die Versicherung die Daten zum Schadensfall noch nicht gelöscht hatte. Auf alle Fälle wollte sie Miriam bitten, die Polizeiarchive nach der gestohlenen Waffe zu durchforsten. Vielleicht bekamen sie so konkrete Informationen über diese Muskete, die möglicherweise die Tatwaffe war.

»Wissen Sie noch, in welchem Jahr der Diebstahl gemeldet wurde?«

»Vor zehn Jahren. Im März 2007. Das weiß ich deshalb so genau, weil kurz zuvor die Mama g'storben ist«, sagte der Weinbauer. Sein Adamsapfel tanzte auf und ab, als würde er die hochkommenden Emotionen hinunterwürgen wollen.

War nicht auch Josef Brands Mutter im Februar desselben Jahres ihrem Krebsleiden erlegen? Wobei Elisabeth Schneider um einige Jahre jünger gewesen sein musste als die Mutter von Alfred Weberhofer, überlegte Sandra. Aber das tat wohl nichts zur Sache.

»Wer bekommt den Kaffee?«, unterbrach Emilie Weberhofer die Befragung.

»Hierher, Fräulein«, meldete sich Bergmann zu Wort.

»Emmi heiß ich.« Die jüngere Tochter wirkte deutlich schüchterner als ihre ältere Schwester. Was nicht die allerbeste Voraussetzung war, um im Service zu arbeiten, dachte Sandra. Andererseits war es eine gute Schule, um sich der Scheu vor fremden Menschen zu stellen. Mit der Zeit würde sie lernen, ihre Schüchternheit zu überspielen, eines Tages sie vielleicht sogar überwinden.

Während Emilie die Getränke auf den Tisch stellte, betrachtete Sandra ihr Gesicht. Zumindest jene Hälfte, die sich nicht hinter dem blonden kinnlangen Vorhang verbarg. Wie konnte man diese Frisur bloß den ganzen Tag lang aushalten, ohne dass sie einen störte? Wobei der Schnitt der kleinen, zierlichen Person hervorragend stand. Ebenso der weit schwingende knielange Rock mit den Blumenapplikationen. Gut möglich, dass sie ihn selbst genäht hatte, überlegte Sandra. Mit spätestens 18 wollte sie mit dem Kellnern aufhören, hatte ihre Schwester erzählt. Also war Emilie Weberhofer jünger und fiel genau in die gesuchte Altersgruppe. Konnte sie das Mädchen sein, das sie in der Tatnacht auf der Straße gesehen hatte, fragte sich Sandra noch einmal. Blasser geschminkt? Mit einer dunkelhaarigen Perücke? Vorstellbar war es schon. Wenn auch nur mit einer gehörigen Portion Fantasie. Die Erinnerung an das Phantombild der mutmaßlichen Tatkomplizin verschwand, als die Mutter hinter ihrer Tochter mit den Strudeltellern erschien.

»Setzen Sie sich kurz zu uns, Emmi?«, fragte Sandra.

Die freiliegende Wange des Mädchens errötete zart, kaum dass sie es angesprochen hatte. Verunsichert sah Emilie ihren Vater an.

Der forderte seine Tochter mit einer Geste auf, der Bitte der Ermittlerin Folge zu leisten.

Emilie nahm direkt vor dem Fenster zum Nebenraum Platz, durch das sie vorhin zu sehen gewesen war. Ihre Mutter setzte sich neben den Vater auf die Bank, die Sandra gegenüber stand.

»Sie können die Emmi ruhig duzen. Sie ist erst 17«, meinte Alfred Weberhofer.

Aus dem Augenwinkel bemerkte Sandra, dass sich Bergmann ein Stück von seinem Apfelstrudel in den Mund schob. »Hast du letzten Sonntag auch im Buschenschank gearbeitet?«, wandte sie sich an Emilie.

»Ich?« Das Mädchen schien über ihre Frage überrascht zu sein.

Wieder nickte ihr der Vater zu. »Jetzt sei do' net so gschamig, Emmi«, rügte er sie. »Die Polizisten beißn di' ja net.«

»Nein. Da war ich krank«, antwortete Emilie leise.

»Sie hat sich ein Virus eingefangen, das seit einigen Tagen bei uns grassiert. Ich hab sie mit einem Zwiebelwickel ins Bett g'steckt«, erklärte die Mutter.

Sandra nickte unwillkürlich, hatte sie doch höchstwahrscheinlich die Folgen desselben Virus am eigenen Leib zu spüren bekommen. Demnach war das Mädchen in der Tatnacht im Bett gelegen und wohl kaum leicht bekleidet im Nebel herumspaziert, um sich den Tod zu holen. Oder ihn gar jemandem anderen zu bringen.

»Der Opa hat mich ang'steckt«, vermutete Emilie.

»Der Spuk hat ja Gott sei Dank eh nicht lang gedauert. Am Montag ist es den beiden schon wieder viel besser gegangen«, berichtete die Mutter und wollte der Tochter übers Haar streicheln.

Der Blondschopf wich beiseite, um der allzu fürsorglichen Hand zu entkommen.

»Schicke Frisur hast du«, sagte Sandra.

»Danke.« Ein flüchtiges Lächeln huschte über Emilies Gesicht, während sie mit ihrem Zeigefinger die Weinranken auf dem Tischläufer nachzeichnete.

»Kannst du die längere Seite auch hinterm Ohr tragen, damit du etwas siehst?«, fragte Sandra.

Der Vater grinste.

Emilie zögerte einen Moment lang, strich sich dann die längeren Haare hinters Ohr und schaute Sandra an. »Kann ich schon, schaut aber voll scheiße aus«, meinte sie.

»Schön sprechen, Fräulein«, rügte der Vater seine Tochter erneut, während Sandra endlich ihr komplettes Gesicht betrachten konnte.

Leider brachte sie auch das nicht weiter. Viele Mädchen in Emilies Alter mit einer ähnlichen Statur kamen wohl in Betracht. Dieses hier war in der Tatnacht krank im Bett gelegen und schied somit als Verdächtige aus. Wie auch ihr Großvater. Außerdem hatten die beiden kein Tatmotiv. Zwar war ihre Familie mit Hermann Schneider verfeindet gewesen, aber das schon seit etlichen Jahren. Seine Verbündeten, die ihm hätten helfen wollen, seine Schwiegermutter und die Stieftochter aus dem Haus zu vertreiben, um Platz für seine neue Freundin zu schaffen, waren sie erst recht nicht.

»Darf ich aufstehen? Ich hab noch was zu tun, bevor wir aufsperren«, sagte Emilie.

»Einen Augenblick noch«, sagte Bergmann und zückte sein Handy, um die Galerie aufzurufen. »Kennst du dieses Mädchen?« Er streckte ihr sein Smartphone entgegen.

Emilie schüttelte den Kopf, sodass ihr die Haare wieder ins Gesicht fielen.

»Und Sie?«, zeigte er auch den Eltern das Phantombild.

Beide betrachteten es und verneinten. »Aber hast du nicht mal so ein Kleid genäht, Emmi?«, fragte die Mutter.

Wieder schüttelte das Mädchen den Kopf. »Das ist doch voll old school«, widersprach sie der Mutter.

Sandra bedankte sich und ließ Emilie gehen. »Haben Sie schon mal vom Spuk von Trebian gehört?«, wandte sie sich an die Eltern. »Beziehungsweise von der Jägerstochter Anna?«

Karin Weberhofer senkte den Blick, ihr Mann nickte.

Nur gut, dass Bergmann gerade genüsslich seinen Apfelstrudel verputzte und auf einen Kommentar verzichtete.

»Mein Vater glaubt an diese alten Spukg'schichtn, die sich um den Weingarten der Haideggerin ranken. Angeblich war sein Urgroßvater sogar persönlich anwesend, als die Mutter Silbert damals in Trebian war, um den Spuk zu beenden. Damals hat das Anwesen noch einem Direktor aus Graz gehört …«

»Direktor Macourek«, sagte Sandra.

»Sie kennen die Geschichte aber gut«, meinte der Weinbauer verblüfft.

Sandra zuckte mit den Schultern. »Als Kriminalistin ermittle ich in jede nur erdenkliche Richtung.«

Bergmann hatte den Seitenhieb verstanden. Er hielt mit dem Kauen inne und ließ seine Kuchengabel sinken, während eine Augenbraue nach oben wanderte. Zu Sandras

Erleichterung schwieg er aber weiterhin und wandte sich wieder seiner Mehlspeise zu.

»Es wundert mich nur, weil bei uns in Kitzeck kaum jemand drüber spricht. Bei den allermeisten Leuten ist die Legende längst in Vergessenheit geraten.«

»Bei Ihnen aber nicht«, sagte Sandra. Auch nicht bei der Familie Haidegger-Brand, die das Anwesen bewohnte. Und bei Schagerl, der jetzt tot war, und seinem Partner, der im Koma lag. Der Täter und seine Komplizin mussten ebenfalls Bescheid wissen, war Sandra überzeugt. Wie das Medium Aniko und ein paar andere Leute wahrscheinlich auch noch.

Der Weinbauer schüttelte den Kopf und sah sie an, als er fortfuhr. »In der gestohlenen Taschenuhr, von der ich Ihnen erzählt hab, war eine Gravur von Nell.«

»Dem Schutzgeist von Mutter Silbert«, sagte Sandra, den Blick zu Bergmann vermeidend.

Alfred Weberhofer nickte erneut. »Nell soll seinen Namen während einer spiritistischen Sitzung in den Uhrendeckel eingraviert ham. Dabei ist sie die ganze Zeit über g'schlossn unterm Tisch g'legn«, erzählte der Weinbauer. »Das ist für meinen Vater Beweis genug.«

»Hat er auch eine Erklärung dafür, wie der französische Soldat mit seiner Muskete und einer einzigen Kugel gleichzeitig zwei junge Leute erschießen konnte?«, fragte Sandra.

»Ich kann ihn ja fragen.«

»Der Walter ist nicht der Einzige, der an diese Spuklegenden glaubt«, meldete sich seine Frau zu Wort. »Alle, die auf dem Anwesen wohnen oder gewohnt haben, schwören, dass es dort spukt.«

»Außer dem Joe. Der will von dem ganzen Hokuspokus nix wissn«, sagte Alfred Weberhofer.

»Trotzdem mach ich mir Sorgen um die Vroni. Auch wenn sie nicht im Weingartenhaus einzieht, sondern im neuen Haus vom Joe. Das liegt ja auch direkt am Weingarten, in dem es spuken soll.«

»Geh, Karin …«

»Was, wenn an der Sache doch was dran ist? Die Mutter vom Joe hat die Geister ja auch gesehen und ihre Stimmen gehört …«

»Die Liesl war eine Säuferin«, wandte Alfred Weberhofer ein.

»Aber das Sopherl nicht. Die hört und sieht sie doch angeblich auch.«

»Das Sopherl ist ein Rauschkind.«

»Fredi, bitte … Immerhin sind wir bald mit ihr verwandt.«

»Nur über die Leiche vom Papa«, sagte Alfred Weberhofer.

»Wie dürfen wir das bitte verstehen?«, hakte Bergmann ein.

Der Weinbauer holte tief Luft und atmete sie hörbar wieder aus, ehe er antwortete. »Mein Vater ist sterbenskrank …«

»Psst, Fredi, net so laut«, unterbrach ihn seine Frau über ihre Schulter blickend. »Die Kinder könnten dich hören. Der Opa will nicht, dass die Mädln jetzt schon mitbekommen, wie schlecht es um ihn steht. Sie hängen doch so an ihm. Überhaupt die Kleine«, erklärte Karin Weberhofer den Ermittlern.

»Sagten Sie vorhin nicht, dass es ihm wieder gut geht?«, fragte Sandra.

»Ja, ja. Das Virus hat der Walter überraschend gut weggesteckt. Aber leider hat er einen bösartigen Gehirntumor.« Die Wirtin legte ihre Hand auf die ihres Mannes, der mit zittriger Unterlippe um Beherrschung rang. »Unheilbar und inoperabel … Momentan geht es ihm körperlich recht gut. Die Medikamente helfen gegen seine starken Kopfschmerzen und die Schwindelanfälle, unter denen er seit Wochen leidet. Psychisch hat er sich verändert. Aber das ist ja auch kein Wunder, wo er doch nur mehr wenige Wochen zu leben hat. Die Ärzte geben ihm allerhöchstens noch ein, zwei Monate«, erzählte Karin Weberhofer.

Bergmann wischte sich mit der Serviette den Mund ab und warf sie auf seinen leer geputzten Teller.

»Hat Ihnen der Strudel geschmeckt?«, wechselte die Wirtin das Thema und lächelte ihn an.

»Ausgezeichnet. Wenn mich der kalte Kaffee jetzt auch noch schöner machen würde …« Bergmann griff zu seinem Kaffeehäferl, um es auszutrinken.

»Schöner wär doch schon kitschig«, schmierte ihm die Wirtin Honig ums Maul, was Bergmann unkommentiert im Raum stehen ließ. »Der ausgezogene Strudelteig zählt zu meinen Spezialitäten«, fuhr sie fort. »Das Rezept ist von meiner Oma.«

»Was wollen Sie sonst noch von uns wissen?«, fragte Alfred Weberhofer, der sich wieder gefangen hatte. »In zwei Minuten sperren wir auf.«

Sandra hatte fürs Erste genug gehört. »Richten Sie Ihrem Vater bitte aus, dass er uns wegen der gestohlenen Waffe dringend anrufen soll.« Sie schob dem Weinbauer eine Visitenkarte über den Tisch.

»Bringen Sie mir dann die Rechnung?«, fragte Bergmann.

»Das passt schon«, sagte die Wirtin.

»Auf gar keinen Fall!« Bergmann zückte seine Geldtasche. »Emilie, zahlen!«, rief er zur Schank gewandt.

Sandra nahm erst jetzt ihre Kuchengabel zur Hand und stach damit in den knusprigen, leicht angezuckerten Strudelteig. Die Fülle war noch lauwarm, aber nicht matschig. Die Fruchtsäure des Apfels, die Butter und Brösel, der Zimt und Zucker harmonierten perfekt miteinander, ohne dass die Mehlspeise picksüß schmeckte. Auch, weil nur vereinzelt Rosinen zum Vorschein kamen. Genau so musste ein Apfelstrudel schmecken. Die Südsteiermark war wahrlich ein Paradies für Feinschmecker. Ganz egal, wo man einkehrte. Auch die einfachsten Gerichte wurden hier allerorts so gekonnt und liebevoll zubereitet, dass man sich im Schlaraffenland wähnte. Ganz zu schweigen von den Haubenlokalen, in denen selbst bei den verwöhntesten Gaumen keine Wünsche offen blieben.

Noch ehe Sandra ihren Apfelstrudel aufgegessen hatte, betraten die ersten Gäste den Schankraum, um sich nach ihrem Tisch zu erkundigen, den sie im Gastgarten reserviert hatten.

Von Veronika Weberhofer holte sich Sandra noch die Kontaktdaten der Stammgäste ab, damit sie das Alibi ihres Vaters überprüfen konnten. Nur für alle Fälle. Dann traten sie die Rückfahrt nach Graz an.

RÜCKBLENDE 8

DIE BEGEGNUNG

Juni 2013, Gauitsch, Kitzeck im Sausal

Kaum hatte das Medium seinen Kanal zur Zwischenwelt geöffnet, redeten unzählige Stimmen wild durcheinander. Außer zusammenhanglosen Wortfetzen war nichts zu verstehen. Zu viele Seelen versuchten gleichzeitig sich Gehör zu verschaffen. Telepathisch rief Aniko die Wesen zur Ordnung. Eines nach dem anderen sollte sich ihr mitteilen, damit sie es verstehen und hoffentlich erlösen konnte.

Eine Frau berichtete, wie man sie folterte und anschließend als Hexe verbrannte. Ein Mann erzählte von vier französischen Soldaten, die seine Frau und die Töchter vor seinen Augen vergewaltigten und töteten. Ihm schnitten sie anschließend die Zunge ab und beide Augen heraus. Viele der Berichte waren lückenhaft, manche kaum verständlich. Ein Wort aber wiederholte sich immer wieder, doch ergab es keinen Sinn.

»Jägerstochter.«

So viele grausame Schicksale prasselten auf das Medium ein. Manche Seelen waren schon seit vielen Jahrhunderten zwischen Diesseits und Jenseits gefangen und seither an diesen Ort gebunden. Dabei hatte Aniko geglaubt, Maria Silbert hätte sie damals alle erlöst.

Gerade wollte sie damit beginnen, sie ins Licht zu schicken, als eine junge Frau vom Weinberg herunter auf sie zukam. Vielleicht war sie die Tochter des Hausherrn oder eine Angestellte, die sie vom Grundstück jagen wollte. »Ich bin gleich weg!*«, rief sie dem Mädchen zu.

Es winkte ab und strebte weiter auf sie zu. »Bleiben Sie doch ruhig«, meinte es lächelnd, als es vor ihr stand. »Ich bin Anna. Was machen Sie hier?*«

Wahrheitsgemäß stellte sich die ungebetene Besucherin als Medium vor, das aus Ungarn angereist war, was Anna mit einem Lächeln quittierte.

»Aha*«, sagte sie fröhlich, als wäre die Anwesenheit eines Mediums an diesem Ort nichts Ungewöhnliches. Dennoch strahlte sie eine Energie aus, die Aniko unangenehm war.

»Und Sie? Wer …*«, fragte sie.

»Bitte sagen Sie Du. Ich bin erst 17*«, erklärte das Mädchen mit den langen dunklen Haaren.

»Okay, also du. Wohnst du in diesem Haus, Anna?*«

Das Mädchen schüttelte energisch den Kopf und zeigte in Richtung Weingarten. »Hier? Nein! Ich komme vom Hügel*.«

Aniko blickte die Anhöhe hinauf, als sich eine Stimme in ihrem Kanal meldete. »Schick Sie weg!**«

Warum sollte sie das tun? Aniko blickte sich um, konnte zwischen all den Rebstöcken und Bäumen aber kein Gebäude entdecken. »Weißt du etwas über die Geschehnisse, die sich hier vor etwa 100 Jahren zugetragen haben sollen?«, fragte sie das Mädchen.

Anna wandte sich ihr wieder zu.

---

* Zitat aus »Spuk in der Steiermark« – »Das Medium Maria Silbert und dessen Hausgeist Nell«, Gabriele Hasmann, Ueberreuter – Seite 38

** Zitat aus derselben Quelle – Seite 39

Dem Medium stockte der Atem, als es auf einmal in die grauenvoll entstellte Fratze des Mädchens blickte, das die Zähne bleckte.

Entsetzt taumelte Aniko zurück, als sich im Kanal zum Jenseits eine glockenhelle Knabenstimme meldete.

»Die Jägerstochter! Das böse Weib hat sich der Silbert widersetzt!*«, schrie sie der Knabe förmlich an. Ein heftiger Windstoß folgte, der sie beinahe umblies. Über ihrem Kopf kreischte ein Vogel. Sie begann heftig zu zittern, was ihr zuvor noch niemals passiert war, und wandte sich ab, um zum Auto zu laufen und diesen unheimlichen Ort so schnell wie möglich zu verlassen. Plötzlich spürte sie ein heftiges Brennen in der Brust, das sie auf die Knie zwang. Fühlte sich so ein Herzinfarkt an? Etwas Schweres fiel vor ihr auf den Boden und ließ sie aufblicken.

Anna lag jetzt im Gras. Ihr Gesicht sah wieder wie zu Beginn ihrer Begegnung aus. Ihr Körper aber war in sich zusammengefallen, als umfinge ihr weißes Kleid mit der grünen Schleife unter der Brust nur noch eine leere Hülle. Das Mädchen sah sie traurig an, während aus einer klaffenden Wunde am Hals Blut quoll. Über ihre Wangen liefen Tränen. Sie reckte ihre zarten Arme gen Himmel: »Vater, warum hast du das getan?**«, rief sie klagend.

Aniko zitterte noch immer. Die Flammen in ihrer Brust drohten sie innerlich zu verzehren. Der nächste Windstoß fegte herbei, brachte die Blätter der Weinstöcke zum Rascheln. In ihrem Kanal zum Jenseits rauschte es, während sie starr vor Angst und Schmerz auf dem Boden kauerte. Nach einer gefühlten Ewigkeit meldete sich plötzlich eine

---

* Zitat aus »Spuk in der Steiermark« – »Das Medium Maria Silbert und dessen Hausgeist Nell«, Gabriele Hasmann, Ueberreuter – Seite 39

** Zitat aus derselben Quelle – Seite 40

Männerstimme aus dem Totenreich. »Sie wird ewig bleiben. Und wir müssen es auch! Geh jetzt! Schnell!*«

Völlig erschöpft nahm das Medium all seine Kraft zusammen, um aufzustehen und zum Wagen zu torkeln. Trotz des starken Schwindelgefühls fuhr Aniko los, noch minutenlang verfolgt von den Stimmen der jammernden Geister, die sie unerlöst an diesem Ort zurücklassen musste. Nach und nach verstummten sie und kehrten zurück nach Trebian, wo Anna sie gefangen hielt. Erst wenn die Jägerstochter ihre Geschichte eines Tages einem Medium erzählte, würde sie vielleicht erlöst werden können. Und dann waren auch die Geister aus dem Zwischenreich endlich frei.

* Zitat aus »Spuk in der Steiermark« – »Das Medium Maria Silbert und dessen Hausgeist Nell«, Gabriele Hasmann, Ueberreuter – Seite 40

KAPITEL 10

Immer noch Mittwoch, 1. November 2017
(Allerheiligen)

1.

Sandra erwachte über das Lenkrad gebeugt. Benommen blickte sie auf. Momentan völlig orientierungslos.

Wo war Bergmann?

Die Windschutzscheibe war geborsten. Ihr Auto stand im dichten Nebel. Aber wo?

Im nächsten Moment fiel ihr der französische Soldat wieder ein. Durch den sie einfach hindurchgefahren war, als wäre er Luft. Unmittelbar zuvor hatte sie in das Mündungsfeuer seiner Muskete geblickt, mit der er auf sie geschossen hatte. Sie hatte das Schwarzpulver gerochen, das Brennen in ihrem Herzen gefühlt. Und geglaubt, dass ihre letzte Stunde geschlagen hatte.

Sie fasste sich an die Brust. Nirgendwo war eine Wunde. Auch kein Blut. Alles in Ordnung. Sie musste schleunigst weg von hier. Im dichten Nebel konnte sie nicht stehenbleiben. Mitten auf der Straße. Viel zu gefährlich.

Sie drehte den Zündschlüssel um. Nichts passierte. Die Batterie konnte nicht leer sein. Sonst hätten die Autoscheinwerfer doch nicht mehr gebrannt. Noch einmal drehte sie den Schlüssel um. Wieder nichts. Sie griff nach dem Funkgerät. Absolute Funkstille. Dann nach ihrem Handy. Akku leer. Verdammt! Wenigstens ein Notruf musste doch möglich sein …

Sie blickte sich noch einmal um. Weinlaub wirbelte über die Fahrbahn. Da! Da war es wieder! Das zarte, dunkelhaarige Mädchen stand direkt vor ihrer Stoßstange. Starrte sie traurig an, eine Hand an der Kehle. Zwischen den Fingern quoll Blut hervor.

»Emmi?«, fragte Sandra, als könne das Mädchen im weißen Kleid sie aus dem geschlossenen Wagen hören.

Tatsächlich bewegten sich die bleichen Lippen.

»An-na«, las Sandra ab. »Komm mit …«

Mit einer Geste lockte das Mädchen sie zu sich.

Sandra stieg aus dem Wagen aus. Sie wollte es gar nicht. Doch sie konnte nicht anders. Eine unsichtbare Kraft zog sie an.

Die Jägerstochter wandte sich ab und entschwand vor ihr im Nebel.

Sandra folgte der schemenhaften Gestalt. Über die Wiese, den schmalen Pfad hinunter, am Weingarten entlang. Bis das Weingartenhaus vor ihr auftauchte. Sandra hörte den Bussard über ihrem Kopf kreischen. Mitten in der Nacht. Dann klirrte es, als würde Glas zersplittern.

Dort stand er! Beim Fenster. Ein französischer Soldat, den sie von hinten an seiner Uniform erkannte. Gerade legte er sein Gewehr an, um ins Haus zu schießen.

»Halt! Stopp! Polizei!«, rief Sandra mitten in den Schuss hinein.

Eine Pulverwolke hüllte den Soldaten ein, die sich mit dem Nebel vermengte.

Sandra ließ die Jägerstochter stehen. Rannte los. Direkt auf den Mann zu, der sich im Pulvernebel aufgelöst hatte. Nur der Schwefelgeruch lag noch in der Luft.

Zitternd trat sie an das zerbrochene Fenster heran, schaute ins Zimmer hinein. Durch die Pulverwolke hindurch, die sich allmählich lichtete.

Er lag auf dem Rücken. Reglos. Das Hemd blutdurchtränkt. Auch wenn sie nur den dunklen Haarschopf sehen konnte, wusste sie ganz genau, wer er war.

Sandra drehte sich nach Anna um. »Hol Hilfe!«, rief sie ihr zu. Doch die Jägerstochter war verschwunden.

2.

Sandra schreckte auf ihrer Couch hoch, auf der sie vor Erschöpfung eingeschlafen war. Der Fernseher lief noch. Sie schaltete ihn ab und sah auf die Uhr. 22.46 Uhr. Exakt zur selben Uhrzeit war Hermann Schneider erschossen worden und die Pendeluhr im Weingartenhaus stehen geblieben.

Einmal mehr jagte ein kalter Schauer über ihren Rücken, während das klamme Gefühl der Gewissheit wich. Josef Brand war in Lebensgefahr. Sie fühlte es. Nein, sie wusste es. Und sie hatte keine Zeit mehr zu verlieren. Sie griff nach ihrem Handy, um ihn umgehend zu warnen. Doch war seine Nummer nicht gespeichert. Sandra hoffte, sie online zu finden.

Keine Minute später rief sie ihn an, stand auf, um in die Küche zu gehen. Ließ es läuten. Zählte mit, während sie vor der Küchenzeile auf und ab ging. Zehnmal, elfmal, zwölfmal. Sie legte wieder auf, nahm ein Glas aus dem Küchenschrank und ließ das kalte Wasser laufen. Was wollte sie dem Weinbauer überhaupt sagen?

Passen Sie auf sich auf. Sie sind in Gefahr. Verriegeln Sie alle Türen und lassen Sie niemanden herein. Vor allem aber, halten Sie sich vom Weingartenhaus fern. Und bleiben Sie bloß von den Fenstern weg. Sie könnten erschossen werden.

Sandra füllte ihr Glas mit kaltem Wasser. Warum war sie eigentlich überzeugt davon, dass Josef Brand in Lebensgefahr war? Nur wegen eines Albtraums? Wer sollte ihn erschießen wollen? Ganz bestimmt kein geisterhafter Soldat. Und auch keine untote Jägerstochter, die andere Geister gefangen hielt.

Sandra stürzte das Wasser in einem Zug hinunter. Als würde es ihr helfen, klarer zu denken. Und auf einmal kam ihr des Rätsels Lösung in den Sinn. Ja, das war es! Sie musste sofort Bergmann anrufen. Ganz egal, wie spät es war. Aufgeregt wählte sie seine Nummer.

Schon beim zweiten Klingeln hob er ab. »Bist du einsam? Oder ist jemand gestorben?«, fragte er grußlos.

Sandra hatte nicht angenommen, dass er schon schlief. »Es war doch kein Unfall, sondern Mord«, platzte sie ebenso grußlos heraus.

»Was ist los? Mal ganz langsam, zum Mitdenken ... Und am besten von Anfang an«, bremste Bergmann sie ein.

Sandra erzählte ihm in aller Kürze von ihrem Albtraum.

»Und nur weil du schlecht geträumt hast, soll ich die Kollegen aus Heimschuh mitten in der Nacht zu Brand schicken? Warum nicht gleich die Cobra?«, fragte der Chefinspektor süffisant.

»Von mir aus auch die Cobra«, erwiderte Sandra. »Vorerst würde es mir aber schon genügen, wenn die Kollegen aus Heimschuh mal nachschauen, ob bei Josef Brand alles in Ordnung ist. Ich hab bereits versucht, ihn anzurufen. Aber er hat nicht abgehoben. Ich mach mir echt Sorgen, dass ihm etwas zugestoßen ist.«

Bergmann schnaubte ungläubig. »Aber es war doch nur ein Traum, Sandra.«

»Ja, aber dieser Traum war eine Botschaft meines Unterbewusstseins, Sascha. Es hat früher als mein Verstand begriffen, was los ist. Das hat überhaupt nichts mit Geistern zu tun, sondern mit Intuition. Und die täuscht mich nur selten«, erklärte ihm Sandra, ehe er noch etwas erwidern konnte.

»Ach so, na dann. Würdest du mir freundlicherweise auch erklären, *was los ist*? Ich kann dir leider nicht folgen.«

»Himmelherrschaftszeiten! Wir haben keine Zeit mehr für langatmige Erklärungen. Außerdem handelt es sich bisher nur um einen Verdacht, den ich dringend abklären möchte. Kannst du jetzt bitte den Einsatz in Kitzeck veranlassen. Bevor es ein weiteres Mordopfer gibt. Ich hol dich gleich ab und erklär dir dann alles.«

»Aber was ...«

Sandra beendete das Telefongespräch mitten im Satz, um ihre bequeme Schlabberhose gegen Jeans zu tauschen. Sie warf noch einen raschen Blick in den Vorzimmerspiegel, zog den Gummi von ihren Haaren, strich sie glatt und band sie zu einem neuen Pferdeschwanz zusammen. Dann stieg sie in ihre Biker-Boots, schlüpfte in die schwarze Lederjacke, schnappte ihre Handtasche und die Schlüssel und warf die Tür hinter sich zu. Dem Chefinspektor würde sie unterwegs erklären, was sie vorhatte.

3.

Als Sandra in die Sterngasse einbog, standen zwei Männer vor dem Wohnhaus des Chefinspektors und unterhielten sich miteinander. Der blond gelockte Mann, der ihr den Rücken zuwandte, konnte nur Bergmanns Sohn sein. In der Statur ähnelten sich die beiden Männer stark, wenn auch sonst kaum.

Bergmann, der den Dienstwagen bereits um die Ecke kommen gesehen hatte, verabschiedete sich von seinem Sohn und stieg zu ihr ins Auto, diesmal ohne Kaffeebecher in der Hand.

Sandra lehnte sich nach vorn, um dem jungen Mann zuzuwinken.

David hielt die offene Beifahrertür am Rahmen fest und beugte sich hinunter. »Hallo, Sandra! Alles klar bei dir?«

»Ja, danke. Tut mir leid, dass ich deinen Vater entführen muss.«

»Wenigstens komm ich heute mal früher ins Bett. Schadet mir ganz bestimmt nicht«, meinte David lächelnd.

»Was sein muss, muss leider sein«, entschuldigte sich Sandra nochmals bei ihm.

»Ich hoffe für dich, dass das sein muss«, schnauzte Bergmann sie an, während er über seine Schulter nach dem Gurt tastete.

»Baba, Sandra! Passts auf euch auf! Und du sei ja lieb zu ihr, Papa. Ich ruf dich morgen an.« David richtete sich grinsend auf und warf die Autotür von außen zu.

»Ich frag mich ja, woher der junge Mann seinen Charme hat.« Sandra sah David lächelnd hinterher, während sie den Rückwärtsgang einlegte.

»Na, von wem wohl?«, fragte Bergmann grantig.

Sandra lachte auf. »Von dir ganz bestimmt nicht«, antwortete sie wahrheitsgetreu.

Bergmann grinste sie säuerlich an. »Ich hoffe, du hast einen triftigen Grund, den Abend mit meinem Sohn zu stören und einen Polizeieinsatz zu veranlassen. Das kann mich Kopf und Kragen kosten.«

»Glaubst du etwa, dass ich meine Nächte gern mit dir verbringe?« Sandra wandte sich um, um den Wagen zurückzusetzen.

»Mit wem denn sonst, *Liebling*? Oder gibt es einen anderen?«

Sandra bremste dem Wagen ab, legte den Vorwärtsgang ein und einen Kavaliersstart hin. »Vorsicht, Sascha«, funkelte sie ihn an. Was die Umgangsformen anbelangte, konnte er sich noch einige Scheiben von seinem Sohn abschneiden. Wenngleich sein freches Grinsen nahezu identisch war, dachte sie und schluckte ihre Antwort hinunter.

»Wohin fahren wir eigentlich und vor allen Dingen, warum?«, fragte Bergmann.

»Kitzeck«, antwortete Sandra noch immer verärgert.

»Die Kollegen müssten doch längst bei Brand sein …« Bergmann sah auf sein Smartphone. »Warum melden die sich nicht zurück?«

Sandra blickte in den Rückspiegel und setzte den Blinker. »Hoffentlich ist es nicht schon zu spät.«

»Das wüssten wir ganz bestimmt. Also, raus damit! Wer soll Josef Brand töten wollen und warum? Etwa deine mysteriöse Jägerstochter?«

»Die ganz bestimmt nicht. Und auch sonst kein Geist. Hör mir doch einfach zu, Sascha …«

»Ja, dann schieß endlich los …«

»Dass Hermann Schneider das Opfer eines Unfalls war, war ein Denkfehler.«

»*Dein* Denkfehler«, erinnerte Bergmann sie.

»Ja eh … Na und? Jetzt hab ich eben eine neue Theorie. Wie schon gesagt, es war Mord. Kein Unfall. Dennoch ist etwas gehörig schiefgelaufen.«

Bergmann fuhr sich mit der Hand über die unrasierten Wangen und sah sie an. »Und zwar?«

»Der Täter hat absichtlich geschossen«, fuhr Sandra fort. »Allerdings auf den falschen Mann. Das war der Grund, warum er ›um Gottes willen‹ in den Schuss hineingerufen hat. Eigentlich wollte er Josef Brand treffen und hat seinen Irrtum um einen Bruchteil von Sekunden zu spät erkannt. Und dann war da noch der viele Qualm, nachdem er die Waffe abgefeuert hat.«

»Du meinst, er hat die beiden Männer verwechselt?

Schneider war doch fast 30 Jahre älter als sein Stiefsohn. Und er hat ihm auch nicht besonders ähnlich geschaut«, wandte Bergmann ein.

»Wie man es nimmt. Die beiden hatten immerhin eine ähnliche Größe und Statur. Vor allem aber hat Hermann Schneider erst vor Kurzem seine Haare dunkel färben lassen, womit der Täter vermutlich nicht gerechnet hat.«

»Hmm, damit könntest du recht haben. Sein Stiefsohn hat dieselbe Haarfarbe wie er«, überlegte Bergmann laut.

»Na ja, zumindest eine sehr ähnliche. Außerdem gehe ich davon aus, dass sich Hermann Schneider seinem Mörder erst zuwandte, als die Fensterscheibe zerbrach. Vermutlich durch das Bajonett, das auf der Muskete steckte.« Sandra stieg aufs Gaspedal, um die Kreuzung noch bei Grün zu überqueren. Ohne Folgetonhorn und Blaulicht auf dem Dach hatte auch sie sich möglichst an die Straßenverkehrsordnung zu halten.

»Und wer wollte Josef Brand deiner Meinung nach töten?«, fragte Bergmann noch einmal.

Sandra näherte sich der nächsten Ampel, die gerade auf Rot sprang, und kam hinter einem schwarzen Peugeot Sportcoupé auf der Linksabbiegespur zu stehen. Direkt neben ihr bremste sich ein weißer Kastenwagen ein. »Ich fürchte, dass der Täter das noch immer möchte. Und dass er versucht, seinen Irrtum wiedergutzumachen, bevor wir ihn davon abhalten können.«

»Wer, Sandra?«, fragte Bergmann ungeduldig.

»Hellsehen kann ich leider nicht, Sascha …«

»Ach, nicht? Was machen wir dann hier?«

»… aber ich habe einen Verdacht, den ich umgehend überprüfen möchte«, vervollständigte Sandra ihren Satz.

»Was hast du vor? Ohne richterlichen Beschluss …«

»Gefahr in Verzug.«

»Wer – war – es, Sandra?«, fragte Bergmann zum vierten Mal.

Sandra wollte, dass er möglichst seine eigenen Schlüsse zog, um die ihren indirekt zu bestätigen. »Jemand, der die Hochzeit von Veronika Weberhofer und Josef Brand auf Teufel komm raus verhindern möchte«, sagte sie und fuhr wieder los.

»Sag mal, was wird das hier? Heiteres Täterraten? Na, schön … Hältst du ihren Vater für den Täter?«

Sandra schüttelte den Kopf. »Ihren Großvater, Walter Weberhofer. Und bei dem Mädchen auf der Straße handelte es sich höchstwahrscheinlich um Emilie Weberhofer. Ach so, das weißt du ja noch gar nicht. Du warst ja am Nachmittag nicht mehr im Büro … Diese Muskete, die den Weberhofers angeblich vor zehn Jahren gestohlen wurde, ist weder der Polizei noch bei der Versicherung gemeldet worden. Nur die Taschenuhr und ein paar andere Antiquitäten hat Walter Weberhofer damals als gestohlen angezeigt und einige Monate später die Versicherungssumme dafür erhalten.«

»Lass mich weiterraten«, sagte Bergmann. »Offiziell hat diese Waffe niemals existiert.«

Sandra nickte, dem Autobahnschild nach Slowenien folgend. »Im Zentralen Waffenregister scheint sie nicht auf, weil sie nicht über einen legalen Waffenhändler erworben wurde, sondern schon seit Generationen im Besitz der Familie war oder noch ist. Und die hat sie niemals gemeldet.«

»Hätte Alfred Weberhofer das gewusst, hätte er die Waffe wohl kaum vor uns erwähnt«, zog Bergmann seinen nächsten Schluss.

»Anzunehmen. Dass er sie erwähnt hat, spricht jedenfalls für seine Unschuld.«

»Vielleicht wollte er den Verdacht auch absichtlich auf seinen Vater lenken. Wenn es gesundheitlich so schlecht um ihn steht, wird er ein Strafverfahren wohl kaum mehr überleben. Geschweige denn eine Gefängnisstrafe antreten müssen, falls er verurteilt würde. Und der Junior wäre aus dem Schneider. So gesehen wäre es doch nur schlau, dem Alten den Mord anzulasten.«

Sandra schüttelte erneut den Kopf und blickte in den Rückspiegel. Von hinten raste ein Vollidiot auf sie zu, für den die Geschwindigkeitsbeschränkung offenbar nicht galt. Kurz überlegte sie, den Verkehrsrowdy über Funk zu melden, blieb dann aber doch bei ihrem Fall. »Alfred Weberhofer kann nicht der Täter sein«, erwiderte sie. »Miriam hat sein Alibi und das seiner Tochter Veronika überprüft. Die Zeugen haben beide unabhängig voneinander bestätigt.«

»Aber Emilie und ihr Großvater sind in der Tatnacht doch angeblich krank im Bett gelegen«, wandte Bergmann ein.

Sandra zuckte mit den Achseln. »Angeblich, du sagst es. So einen Infekt kann man ja auch vortäuschen. Wenn der Großvater tatsächlich sterbenskrank ist und nicht mehr lange leben wird, hat er doch nichts mehr zu verlieren.«

»Außer Zeit …«

»Genau. Auch deshalb wird er so rasch wie möglich versuchen, seinen Irrtum zu korrigieren.«

»Warum hat Walter Weberhofer die alte Waffe vor seinem Sohn versteckt? Wozu hat er sich überhaupt diesen ganzen Aufwand angetan? Die Muskete, diese Maskerade des Mädchens? Um von sich abzulenken?«, fragte Bergmann.

»Vermutlich. Wie schon gesagt, ich kann nicht hellsehen … Aber wir sollten ihn umgehend befragen.«

»Und was hat der Mord mit dieser vermeintlichen Geisterbeschwörung im Weingartenhaus zu tun, die mit dem Audiorekorder aufgenommen wurde?«

Noch ehe Sandra antworten konnte, klingelte Bergmanns Handy. »Verdammt, ich hab meine Brille vergessen«, stellte er fest, streckte das Smartphone so weit wie möglich von sich und kniff die Augen zusammen, um den Anrufernamen vom Display ablesen zu können. »Heimschuh«, murmelte er, ehe er das Gespräch annahm.

Sandra schickte ein Stoßgebet zum Himmel. Hoffentlich waren die Kollegen nicht zu spät gekommen.

4.

Sandra hielt auf dem Pannenstreifen an, damit Bergmann das Blaulicht von der Rückbank holen und auf dem Dach des zivilen Dienstwagens befestigen konnte. Umso rasanter setzte sie ihre Fahrt fort. Auch wenn es keine allzu große Rolle mehr spielte, ob sie einige Minuten früher oder später ihr Ziel erreichten, so trieb sie doch die Neugier an. Zudem wollte sie die nächtlichen Ermittlungen alsbald hinter sich bringen, um wieder in ihr Bett zurückkehren zu können.

Diesmal fand sie den Einsatzort ohne Verzögerungen. Wieder stand ein uniformierter Landpolizist am Zufahrtsweg, der zum Anwesen in Gauitsch führte. Als der schwarze Audi mit dem Grazer Kennzeichen auf ihn zurollte, schnellte seine rechte Hand an den Kappenrand. Mit der anderen, in der er die Taschenlampe hielt, winkte er die LKA-Ermittler durch.

Sandra parkte den Wagen am Rande des Weingartens, da der Rettungswagen den weiteren Zufahrtsweg blockierte. Seine Hecktür stand sperrangelweit offen. Der Sanitäter im Fond wandte ihnen den Rücken zu. Ebenso der dunkelhaarige Mann in ziviler Kleidung, der direkt hinter dem Krankenwagen stand und hineinschaute, bis Sandra ihn ansprach. »Guten Abend, Herr Brand! Wie geht es Ihrer Verlobten?«

Josef Brand drehte sich um und grüßte zurück, die Stirn in Sorgenfalten gelegt.

Erst jetzt bemerkte Sandra, dass sein orangefarbener Pullover und die Jeans vorne über und über mit Blut befleckt waren.

»Das ist nicht mein Blut«, reagierte er auf ihren Blick. »Ich bin nicht verletzt. Aber die Vroni hat's voll erwischt. Zum Glück nur an der Schulter. Die Rettung bringt sie gerade ins LKH Wagna.« Der Weinbauer fasste sich an den Mund und schüttelte den Kopf, noch immer fassungslos.

Dann hatte sich Veronika Weberhofer in dem Krankenwagen befunden, der ihnen vor wenigen Minuten mit Blaulicht entgegengerast war, überlegte Sandra.

»Die Kugel war für mich bestimmt«, erzählte Josef Brand weiter. »Die Vroni hat sich auf mich draufg'schmissen, bevor ich noch reagieren hab können. Sie hat mir das

Leben gerettet. Und um ein Haar hätt sie ihres dabei verloren. Ich muss zu ihr …«

Der Sanitäter im Fond wandte sich ebenfalls um und gab nun den Blick auf die Trage frei.

»Könnten Sie bitte noch kurz warten? Wir hätten gerne Ihre Zeugenaussage für den Haftantrag«, hielt Sandra den Weinbauern auf.

Josef Brand nickte. »Wenn Sie den da dafür einsperren, gern.« Sein Daumen wies über die Schulter in den Rettungswagen hinein. »Die Vroni wird bestimmt eh erst mal operiert. Da kann ich nix für sie tun außer beten«, überlegte er laut. »Ihre Mama ist auch schon auf dem Weg zu ihr. Sie hat mir versprochen, dass sie mich gleich anruft, sobald es was Neues gibt.«

»Gut. Könnten Sie bitte im Herrenhaus auf uns warten? Wir kommen dann gleich zu Ihnen«, sagte Sandra.

»Ich geh mich vorher noch rasch duschen und was Frisches anziehen«, sagte Brand, den Blick auf seine blutige Kleidung gerichtet.

»Machen Sie das«, sagte Sandra, ehe sie sich dem Krankenwagen zuwandte.

Bergmann folgte Josef Brand bis zum Haus, um sich dort mit den Polizisten zu unterhalten, die als Erste am Tatort gewesen waren.

»Was ist mit ihm?«, erkundigte sich Sandra und deutete auf den Patienten auf der Trage. In der anderen Hand hielt sie ihren Dienstausweis hoch.

»Kreislaufschwäche. Er ist so weit wieder stabil. Aber ziemlich verwirrt. Wir werden ihn auf alle Fälle ins LKH Südsteiermark, Standort Wagna einliefern«, erklärte der Sanitäter von oben herab.

»Kann ich vorher noch kurz mit ihm reden?«

»Sind Sie in der Lage, der Polizei ein paar Fragen zu beantworten?«, wandte sich der Sanitäter dem Patienten zu.

Der hob den Kopf, sah die Polizistin in Zivilkleidung an und nickte müde.

Sandra erkannte den Mann wieder, der ihr erst vor wenigen Wochen am Demmerkogel auf dem Traktor begegnet war. Seine weißen Haare waren zerzaust, die Schatten auf seinem Kinn und der Wange keine Bartstoppeln, sondern eindeutig Schwarzpulverspuren.

»Aber fassen Sie sich kurz«, sagte der Rettungssanitäter leiser, nachdem er aus dem Wagen ausgestiegen war, um der Ermittlerin Platz zu machen.

Sandra kletterte in den Fond.

»Des wollt i net«, jammerte Walter Weberhofer. »I wollt sie doch nur beschützen. I schwör's Ihnen …«

Sandra klappte den Sitz neben der Trage herunter, nahm darauf Platz und stellte sich offiziell vor. »Sie sind Walter Weberhofer?«, erkundigte sie sich der Ordnung halber.

Wieder nickte der Mann zur Bestätigung.

»Was ist denn genau passiert, Herr Weberhofer?«, sprach sie ruhig auf den Mann ein.

»I wollt des net«, schwor er noch einmal.

»Was wollten Sie nicht?«

»Die Vroni treffen. I wollt sie beschützen«, wiederholte er. »Weil i bald nimmer für sie da sein kann. Sie derf net da herziehn, hörn Sie? Das müssen S' mir versprechen!« Walter Weberhofer griff unvermutet nach Sandras Arm und ließ ihn nicht mehr los.

»Warum denn nicht?«, fragte sie, den Blick auf seine geschwärzten Finger gerichtet, die ihren Arm fest umklammerten. Damit hafteten die Schwarzpulverspuren nun auch an ihrem Jackenärmel.

»Weil sich die Geister da umanandtreibn, die Unheil und Tod bringen. Am schlimmsten ist die Jägerstochter. Gegen das böse Weib hat net amol die Mutter Silbert was ausrichtn können«, berichtete Walter Weberhofer aufgeregt. »Mei Madl muss sich von hier fernhalten. Warum kapiert denn niemand, in welcher Gefahr sie ist, wenn sie da herzieht? Die Dämonen lauern hier überall.« Der Mann ließ endlich von Sandras Arm ab und fasste sich an den Kopf. »Warum wollt's ihr mir denn net glaubn?«, klagte er verzweifelt. Dann begann er heftig zu schluchzen.

Der Sanitäter, der etwas abseits gestanden war, eilte wieder herbei. »Wir müssen jetzt fahren. Sie können den Patienten auch noch später befragen. Wir bringen ihn erst mal ins LKH.«

Sandra hob ihre Hand und sprach den schluchzenden Patienten noch einmal an. »Haben Sie auf Josef Brand geschossen, Herr Weberhofer?«

»Ja«, heulte er und wischte sich mit der geschwärzten Hand über die Nase.

»Und auf Hermann Schneider haben Sie auch geschossen?«

»Aber net absichtlich. Was muss sich der alte Depp denn auch seine Haar färben? Und was hat er überhaupt mitten in der Nacht im Weingartenhaus zu suchen, wo doch der Brand drin wohnt?«

Anscheinend war Walter Weberhofer entgangen, dass Josef Brand vor Kurzem umgezogen war.

»I hab den Brand treffen wolln, damit er endlich mei Vroni in Ruh lasst. Umbringen wollt i ihn aber net«, jammerte Walter Weberhofer.

Selbst wenn das stimmte, hatte er gleich zweimal den Tod seines Opfers billigend in Kauf genommen, dachte

Sandra. »Haben Sie mit Ihrer angeblich gestohlenen Muskete geschossen?«

Weberhofer nickte. »Ich hab verhindern wolln, dass mein Sohn sie womöglich verkauft und draufkommt, dass sie net ang'meldet ist. Also hab ich sie verschwindn lassn. Mit ein paar anderen Sachn, an die ich häng. Als Junger hab i bei der ›schwarzen Zunft‹ g'schossn, den Schwarzpulverschützen im Schützenverein in Stainz. Irgendwann hab ich dafür keine Zeit mehr g'habt. Aber Schießen ist ja wie Fahrradfahrn. Das verlernt ma net.«

»Und Ihre Enkeltochter Emilie hat Ihnen geholfen?«, fragte sie weiter.

Walter Weberhofer bestätigte, dass sich Emilie Sonntagnacht für ihn verkleidet hatte und mitgekommen war, damit sie als vermeintliche Jägerstochter in Weingarten und der Umgebung von Zeugen gesehen würde. Im Weingartenhaus sei sie allerdings nicht gewesen. Von der Geisterbeschwörung, die drinnen stattgefunden hatte, wollte der geständige Täter nichts mitbekommen haben. Das Opfer sei allein im Raum gewesen, als er schoss, versicherte er. Er hatte auch keinen Geist gesehen. »Die Emmi tragt ka Schuld. I hab ihr g'sagt, dass wir dem Josef nur einen Schreckn einjagn. Damit er endlich glaubt, dass es hier spukt. Und die Vroni a … I wollt, dass sie zur Vernunft kommt und net in ihr Unglück rennt.« Der alte Mann glaubte offenbar, was er sagte.

»War Emilie heute Nacht auch wieder mit von der Partie?«

»Nein, die Emmi wollt nimmer mitmachen, nach allem, was passiert ist. I hätt auf sie hörn solln. Dann wär des ois net passiert … Ist die Vroni … ist sie tot?« Wieder schluchzte der Mann los.

»Ihre Enkeltochter lebt und ist gut aufgehoben, Herr Weberhofer. Man wird auch Sie jetzt ins Spital bringen und sich dort um Sie kümmern. Ich schau dann morgen bei Ihnen vorbei, um Sie ausführlich zu vernehmen. Erholen Sie sich erst einmal.« Sandra verabschiedete sich von dem mutmaßlichen Mörder, der seine minderjährige Enkeltochter als Mittäterin missbraucht hatte, wobei sein Motiv reichlich absurd anmutete. Möglicherweise beeinträchtigte ihn sein Gehirntumor schon dermaßen stark, dass er rechtlich weder für seine Gedanken noch für seine Taten zur Verantwortung gezogen werden konnte. Dass er körperlich noch bei Kräften war, hatte Sandra eben am eigenen Leib erfahren. Seinen festen Griff spürte sie noch immer auf ihrem Arm, den spätestens morgen früh blaue Flecken zieren würden. Aber das war ihr das Geständnis des Täters allemal wert. Sandra stieg aus dem Krankenwagen aus.

An der Eingangstür des Herrenhauses traf sie Bergmann, der sich dort mit dem Kommandanten der Polizeiinspektion Heimschuh unterhielt. Den langen, schmalen Gegenstand in seiner Hand, der ihn im aufrechten Zustand um einige Zentimeter überragte, war mit braunem Packpapier umwickelt und verschnürt. »Na, wie schau ma aus?«, erkundigte er sich.

»Walter Weberhofer hat gestanden, in beiden Fällen die Schüsse abgegeben zu haben. Sein Ziel war sowohl am Sonntag als auch heute Nacht Josef Brand. Obwohl er ihn angeblich nicht töten wollte«, berichtete Sandra. Auch, dass Emilie Weberhofer zumindest in der ersten Tatnacht die Komplizin ihres Großvaters gewesen war. »Wir können ihn erst morgen wieder im LKH Wagna vernehmen.«

»Für einen Haftbefehl reicht uns das allemal. Das ist sie übrigens, unsere Hellseherin«, wandte sich Bergmann wieder an den interimistischen Inspektionskommandanten.

Der sah Sandra skeptisch an.

»Unsinn.« Sie schüttelte den Kopf und sah das Paket an. »Ist das die Tatwaffe?«, fragte sie, um von sich abzulenken.

Bergmann hob das lange Paket in seiner Hand ein Stück weit vom Boden auf. »Ja, die Muskete hat quasi noch gequalmt, als die Kollegen den mutmaßlichen Schützen unmittelbar nach der Tat damit gefasst haben.«

»Gleich dort hinten bei der Zufahrt im Wald wollt sich der Weberhofer Walter vor uns verstecken«, berichtete der Postenkommandant. »Erst wollt er sich mit dem Bajonett verteidigen. Geladen war die Muskete ja nimmer. Er war total verwirrt und hat nur 'plärrt. Schließlich ham wir ihn zur Aufgabe überreden können, und er hat sich ohne weiteren Widerstand die Waffe abnehmen und festnehmen lassen.«

»Ich sperre das Ding mal im Wagen ein«, sagte Bergmann und brachte die Tatwaffe zum Dienstwagen, um sie später dem Ballistiker zur forensischen Untersuchung zu übergeben.

Wenig später betraten die beiden LKA-Ermittler die Küche des Herrenhauses, in der sich Josef Brand, dessen Großmutter und die Schwester um den Tisch herum versammelt hatten.

Der Weinbauer schilderte zuerst, dass er mit seiner Verlobten nach getaner Arbeit noch das Weingartenhaus hatte aufräumen wollen, das die Kriminalpolizei nach abgeschlossener Spurensicherung freigegeben hatte. Er habe ein Geräusch am Fenster wahrgenommen, das Veronika Weberhofer offenbar früher als ihm aufgefallen war. »Sie hat g'schrien und sich auf mich g'schmissn. Bevor ich noch gecheckt hab, was los ist, hat es schon fürchterlich 'knallt. Die Vroni ist von hinten an der Schulter 'troffen worn. Wir sind beide herg'fallen. Ich war wie gelähmt vor Schreck, hab noch g'hört, dass der Mann beim Fenster immer wieder ihren Namen g'rufn hat.« Irgendwann war es auf einmal still. Bis auf das Stöhnen seiner Verlobten, die verletzt auf ihm lag. So behutsam wie möglich kroch er unter ihr hervor, um die Rettung anzurufen, als er bereits die Martinshörner der Polizei kommen hörte. Kaum hatte er die Rettung alarmiert, stürmten schon die bewaffneten Polizisten zur Tür herein.

Die Kollegen waren zwar zu spät gekommen, um zu verhindern, dass jemand zu Schaden kam, aber wenigstens hatte Veronika Weberhofer Glück im Unglück gehabt, dachte Sandra. Und Josef Brand sowieso, war er doch zum zweiten Mal ungeschoren davongekommen.

»Ich hab ja g'wusst, dass der Vroni ihr Großvater gegen unsere Hochzeit ist, aber dass er so weit gehen würde, mich umbringen zu wollen, hätt ich mir nie gedacht.«

Dass er ihn angeblich gar nicht töten, sondern ihm und seiner Enkeltochter einen möglichst nachhaltigen Schreck einjagen wollte, der sie auseinanderbringen sollte, behielt Sandra für sich.

Agnes Haidegger und ihre Enkeltochter konnten keine zusätzlichen Angaben zum Tathergang machen, die relevant gewesen wären. Außer, dass die alte Dame am selben Vormittag Walter Weberhofer auf dem Friedhof getroffen hatte. Vor dem Familienstreit waren die beiden miteinander eng befreundet gewesen. Der gemeinsame Glaube an den Spuk von Trebian hatte Agnes Haidegger und ihre Tochter Liesl schon mit seinem Vater und Großvater verbunden, der selbst dabei gewesen war, als Mutter Silbert die Seelen des Bauernmädchens und der Soldaten aus der Zwischenwelt erlöst hatte. Ausgerechnet über seine Enkeltochter Veronika erfuhr Walter Weberhofer später von der Jägerstochter, die angeblich noch immer auf dem Anwesen spukte und einige Leute auf dem Gewissen hatte.

»Du warst mit dem Weberhofer essen?«, fragte Josef Brand erstaunt.

»Er hat mich eing'ladn. Das kommt nimmer so oft vor in meinem Alter«, erwiderte die alte Dame.

»Und was wollt er von dir?«, fragte ihr Enkelsohn.

»Na, was wohl? Dass ich dir die Hochzeit mit der Veronika ausred.«

Walter Weberhofer war offenbar besessen von dem Gedanken, die Hochzeit seiner Enkeltochter mit Josef Brand zu verhindern, bevor er selbst das Zeitliche segnete. Dass er sterbenskrank war, wusste hier anscheinend niemand außer den beiden Ermittlern.

»Ich heirat die Vroni. Ob's euch passt oder net. Und jetzt erst recht«, sagte Josef Brand. »Weißt du eigentlich, dass sie mir das Leben g'rettet hat?«, sagte er zu seiner Großmutter.

Die Alte zuckte mit den Schultern. »Ich will deinem Glück ja eh net im Weg stehn. Auch wenn ihr in euer Verderben rennts. Die Jägerstochter …«

»Schluss jetzt, Oma!«, unterbrach der Weinbauer seine Großmutter ungewöhnlich forsch.

Dementsprechend sah ihn die alte Dame mit großen Augen an und schwieg.

»Ich will von euren depperten Geistern nix mehr hörn. Nie wieder … Das gilt auch für dich, Sopherl«, sprach er ein Machtwort.

Auch wenn Sandra bezweifelte, dass damit das letzte Wort über den Spuk von Trebian gesprochen war.

EPILOG

Sandra bedankte sich bei Miriam, die ihr das letzte Vernehmungsprotokoll aus dem Drucker an den Schreibtisch brachte, während Bergmann telefonierte.

Noch einmal überflog sie Emilie Weberhofers Aussage. Das Mädchen hatte sich mit seinem Großvater verbündet, um zu verhindern, dass die Schwester demnächst nach Gauitsch übersiedelte und fortan im elterlichen Betrieb fehlte, damit sie selbst diesen so rasch wie möglich verlassen konnte. Ihr Opa hatte ihr versprochen, ihre Ausbildung zur Modedesignerin zu finanzieren, wenn sie bei der nächtlichen Scharade mitspielte, damit Veronika am Weingut blieb. Wohlweislich hatten beide vorgegeben, krank im Bett zu liegen, damit Emilie in der Tatnacht nicht arbeiten musste. Dass jemand dabei ums Leben kommen würde, sei ihr niemals in den Sinn gekommen, hatte sie unter Tränen ausgesagt. Sie habe es lustig gefunden, sich als Jägerstochter zu verkleiden. Was diese anhatte, wusste sie von ihrer Schwester, die das wiederum von Sophie Brand gehört hatte, als sie einmal ihren Verlobten besucht hatte.

Den Mord und den mutmaßlichen Mordversuch hatte Emilie nicht gemeldet, weil sie im ersten Fall nicht nur Mittäterin war, sondern sich auch schuldig am Unfalltod des Polizisten fühlte, der ihr im Nebel ausgewichen war. Wenigstens war sein Kollege inzwischen aus dem Koma erwacht und offenbar ohne nachhaltige gesundheitliche Schäden davongekommen. Wenngleich es noch eine Weile dauern würde, bis Gerald Orthaber vollständig genesen und wieder einsatzfähig war.

Emilie versicherte mehrfach, nie in ihrem Leben im Weingartenhaus gewesen zu sein. Wer aber war dann auf der Tonaufnahme zu hören außer dem Opfer und dem Täter? Wenn es sich um keinen Geist handelte, musste Hermann Schneider seine Stimme verstellt haben, glaubte Sandra. Sie setzte ihre Unterschrift und das Datum unter das Vernehmungsprotokoll, als Bergmanns Stimme sie jäh aufblicken ließ.

»Das ist also dein letztes Wort?«, fragte er deutlich lauter als gewöhnlich.

Sandra und Miriam sahen einander an.

Bergmann warf einen Bleistift von sich, sodass dieser von seinem Bildschirm abprallte, über den Schreibtisch kullerte und zu Boden fiel. »Na schön. Ich kann dich ja nicht dazu zwingen. Wenn dir diese Schlagertante wichtiger ist, bitte schön … Ja, schon gut. Das hast du bereits gesagt. Von mir aus … Ich hab jetzt sowieso keine Zeit mehr. Baba.« Wutentbrannt schmiss Bergmann sein Handy auf den Schreibtisch, das dort liegenblieb, und bückte sich nach dem Bleistift. Sein Gesicht war hochrot angelaufen, als er damit wieder auftauchte. »Was ist? Habt ihr beiden nichts zu tun?«, herrschte er die beiden Frauen an.

»Soll ich dir einen Kaffee holen?«, bot sich Miriam an.

»Von mir aus«, blaffte Bergmann zurück.

Sandra wartete, bis die Kollegin draußen war. »Was immer es ist, Sascha, lass es bitte nicht an uns aus«, sagte sie.

»An wem denn sonst? Ist ja außer euch keiner da.« Bergmann steckte seinen Bleistift in den Spitzer und lehnte sich zurück. »David kommt nun doch nicht mit in die Sommerferien. Dabei hätte ich die beiden endlich mal zwei Wochen lang für mich allein gehabt«, erzählte er, wonach Sandra gar nicht gefragt hatte.

»Sarah und David?«, fragte sie dennoch nach.

Bergmann nickte traurig. »Ich wollte mit den beiden im August nach Kreta fliegen. Aber was soll's. Nehm ich halt nur Sarah mit. Ich habe 18 Jahre lang nichts von meinem Sohn gewusst, also werde ich auch in Zukunft ohne ihn auskommen können.«

»Sei nicht so streng mit ihm, Sascha. In seinem Alter ist es doch völlig normal, dass er lieber mit seiner Freundin auf Urlaub fährt als mit seinem alten Vater und einer Elfjährigen«, redete ihm Sandra gut zu.

»Wie kommst du denn auf eine Freundin?«

»Na, die Schlagertante …«

»Ach so, nein. Die ist nicht seine Freundin, sondern irgend so eine Sängerin, mit der er im Sommer durch Österreich tingeln soll. Sie hat sich wohl mit einem aus der Band zerstritten.«

»Vielleicht ist das ja eine tolle Chance für ihn. Wie heißt diese Band denn?«

»Keine Ahnung. Ich weiß nur, dass die Sängerin Jessica Wind heißt.«

»Was?« Sandra hätte beinahe aufgekreischt. »*Die* Jessica Wind?«

Bergmann legte seinen Spitzer und den Bleistift beiseite, dessen Mine er eben mit der Fingerkuppe überprüft hatte, und sah sie an. »Du kennst die?«

»Na klar. Sie ist *der* Shootingstar unter den jungen heimischen Sängerinnen. Wie beschreib ich sie dir am besten – eine Mischung aus Helene Fischer und Andreas Gabalier …«

Bergmann schlug sich mit der flachen Hand auf die Stirn. »Oh, mein Gott. Ich weiß nicht, wer schlimmer ist. Diese Schlagersauberfrau oder der Volks-Rock 'n' Roller …«

Dieser Erklärungsversuch war danebengegangen. »Jessica Wind ist Dialektpop-Sängerin, überaus talentiert, superhübsch und sympathisch. Ich glaube, dass sie ihre Songs sogar selbst schreibt«, versuchte Sandra, ihm die Künstlerin näher zu beschreiben.

»Dialektpop«, wiederholte Bergmann stirnrunzelnd.

»Über kurz oder lang wird sie bestimmt genauso berühmt wie Andreas Gabalier sein.«

»Du als Hellseherin musst es ja wissen.« Endlich grinste Bergmann wieder.

»Dafür muss man ganz gewiss keine Hellseherin sein«, sagte Sandra. »Jetzt freu dich doch für den Buben, Sascha. So eine Gelegenheit bietet sich ihm vielleicht nie mehr wieder in seinem Leben.«

»Mir wäre es sowieso lieber, er würde einen vernünftigen Beruf ergreifen«, sagte Bergmann.

»Was denn für einen? Polizist?«

Bergmann musste lachen. »Um Gottes willen«, sagte er, als Miriam mit seinem Kaffee zurückkehrte.

»Um Gottes willen?«, griff Miriam den Satz auf. »Ist leicht schon wieder wer ermordet worden?«

»Nein. Aber du wirst nicht glauben, in welcher Band sein Sohn demnächst spielen wird«, sprach Sandra die Kollegin an und wartete, bis der Kaffee sicher auf Bergmanns Schreibtisch stand. Miriam würde ausflippen, wenn sie gleich erfuhr, dass David demnächst mit Jessica Wind auf Tournee ging.

ENDE

GLOSSAR DER ÖSTERREICHISCHEN UND STEIRISCHEN AUSDRÜCKE UND ABKÜRZUNGEN

ang'sandlt von *ansandeln* anstecken

Baba Tschüss

Baba und foi ned Entferne dich und stürze nicht; Lied von Wolfgang Ambros, Text: Joesi Prokopetz

Bemmerl, das Dreck, kugelförmiger Kot

Billigsdorfergeschäft, das Laden, der ausschließlich billige Ware anbietet

Carla, die Sachspenden-Markt der Caritas

Cobra Sondereinheit der Polizei vgl. SEK in Deutschland

flachsig sehnig, zäh (Fleisch)

gach schnell

Germ, die Hefe

Geschirrhangerl, das Geschirrtuch

Grätzel, das Stadtviertel

Greiwl, das Krempel

gschamig schüchtern, verschämt

haglich heikel, schwer zufriedenzustellen

hatschert hinkend

Haubenlokal, das in Deutschland Sternelokal

Hauspatschen, die Hausschuhe

hudeln schnell machen, beeilen und damit ungenau sein

kiefeln nagen

kleschen knallen

KPU Abkürzung für die LKA-Abteilung »Kriminalpolizeiliche Untersuchung« – auch AB (= Assistenzbereich) LKA 8

Kredenz, die Anrichte

Krippl, das Krüppel

letz beinand gebrechlich

Mannlicher Österreichische Waffenfabrik

marod kränklich

Martini Martinstag, Fest des Heiligen Martin am 11. November

Oaschkrot, die Arschkröte; hinterlistiger, böswilliger Mensch

ois alles

Panscherl, das intimes Verhältnis

Pfiat di (Gott) Verabschiedung, wörtlich: Behüte dich (Gott)

pflanzen ärgern, aufziehen

pledern sehr schnell fahren, rasen

Schlag, das kurz für *Schlagobers* = Schlagsahne

sekkieren ärgern, aufziehen

Steirischer Junker, der Die mit dem Junker-Logo (Steirerhut im Schriftzug) gekennzeichneten geprüften jungen Qualitätsweine dürfen traditionell erst am Mittwoch vor *Martini* zum ersten Mal in Gastronomie-Betrieben ausgeschenkt werden – solange der Vorrat reicht.

Tuscher, der Knall

umadum herum, umher

vernadern verraten, anschwärzen

verwortakelt schief

Weana Bazi, der abwertender Begriff am Land für einen Wiener

HERZLICHEN DANK AN …

… Maria Silbert, geborene Koralt (1866–1936), Seherin von Waltendorf – eine außergewöhnlich begabte Frau, auf die ich bei meinen Recherchen über den Handlungsschauplatz von »Steirerrausch« glücklicherweise gestoßen bin.

… Gertraud Just, geborene Silbert (1922–2018), Enkeltochter von Maria Silbert, die in ihrer Jugend bei einigen spirituellen Sitzungen ihrer Großmutter anwesend war und die ich in Graz interviewen durfte.

… Sabine Flieser-Just, Ururenkeltochter von Maria Silbert, die ich lange vor meinen Recherchen zu »Steirerrausch«, aber ganz bestimmt nicht zufällig kennengelernt habe, die mir den persönlichen Kontakt zu ihrer Großmutter ermöglicht und mir als Diplomsommelière und Freundin hilfreich zur Seite stand und hoffentlich auch weiterhin steht. Ich freue mich auf unser gemeinsames Buch, »GenussSpur Steiermark«, das im Herbst 2019 im Gmeiner Verlag erscheinen wird.

… Sabines Eltern Marianne und Fritz Just für die Gastfreundschaft und ihre großartige Tochter.

… Hannes Rossbacher für seine bedingungslose allumfassende Unterstützung in 25 liebevollen Ehejahren. Mögen uns noch zahlreiche weitere gemeinsame Jahre in Gesundheit und Liebe beschert sein.

… Susi Herneth, Heidi Pronegg-Lorenz und Daniela Weixelberger – alle Gemeinde Kitzeck im Sausal

… Heidi Ketschler – Tourismusverband Sulmtal Sausal und dessen Obmann Michi Lorenz – Weingut Lorenz

… Jasmin und Rainer Hack – Bioweingut Warga-Hack

… Andreas Fuchs – Uhrmachermeister und Waffenexperte

… Jörg Mathera, ehemals Tonstudio Jingle Jungle

für ihre wertvollen Informationen respektive ihre Unterstützung

… Gabriele Hasmann, Autorin und Journalistin

… Birgit Schott, Ueberreuter Sachbuch-Verlag

… Rudolf Sekanek, Autor und Wegbegleiter von Maria Silbert

… Matthias Dräger, Reichl Verlag

für die freundliche Genehmigung, ihre Werke in »Steirerrausch« einfließen lassen und daraus zitieren zu dürfen – siehe Fußnoten sowie Literaturverzeichnis im Buch.

Claudia Rossbacher, Reinischkogel, Oktober 2018

LITERATURVERZEICHNIS

Rudolf Sekanek, »Mutter Silbert. Ein Opfergang. Tatsachen, Berichte, Urkunden«, Der Leuchter Otto Reichl Verlag Remagen, 1959, www.reichl-verlag.com

Gabriele Hasmann, »Spuk in der Steiermark«, Verlag Carl Ueberreuter, Wien 2014, www.ueberreuter-sachbuch.at, www.wunschtext.at

Hans Breitegger, »Cold Case – Mörder unter uns – Ungeklärte Mordfälle in der Steiermark«, Edition Kleine Zeitung, 2012

»Weinland unterm Klapotetz – Die Jahreszeiten. Das grosse Bilderbuch über die Lebensfreud im steirischen Weinland«, Hansjörg & Annelott Swetina, Verlag H. & A. Swetina, Baden bei Wien, 2002

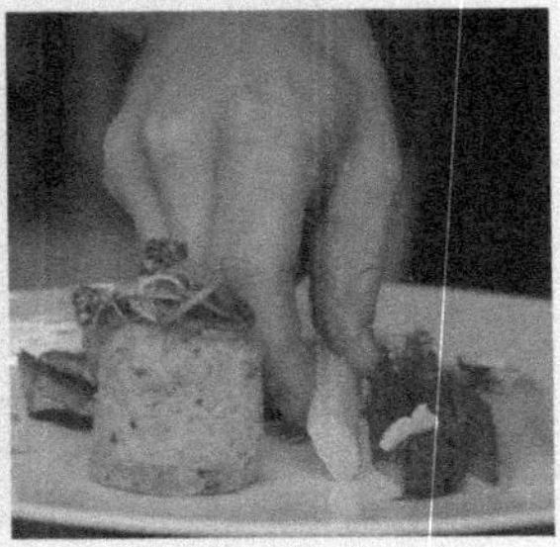

© Lucija Novak